ΥΥ的城

镀金时代

一路狂奔

摇摇摆摆

被背叛的遗嘱

ΥΥ的城

小说·映象

黄朴 著

陕西新华出版传媒集团
太白文艺出版社·西安

图书在版编目（CIP）数据

丫丫的城 / 黄朴著. -- 西安：太白文艺出版社，2022.1

（小说·映像）

ISBN 978-7-5513-1977-5

Ⅰ.①丫… Ⅱ.①黄… Ⅲ.①中篇小说－小说集－中国－当代 Ⅳ.①I247.7

中国版本图书馆CIP数据核字(2021)第191286号

小说·映像

丫丫的城

YA YA DE CHENG

作　者	黄 朴
责任编辑	姚亚丽　张婧晗
封面绘图	张瑜娟
封面设计	郑江迪
版式设计	新纪元文化传播
出版发行	陕西新华出版传媒集团 太 白 文 艺 出 版 社
经　销	新华书店
印　刷	西安市建明工贸有限责任公司
开　本	880mm×1230mm　1/32
字　数	171千字
印　张	7.5
版　次	2022年1月第1版
印　次	2022年1月第1次印刷
书　号	ISBN 978-7-5513-1977-5
定　价	48.00元

版权所有　翻印必究

如有印装质量问题，可寄出版社印制部调换

联系电话：029-81206800

出版社地址：西安市曲江新区登高路1388号（邮编：710061）

营销中心电话：029-87277748　029-87217872

小说·映像

黄朴，中国作协会员，西北大学作家班高研班学员，陕西文学院签约作家，曾入选"陕西文学艺术创作人才百人计划"。现任陕西省人大常委会报刊社总编。小说作品主要见于《钟山》《中国作家》《当代》《江南》《芳草》《青年文学》《大家》等刊，作品多次被选载。曾获第五届柳青文学奖、陕西省作协年度文学奖、路遥青年文学奖等奖项。著有随笔集《向着幸福前进》、中短篇小说集《新生》等。

目　　录

镀金时代　　001

摇摇摆摆　　039

一路狂奔　　085

丫丫的城　　128

被背叛的遗嘱　　184

镀金时代

广场上耳光响亮

那个女人和我都干了些什么，你让我怎么说呢？从何说起呢？你如一只讨厌的苍蝇嗡嗡着跟踪我，不是就为了采访这个低俗的问题吧？

最初看见她的时候，我感觉她像一只被主人遗弃的狗。她的手伸进垃圾桶里，好像垃圾桶长了一条灰色的胳膊。变了身形的饮料瓶闹哄哄地躺在地上，一摞废报纸寂寞地摊在身旁。那是你们引以为荣的《华都报》啊！你们《华都报》最爱登载乌七八糟的东西了。我已经有五六年不看你们这狗屁报纸了。你说说，每天发生那么多新闻，你为啥偏偏对我和那个女人感兴趣？

好了，既然你脱不了小报记者的习性，我就给你讲讲吧。

我清楚地记得，那天的《华都报》上坐满了苍蝇，它们好像在举行一个盛大的会议。她做了几个手势，可能是她的指令有些暧昧，苍蝇们依然我行我素的，人家在开会呢。她打开一沓叠得齐整的报纸，里面卧了一摊屎，还新鲜着呼呼地吐着热气呢。苍蝇们嗡地围过来，爬满了她的身体，叽里咕噜，叽里咕噜，它们迅速就吃完了，光盘行动啊！吃了大餐的苍蝇们继续开会。她又拆开一团报纸，一个裸体女人跳出来。天呀，这东西我在成人用品店见过，比真的女人还要逼真惊艳几万倍呢！她茫然地捏弄着手里的硅胶女人，似乎触动了某个机关，那女人在众目睽睽光天化日之下，就咿咿呀呀的，似是日语又似英语。她受了惊吓，慌乱地把手里的东西扔给了飞驰的车轮。车轮你不让我我不让你地扑上去，那东西却丝毫没有破损疲惫的模样。车轮筋疲力尽，一个接一个地走开了。地上依然呻吟着的玩意儿，时而嘴里叽里咕噜的，不知道在说着什么。

吃吧。我递给她三个包子一盒牛奶。今天她意外地没有接我手里的吃食，而是抓住我的手说，夹子，夹子，你不要离开我啊！她抓着我的手说，夹子，妈寻你寻了十几年，终于找到你了，跟我回家吧。她张开的手指像五个久别的孩子朝我的脸奔来。我不是你的儿子。我是别人的儿子。带着脸上脏乱的手印，我像一只误入人间的老鼠，仓皇地逃遁了。

迟到的人是可耻的。而我迟到了五十五秒。老板正在训话呢。老板对每天早上的训话有着异乎寻常的热情。老板训话不在会议室，而是在时代广场的楼下。他在大显示屏前站定身子，头发傲慢地卷曲着，卷曲如层层叠叠的藤蔓。他从口袋里掏出一把精致的牛角梳。站在他身旁的雷诺张着嘴，凌厉的目光织成一道冰冷的防火墙。梳子在老板头上梳出几绺灿烂的波浪。老板摸了摸雷诺的头，雷诺竖着的耳朵垂下来，嘴里不再呜呜咽咽。老板开始了他每天的诵读，那一头的"藤蔓"就不安分地荡漾起来。

今天我要加倍重视自己的价值。

桑叶在天才的手中变成了丝绸。

黏土在天才的手中变成了瓷器。

柏树在天才的手中变成了殿堂。

羊毛在天才的手中变成了袈裟。

如果桑叶、黏土、柏树、羊毛经过人的创造，可以成百上千倍地提高自身的价值，那么我为什么不能使自己身价百倍呢？

今天我要加倍重视自己的价值。

我的命运如同一颗麦粒，有着三种不同的道路：可能被装进麻袋，堆在货架上，等着喂猪；也可能被磨成面粉，做成面包；还可能被撒在土壤里，逐渐生长，直到金黄的麦穗上结出成百上千颗麦粒。

每天清晨老板都要带领我们朗诵他创作的李氏语录。他时常会自动更新一些内容。我们围成一个圆圈，老板雄踞圆之中央。他念着伟大的李氏语录，我们跟着学舌。一句顶一万句。声音浩浩荡荡。我们追随老板，跟着他寻觅头顶的阳光。可惜天空并不看他的颜面，老是使唤重重的雾霾盘旋于我们的头顶。雾霾汹涌，变幻莫测，我们戴着奇形怪状的口罩，似动物园里咆哮的怪兽。我们看不清彼此的面目，但听得见每个人嘶哑的号叫。

那天我迟到了。那是我在华世公司上班五年来第一次迟到。当我企图悄悄地混入人群时，领诵励志语录的老板摘下墨镜，一道犀利的目光钉在我的脸上。他挥舞令旗样地挥着手中的白皮书说，阳痿，你知道该怎么办吗？我看着圆心里的他说，老板，我不叫阳痿，我叫杨威，你的发音要准确，我还没有结婚呢。小伙伴们都笑起来，一个个笑得东倒西歪的。都一样，都一样。老板挥舞着白皮书说，迟到了就不要找理由，我最讨厌给自己找各种理由和借口的人。请背诵一号语录。

背诵语录是老板惩罚犯错者常用的手段，而这个手段的使用往往标志着老板的心情尚好。

我背诵道，请您帮助我吧！今天，我独自一人，赤条条地来到这个世上，没有您的双手指引，我将远离通向成功与幸福的道路……

老板点着头道，背得很好，一定要深刻理解。为啥迟到了呢？你可是从不迟到的人。

我对老板说，我碰到了一个女人，一个奇怪的女人。老板从遮蔽了大半个脸的墨镜里射出逼视的光。他说，女人？女人有什么奇怪的？难不成你见的是长了三条腿的女人？

比三条腿还厉害呢！我兴奋地叫道，老板，这个女人虽然在捡垃圾，但她会说一种没人知道的语言，擅讲各种稀奇古怪的道理呢。

传闻老板靠自学获得了某商学院工商管理硕士学位。尽管那张文凭的真实性很是可疑，但这并不妨碍他频频制造各种属于自己的语录。老板习惯性地摸了摸雷诺的脑袋说，阳痿，你撒谎。一个捡垃圾的会说一种神秘语言，她会说鸟语吗？会说乌鸦的话会说麻雀的话会说雷诺的话吗？老板执意认定我是为了躲避进一步的惩罚而撒谎的，在他看来，这个谎言拙劣而无耻。一个捡垃圾的会说一种神秘语言，不啻说他的雷诺会变成一个娇媚的女人。

放屁！老板的目光尖叫着向我飞来。我像一只被踩着尾巴的老鼠，浑身战栗着说，这一切都是真的，都是我亲眼看到亲耳听到的。

你还亲自吃饭亲自睡觉呢！亲眼看到的就是真的吗？老板身旁的雷诺不悦地冲我龇了龇牙，嘴里发出刺啦刺啦的声音。执行吧！老板冷冷地说。

我看着那些手拉手围成一圈的小伙伴，他们眼里蒸腾着冷漠乃至幸灾乐祸，他们像朗诵励志语录一样，每一张嘴都说，执行吧。理解的要执行不理解的也要执行，这是我们的行为准则。

哼！执行就执行。自己扇自己的耳光算得了什么，那好歹还是自己手打自己脸呢，总比我们站成一圈互相抽对方的脸强。呵呵，告诉你吧，这项被称为"耳光响亮"的训练，赢得了路人的高度关注，也偶尔恬不知耻地登上你们《华都报》的要闻。每日早晨，耸入云端的时代广场楼下，一圈圈人互相抽打对方的脸，啪啪之声在每张脸上慷慨激昂地奏响，响亮的耳光如拍岸的浪涛。围观的人被感染了，被鼓舞了，他们也情不自禁地抽打自己的脸，广场上的耳光亢奋得一如庆典的礼炮，噼里啪啦的。此刻，我的左手和右手频频交替抽打我的脸，偌大的广场回荡着我羞耻的独奏。

老板看着我脸上不断涨红的掌印，说，迟到者，阳痿就是例子，自打二十个耳光，够了吗？

剩下最后一个了。小伙伴们大声说。

最后一声脆响炸在我几乎瘫痪的脸上。老板满意地点着头说，我讨厌迟到的人，更讨厌撒谎的人。安排完今天的工作，老板的目光冷峻地打在我落满掌印的红脸上。雷诺朝我龇了龇牙，兴奋地叫了几声。我跟着老板和他的狗到了办公室，老板还是很生气。他说，阳痿，你搞得我今天心情很不愉快，罚你伺候雷诺，给它洗澡。

我带着雷诺进了老板的淋浴室。老板的淋浴室那才叫金碧辉煌啊，我租的房子与它相比，简陋得连马桶都不如。调好了水温，雷诺张着腿，毛茸茸的肚皮颤抖着，我给它抹上狗狗专用沐浴液，无限温柔地抚弄着它肉乎乎的身体，像是弹奏着一架肉乎乎的钢琴。我摩挲着它的肚皮，想起了老板戴着墨镜的脸。老板一年四季戴着墨镜，墨镜似乎成了他五官的一部分。妈的，戴着墨镜的脸。我揪着雷诺的肚皮，它的呻吟变成了哭声，我用水冲着它的鼻子，它打了几个喷嚏，汪汪地叫起来。它对我搔首弄姿的，我突然有了排遗的欲望。每当姓李的像训狗般地训斥我的时候，我体内就产生了一股怨愤的气体，我常趁人声喧哗，将它们默默排出体外。都说现在的狗不吃屎，真的吗？雷诺的伙食比我好，每天要吃三斤牛肉，注重营养搭配，而我呢？唉！雷诺，我今天请你饱餐一顿。狗真的不吃屎吗？鬼才相信呢！奇迹发生了！你猜怎么着？雷诺看着我，满脸的茫然。我说，宝贝，吃吧，你可从来没有吃过如此的美味，这可是你们祖宗的最爱啊。吃吧，吃吧，任何时候，都不要忘本啊。

雷诺听了我的话，伸着舌头舔起来。我说，宝贝，味道不错吧？从来没有吃过吧？它似乎听懂了，摇了摇雪白的尾巴。我的手在它的腹部柔情地摩挲。它竟然幸福地闭上眼，身子摩挲着我的腿，嘴里发出人类听不懂的声响。

雷诺像一个美女坐到了沙发上。它双眼盯着李总，眼里流露出丝丝缕缕的娇媚。它竟然汪汪地喊了几声。李总似乎听懂了，说，宝贝，你饿了吗？雷诺又汪汪地说话了。李总说，你到底想说啥啊？我怕雷诺告我黑状，忙道，李总，雷诺可乖了，比人还乖巧呢，你应该封它做副总经理。阳痿，你该不是脑子有问题了吧？雷诺再聪明，也还是一只狗，怎么能做公司的副总呢？我连连称是。

李总说,我的电脑怎么老是死机,常常黑屏?我说,你要经常杀毒,最近病毒肆虐啊,每一分钟世界上都会产生几百万种电脑病毒。李总啪啪地敲着键盘说,我的电脑装有各种杀毒软件呢。病毒太可恶了,简直是流氓!李总的手敲累了,显示器还是冰冷着黑漆漆的面孔。我说,李总,我来吧,我毕竟是咱们的电脑工程师呢。李总愤愤地站起身,拍了拍键盘说,电脑这个狗杂种也是势利眼呢!雷诺呜呜地叫起来,似乎承受了某种冤屈。李总坐到沙发上,雷诺爬上他的身,两条前腿抱住了李总的脖子。老板亲了亲它的嘴说,宝贝,没骂你呢。雷诺舔舔李总的鼻子,又舔舔他鼻子底下长满毛的嘴,发出哼哼唧唧的声音。

我感到自己要笑了,一股熟悉的气体在腹内奔流,终于突兀而出,咚的一声。李总被这声巨响所惊诧,骂道,阳痿,你他妈的屁声嘹亮啊!我怕姓李的又叫我打自己的耳光,忙敲着键盘解释道,对不起,我注意力太集中了,没能及时管好自己的屁,请老板谅解。李总不屑地摆着手说,以后的屁,留着回自己家放。我说,对不起,我记住了。老板到底是菜鸟,电脑打开的网页太多了,下载的任务也多,他又很着急,电脑当然比不上人脑,所以就死机了。我关了他浏览的佛教论坛,关了他同时下载的十几个黄色视频,最后看到一个名为"夜蝙蝠"的微博。莫非李总的网名叫"夜蝙蝠"?

我不入地狱谁入地狱。我要宽恕他们的不义,不再记念他们的罪愆。

我们若认自己的罪,上帝是信实的,是公义的,必要赦免我们的罪,洗净我们一切的不义。

不要容罪在你们必死的身上做王,使你们顺从身子的私欲;也不要将你们的肢体献给罪做不义的器具;倒要像从死里复活的人,将自己献给神,并将肢体做义的器具献给神。

你们贪恋,还是得不着;你们杀害嫉妒,又斗殴争战,也不能得。你们得不着,是因为你们不求;你们求也得不着,是因为你们妄求,要浪费在你们的宴乐中。

李总在研习《圣经》吗?这般想着,我又继续看"夜蝙蝠"的其他微博。

5月1日发自南山:在南山精修,感到灵魂与身体都获得解脱。现在的我就是过去的自己,现在的自己又是未来的我,一切都是自己造因自己得果,人一迷惑就会种下不好的因。

5月18日发自国际会议中心:我错了吗?我何错之有?如果错,也是他们的错。他们错在前,他们种下了恶因,所以他们该得到恶果和恶报。

6月7日发自九华寺院:烧了今晨的第一炷高香,放生了六只乌龟。拜了地藏王菩萨,拜了观音菩萨。南无大慈大悲观世音菩萨!南无大慈大悲观世音菩萨!南无大慈大悲观世音菩萨!

7月5日发自时代广场:南无大愿地藏王菩萨!往昔所造诸恶业,皆由无始贪嗔痴,从身语意之所生,一切我今皆忏悔!

7月10日发自九龙庄园：往昔所造诸恶业，皆由无始贪嗔痴，从身语意之所生，一切罪根皆忏悔。罪从心起将心忏，心若灭时罪亦灭，心亡罪灭两俱空，是则名为真忏悔。南无阿弥陀佛。

8月8日发自梅园：给九华寺院捐献五十万，重修菩萨法身。给广仁寺喇嘛庙捐献二十万。重修八仙庵捐献三十万。

楼下突然传来一阵尖厉的警笛声，李总抱着雷诺走到窗前。未央路上狂奔着一辆辆警车，警笛长啸，一副急不可耐的样子。李总说，警察忙啊，他们是最可爱的人。李总说话带着颤音，似乎突然到了寒冷的冬天。雷诺不知好歹地舔了舔他的脸。他突然打了雷诺的嘴，将雷诺扔到地上说，滚，滚出去！我不知道他是骂我还是骂雷诺。雷诺与我都很茫然。我说，李总，电脑修好了。李总摆着手，几乎是痉挛着说，滚，滚！我连连点头，捂着屁股，滚出了老板的办公室。

警笛狗一样叫着，当我再次窥探李总的时候，发现他跪在一尊精美的观音像前，听见他低声祈祷道，不要容罪在你们必死的身上做王，使你们顺从身子的私欲；也不要将你们的肢体献给罪做不义的器具；倒要像从死里复活的人，将自己献给神，并将肢体做义的器具献给神。

光照在黑暗里

我又看见了那个女人。那个捡垃圾的女人。她不知怎么就来到了时代广场的楼下。她驮着一个黑色的袋子,那个袋子骑在她的背上,宛若一座缓缓移动的岛屿。垃圾桶胀破了肚皮迫切地等着她呢,而她已经从垃圾箱里翻拣出了一堆饮料瓶。瓶子被她用脚一个个踩瘪,然后扔进那个硕大的袋子。垃圾桶里有许多你们想不到的东西啊。废报纸就不用说了,奇怪的是竟然有安全套,绿色的、黄色的、黑色的。还有几个烂苹果、沾满了鲜血的衬衫、一把生了锈的匕首,以及女人的内裤胸罩和丝袜。她呸呸地吐了几口唾沫,手从垃圾桶里抓出一把匕首,匕首上挑着带血的衬衫。风吹过,衬衫像一面破旗,在匕首上呼啦啦地舞动。她嘴里叽叽咕咕地说着什么,围观者没有人听得懂她的言语。

　　人群里蓦然闯进一个醉汉。他抓起地上的胸罩,鼻子嗅嗅,招摇一番,就把胸罩戴在自己赤裸的身上。哗——人们笑炸了,如惊涛拍岸。有人吹了一声尖厉的口哨。他朝口哨声的来源处一瞥,又把女人的内裤套在了自己的头上。他的脑袋变成了女人妖娆的臀。他的嘴哈哈地大张着。他又打算去夺女人手上的匕首。女人一个躲闪,匕首划过他的胳膊,一股血哗地飞向空中。人群里响起了尖厉的呼声。她茫然地听着沸腾的掌声,衬衫还在匕首上飞扬着,一滴滴血流下,衬衫红亮亮的。她没有想到,他也没有想到。他看她披散的长发,那长发中夹杂着尘土草屑与纸片;再看那脸,蓬头垢面中隐隐透出一股秀色,他心中的火焰扑腾腾地升起了,那火焰直扑那个舞着白衫的女人。好啊。他听到了响自人群深处的喧嚣。他肮脏的五指伸出去,形如凌空而至的鹰爪。那女人的衣服嗞嗞地在空气中绽开了。人群里响起了尖锐的呼声,手机上的镜头齐刷刷地对准了那女人,她在镜头里渐渐萎靡,她某处的皮肤竟然很白很白,有的地方竟然很精致。她跪下去了,嘴里说着人们听不懂的语言,人们却突然沉默了，隐隐在期待更精彩的让人血脉偾张之事的发生。醉汉，那个醉汉瞬间摘掉了头上的内裤，撕掉了上身的胸罩。啪！他脱光人皮，还原成一只四脚着地的兽，那胯下伸出一个剑拔弩张的丑物。那厮呜呜怪叫，直向女人奔去。人群终于惊醒，爆出阵阵惊呼。有人开始发微博了，有人在微信朋友圈中发了一条消息。

那厮已经俯下了身子。那个瞬间，我感到那个被压在身下的人就是我。

我拨开铜墙铁壁般的人群。我走到了人群中央。我凝聚全身力量握紧了拳头。那厮朝我嘶叫，匕首狂舞着，霍霍之声在空气里激荡。

也许你不信，那个瞬间，我有献身的冲动。如果死在醉汉的刀下，我就不用在雾霾里被赶着去上班了，我就不用为每个月一千多块的房租肝肠寸断了，我就不用因为迟到了五十五秒而扇自己二十个耳光了，更不用为了一个不可告人的目的无望地潜伏在李总的公司。我知道在场的每个人都是记者，他们用手机现场直播。他们就是无私的见证者。我要毫不犹豫地冲上去，夺醉汉施暴的刀，脱下自己的衣服，盖在那女人受辱的身上。再经由你们夸大其词的报道，我不就成了人见人夸的见义勇为的英雄了吗？如果我死了，请不要为我悲伤和哭泣。我会成为英雄，我的死重于泰山，全社会会向我学习。我的精神会被你们《华都报》长年累月地宣传。如果我没有死呢？没有死更好啊，我会被各级领导接见，也许我还会得到一份更体面的工作。起码比在李总那个破公司强吧？抽耳光、背语录、学狗叫，这是人过的日子吗？

我要冲上去拯救那个堕落的灵魂。我不入地狱谁入地狱啊？可惜我手上没有工具，即使有一块石头也行啊，可这是城市，城市哪来的石头啊?我只好举着拳头冲上去了。现场直播的亲们,拜托了,你们一定要拍下我大无畏的精神和视死如归的气概!

我像一颗被推出枪膛的子弹。我的心扑通扑通地跳,我的身子踉踉跄跄地奔。老子来了!我的拳头举在了头顶。我希望那个家伙给我个痛快,扑哧,匕首刺进我的大腿,让我昏迷即可,千万不可刺进我的胸部。我向那个施暴的现场赶去。爬雪山过草地,老子来了!

最后,你也看到了。不是我不想当英雄,而是那个可恶的李老板神一样地出现了。那时,李老板的宝马刚驶出停车场,他一定是听到了女人的呼救和醉汉的狂啸。他刺破人群,看到我颤巍巍地向施暴者走去。当醉汉的匕首凌空刺来时,他踢翻了踉踉跄跄的我,挺起了自己干瘦的身子。扑哧一声,李总从腿肚子上拔出匕首,在空中划出一道亮闪闪的弧线。醉汉尖叫着,人们看到那个丑物在尘土上跳着寂寞之舞。

我脱下自己的衣服盖住她几乎赤裸的身体。她却没有看我。她的眼睛盯着李总。后来她说,李总拔匕首的动作在她的脑海里,一直循环播放了十几年。

李总手执匕首,像一个远古而至的大侠,匕首的亮光灼伤了围观者的眼睛,醉汉死猪样躺在肮脏的地上。血在他的身下流出闪电样的形状。李总扔掉了匕首,当啷的声响在地上血水样地漫延。李总趔趄着身子挤开潮湿的人群,边走边说,你们不要害怕那杀害肉身,而不能杀害灵魂的;但要害怕那能使灵魂和肉身陷于地狱中的。不要为我哭,当为自己和自己的儿女哭。

这个李总啊,他都受伤了,还不忘时时背诵他的语录。他驾着车,如一匹黑马,消失于茫茫的车流之中。

充气娃娃不说话

　　那个时候我也混在不明真相的人群里。作为《华都报》的跑街记者，我意识到这是一条能上头版的社会新闻。你想啊，街头、强暴、醉汉、拾荒女、老板、见义勇为，这些关键词，满足了新闻的诸多趣味，能勾连起人们无穷的想象，这会让我们《华都报》像火爆鱿鱼一样火爆啊！遗憾的是，作为爆炸性新闻，那个醉汉只是掏出了胯下之物，他还没有来得及行动，便被不懂新闻的李总和杨威打断了。李总挥匕首的细节烙印在我的脑海中。他宛如从天而降的侠客，在城市街头演绎了古典而悲壮的一幕。

　　身后嘶鸣的警笛声如漫天飞舞的落叶。那女人和杨威互相搀扶着，远远望去，如一对落魄的母子。阳光把他们的身影拉得忽长忽短。他们蹒跚着走入一个破旧的小区。那些长得毫无章法的树木，遮蔽了小区本就不甚富足的光线。落叶在脚下发出吱吱的怪叫，几只鸽子在头顶扑棱棱地展翅，沧桑的砖墙上贴满了花花绿绿的广告。摸清了他们的住所，我就悄悄地走了。

　　我再次跟踪到这里时，几只狗在花坛里纠缠不休。一只娇小的吉娃娃抱着一只贵宾犬的后臀，懒洋洋的贵宾犬并不计较，它慵懒地看着忙乱的吉娃娃，眼里飘荡着绮靡的光芒。吉娃娃忙乱得并不成功，它像一个不谙人事的孩子，莽撞得找不到前进的方向。

　　好事总是难以如愿，比如，眼下我正跟踪的这个男人，一副萎靡不得志的样子，他竟然鬼鬼祟祟地溜进了成人用品店。货架上那些硅胶制品，一个个威武得不可一世的样子。我暗暗地估量了自己,感到莫名的悲哀。这个男人指着一个充气娃娃说,她能陪人说话吗?

店主的嘴唇涂抹得像是一枚红辣椒,她看着他,辣辣地说,咋不能呢?你说啥她都听。你是咱们小区的,八折优惠,送一瓶润滑液,还送你一盒助兴影碟,玛丽小姐主演,再送你两盒赠品,够划算的。

我不是这个意思。他的声音很低,像是落入了尘埃。八百五,可以刷卡,可以积分。店主说。他定是被充气娃娃勾了魂,他竟然买了啊。他提着一袋子宝物上了楼。

进了房间他就忙着摆弄充气娃娃。他太专心了。我像一只蝙蝠从虚掩的门里飞进去。他并没有看到我。我悄声躲到了阳台上。那里堆满了书,书上积了厚厚的灰尘。看来主人已很久没有阅读它们了。都是些什么书啊?汉译名著系列,如,弗洛伊德的《梦的解析》,斯宾诺莎的著作。有些书他还做了眉批。他在《梦的解析》第五十页的空白处写道:厉害啊,这么厉害的著作,只有厉害之人才能写得出。我要是能进入人的梦里,那该多好啊。呵呵,我最想在梦中与小菜相会,然后进入李老板的梦里。我要看看李老板的财富都隐匿在哪里,我最想知道李老板的秘密了,李老板似乎隐藏着天大的秘密。哈哈,我在他的电脑里种了一种病毒。这个不知天高地厚的家伙,还想进入别人的梦里。他要是能控制别人的梦,那世界岂不是太恐怖了吗?他在一张空白页上写道:我的发明快要成功了,我将来就是伟大的造梦者啦。这个小菜是谁他没有说明,只是这个叫作小菜的女人不停地出现在他的眉批或者笔记里。在朱光潜《美的历程》第四十五页,他居然写道:小菜,我看见你了,你跟在一个男人的身后,你怎么去了监狱呢?你们在那里干什么啊?你要是没钱了,就给我托梦,千万不敢走那条路啊,我明晚上就在十字路口给你烧纸钱，你记着来捡啊。呵呵。这个疯子，他真的能控制小菜的意识吗？多么恐怖的家伙啊。我惊恐地放下书，目光透过玻璃，看到他给充气娃娃戴了胸罩，穿了黑色丝袜，最后还给她穿了一身劣质的警服。室内播放着哀伤的音乐。他请穿着警服的娃娃坐在沙发上。他在娃娃面前放了一杯水。菜菜，喝水吧，放了蜂蜜，女孩喝了皮肤好。他削了一个苹果，放在娃娃手上说，菜菜，这几天好忙啊，我们那个变态老板让我给他的狗狗洗澡，我都想用热水烫死它。你想不到吧，李老板那种人竟然能见义勇为，醉汉想强暴拾荒女，我血性男儿岂能袖手旁观？可惜让李老板抢了先。那个拾荒女你肯定见过，她晚上就在我的房子住。她无家可归啊，我怕她再被坏人欺负呢。你要理解。你放心，我是好人。做好人太难啊。你身体不好，多保重，晚上你做梦，我就会到你的梦中。

那个家伙对充气娃娃说话，如一条奔流的长河，不停歇地说着。娃娃死活不吭气，空洞地看着他。他也许说累了，把娃娃抱到了床上，亲了亲娃娃的嘴说，乖，你好好做个梦，我会到你的梦中。

我不忍心惊扰这个造梦者，猫一样溜到了门口。我疲惫地靠着墙壁，房间里回荡着古怪的声响。他怪兽样地大叫着，充气娃娃的呻吟犹如号哭，窸窸窣窣的撕纸声爬满了墙壁。

少顷，我便敲了门。我该工作了，我毕竟是记者啊。钱主任都警告我三次了，本月再没有好稿，你就早早滚蛋！钱主任这个变态，赤裸裸地拿饭碗威胁我了。

别看你干了十几年记者，你已经落伍了。过去人咬狗是新闻，现在人咬狗已不是新闻。我们要叫读者爱看，要抓读者的眼球，眼球，懂吗？读者一看标题，就被吸引住了，不看都不由他了。懂吗？大叔。

钱主任是八〇后，整天一副器宇轩昂傲视全球的样子，才进华都报一年，就成了记者部主任、主编助理，也就是我的顶头上司。听说他爸爸的舅舅是宣传部副部长，妈妈的上司是市领导的大秘。这么复杂的关系，团团伙伙的，你说，怪不得姓钱的骑在我的头上作威作福的。我能奈他何？我只是个跑街的记者，起得比鸡早睡得比狗晚。老子好歹也出道十几年了，想想十几年前，老子一篇报道占了《华都报》整整四个版，那可是前无古人后无来者轰动全国啊。"8·15"，姓钱的，你听过"8·15"大案吗？三死三伤，本记者突破重重困难首次在全国披露真相，虽然专案组怪我的报道泄了密，但我知道那是他们维护自己面子的说辞。张佳作案后就从人间神奇地消失了。十几年了，一直没有他落网的消息，而我的后续报道也一直无法完成。你说，这种辉煌，几个新闻人能有？那时候，你们八〇后还在大树底下耍尿泥呢。好吧，有时间，我把前辈的光荣事迹给你讲讲，那是可以载入新闻史册的。好了，姓钱的，咱们的账慢慢算，等我把这个猛料写出来，够让你小子喝一壶的。我是记者，我是社会的耳目，我是无冕之王。我怕谁！咚咚咚！我敲门，这个破烂的门被我敲得吱吱歪歪地。

一张白纸一样的脸，一颗脑袋悬在门缝上，两只眼里飞奔出乱云般的质疑。

你找谁啊？

我找你啊。

我不认识你。

但我认识你。那个拾荒女每晚都回你的房间。你是她什么人？

一个有着重要关系的人。一个和她有着千丝万缕联系的人。

你讲人话好吗？

这不是人话还是狗话？

我能进来吗？

门能挡住狗吗？

你能讲讲那个拾荒女的故事吗？你在街头，给她赤裸的身体披上了衣服。当时那么多的看客，你和那个开宝马的老板，演绎了一曲人间的正气之歌。

你是在给我上课吗？我最讨厌上课了。我不喜欢那些大词宏论，就跟不喜欢你一样。

那些大词宏论很适合描述你，也适合我的职业。我不能在你面前没有一点专业素养，毕竟你是个喜欢弗洛伊德、斯宾诺莎的人。

你怎么知道？

因为我是记者，没有我不知道的。即使是市长，我也有办法让他开口。这是我的专长。

你想知道什么？你在现场都看到了，你应该去采访开宝马的老板，他才是值得你们报道的人；或者你去采访醉汉，问他为什么想在街头强暴一个拾荒的女人；或者你可以采访街头的看客，问他们为什么喜欢围观这么一出人间的悲剧。其实你们这种小报，还不如街头的看客呢。

你当时不害怕吗？你不怕醉汉会捅死你吗？我希望通过对你的报道能唤起社会的良知和道德。

你们记者，同样一个人，今天在你们笔下，是不食人间烟火的道德模范，明天或许就变成了败类流氓、垃圾恶棍，无恶不作无所不为。哼，世界都是被你们这帮人弄坏的！

哟，还愤青呢。记者中是有败类，但我不是。我叫李是非，你总该听说过吧？我得的新闻奖数不胜数。你总该听过"8·15"大案吧,那是我从业以来最辉煌的作品。撤掉了一个交警队队长,处分了几个公职人员。这难道还不牛吗?这都写进政法系统的警示教材了。

他端详着我的名片,咬着牙问,那个杀人犯抓了吗?

没有,那是公安的事。你知道张佳?

不仅我知道,洛城甚至全国人民都知道。扒了他的皮我都能认出他。

他在哪里?

我怎么知道他在哪里。我要知道他在哪里,我早举报了。公安悬赏二十万,至今那钱还在睡大觉呢。我做梦都想知道他在哪里呢。有了二十万,我就可以实现我的梦想了啊。我早就不想看我们老板的脸色了。我可以开一个书店,你瞧,我多么爱看书啊。

你的梦想真的很宏伟。我讥讽地说着,看墙壁上挂着的张佳的图像和李老板的图像。张佳的脸上扎了一把刀,坑坑洼洼的。李老板的脸上钉满了图钉,像密不透风的丛林。这两个人也盯着我,目光里充满了仇恨、不屑和阴冷。

张佳这小子毒啊。

杨威捂着脸上闪闪发光的疤痕说。我们像失散了多年的兄弟,共同回忆起了十多年前那桩惨不忍睹的血案。

她的脸庞好美

那个午后的黄昏,张佳就穿过岁月的烟云,蹒跚着从墙上走了下来。

张佳愤愤地挤上了609路公共汽车。他敲打着投币机说，我没有零钱。他的话语含着冰冷的挑衅。他狂躁地搂着胸前的帆布包。女司机朝他笑了笑，说，实在没钱就算了。他的心突然震颤，似沐浴了沸腾的阳光，泪水悄然奔涌。他抓着扶手，呆呆地看着女司机的后背。她的线条好美，她的脸庞好美，她开车的姿势好美。他按了按帆布包。汽车过了一站，又过了一站，人上上下下。窗外的人像一个个飘荡的幽灵。这辆车会不知厌倦地行驶下去吗？会开往世界的终点吗？没有人回答他这个看似深刻的问题。他就盯着女司机握着方向盘的手，她的手好美。你下车吗？到终点了。她笑着问他。她的牙齿好美。她一副十八九岁的样子。她车开得好美，像骑着一条鳞光闪闪的大鱼。他背着一帆布包的危险，走下车门的瞬间，对她说，你车开得真好，坐你的车真幸福，今天坐车的人都应该感谢你。她笑吟吟地说，欢迎你下次乘坐啊。

没有下次了。这回他的目标坚定了。他不左顾右盼了。他走到了交警大队门口，那里停着摩托车和几辆警车。岗亭里的保安趴在桌子上睡觉，涎水蚯蚓样爬满了脸下的报纸。张佳从包里掏出两个啤酒瓶，瓶里的汽油迫不及待地发出焦灼的呼喊。两团火焰呼啸着扑向那些趴在地上的车辆。大火疯狂了，噼噼啪啪的。他叫道，救火啊，救火啊！保安揉着眼睛站起来，火光映红了他惊慌失措的脸。

在众人救火的瞬间，一张人皮面具已经蒙住了他的脸。这面具太生动了，像某个在电视上经常逗人喷笑的演员。在人群的喧嚷中，他从容地走进了值班室。匕首逃离了身体，那个警察就认真地趴在了桌子上。他冷冷地走进文秘室，两个警察像开了瓶的香槟，殷红的血喷向他的脸。他已经不害怕了，变得很勇敢。他在寻找那个光头，但是来不及了。一个女警抓住了他的手。他看了看她的胸牌——菜菜。放开！他叫道。菜菜像恋人一样抱着他的腰。他的手颤抖着，血如玫瑰花一样绽开在她胸前。在众人的呼喊中，他居然逃到了门口，在火光的映照下，他像一道流星，照亮了天幕。

此后的十几年，通缉犯张佳消失了，好像地球上从来就没有这个人。

杨威似乎置身于那个恐怖的现场，他喘息着说，你描绘得这么形象，好像你就是张佳。

我艰难地深吸一口气说，你们看的报道就是我写的。我一直想采访张佳本人，但他作案后就神奇地失踪了。三死三伤，他为何这么凶残？

杨威朝墙上张佳的图像钉了一枚图钉说，也许根本就没有所谓的张佳袭警案，纯粹是你杜撰的罢了。不然，十几年过去了，怎么张佳还是生不见人死不见尸呢？警方全国搜捕，他能跑到哪里去？

我看着张佳的图像说，他能逃得了吗？所谓法网恢恢，疏而不漏，警察一定会抓到他的。

哼！他不屑地冷笑着说，十几年了，抓住了吗？枉死的人不能复生，活着的人难以安宁，迟来的正义还是正义吗？

那是警察的事。我对他说，正义总会来的，正义虽然有时候会迟到，但是永远不会缺席。说说你吧，你为何一直跟那个捡垃圾的女人在一起？你们已经在一起很长时间了。

原来你对这个感兴趣？这是我的隐私。

你的隐私关乎社会道德。作为记者，我有责任关注这个问题。你们在一起，会让人生出许多想法。

记者要是堕落到窥探别人隐私的地步，那就太无耻了。你一直跟踪我,就是想知道这个秘密吧?那好,我就告诉你。

我没有自己的名字

我没有名字。

她说,你叫我艳梅吧。第一次见她的时候,她正在垃圾桶里翻拣垃圾。她从里面拣出了一摞子笔记本,而那些笔记本里是我记了十多年的日记。那几十万字的日记是专为一个女孩记的。那女孩已经到了另一个世界。我本想焚烧了它们,以此来告别十多年的梦魇,但想了想,还是扔到了垃圾桶里。让它们变为纸浆,重新做纸吧。

我躲在站牌后,看着艳梅一本接着一本从垃圾桶里掏出了我的日记。她能读懂上面的故事吗?这么想着,我就尾随她走过了那片街区的垃圾桶、绿化带、垃圾站。累了,她就坐在银行的屋檐下,看那本粉红色的日记。那是我十七岁记的第一本日记。她看着看着,就笑了。那满脸的笑跳出了披散的乱发,那个瞬间,我突然希望听到她的声音,希望听听她的评论。毕竟,她是我的第一个读者啊。

在公司,我几乎是个哑巴。我只跟电脑打交道。我的言语都被埋在肚子里,他们嗡嗡叫着,无法逃离我身体的城堡。我只能在日记里滔滔不绝。我突然希望和她对话。银行门口很安静,人们在那里或存或取大把的钞票,警惕地看着一个身旁堆着废旧物品的女人,手里捧着一个硬壳笔记本,极为投入地阅读着。雨突然下起来,一个披着长发的男人走过来。那个男人眼睛看着天,嘴里哇哇哇地说着话。他走到了她的面前,突然伸手抢夺她手中的日记。她太专注了。她想不到有人在银行门口除了抢钱还要抢书。她的手紧紧抓着。那厮怒了,踢了她一脚。她的身子扑倒在地,但手里仍抓着那本日记。那厮便向她的脸挥了一拳。那女人的鼻血霎时喷涌,血糊糊地染红了地面。那厮常盘桓于十字路口,要么做伟人状,对着络绎不绝的汽车,发表着貌似重要的讲话;要么在交警下班之后,置身于中央岗亭,穿着不知何处得来的警服,煞有介事地指挥交通;要么立于银行大楼前,对着自动取款机破口大骂;偶尔还会掏出家伙,以尿写字。这回,见了日记,这厮竟如此这般,莫非,他原是一个读书人?见此状,我便捡了地上的啤酒瓶,砸向他的脚面。那厮负痛,脚在地上跳起来。我趁机拉着艳梅的手,提着一包日记,在那震天的叫骂声中,仓皇地逃窜。

那时雨来得正猛。跑到我的出租屋时,我们已经湿淋淋的了。她洗了脸,洗了头,我发现她竟然像某个我喜爱的明星。她说,你的日记里一直有一个叫菜的女孩,你喜欢她吗?她已断断续续地看了二十本日记。她似乎钻进了我的内心。

她问,菜在哪里呢?

我说,她在一个我们现在都不能去而最后都必须去的地方。

她说,菜还在柳镇吗?

我说,我离开柳镇的时候,菜已经做了交警队的文秘。

她说,菜知道你想她吗?

我看着灯光里她披散的长发,眼前似乎流过了柳镇的河水。我说,我离开柳镇的时候,菜嫁给了县长秘书。

她说,菜知道你的心思吗?

我说,也许知道,也许不知道。

她摩挲着我的手说,可怜的孩子,给我讲讲你们的故事吧。

我的天空开满了油菜花

那个夜晚，我离开了柳镇。知道菜要嫁给县长的秘书，我突然对柳镇彻底失望了。离开的那个晚上，我和菜在柳镇的大桥上见面了。菜拉着我的手，走入了镇东头的油菜地。临近夜晚，我们躺在油菜花上。菜的笑容荡漾着，我看到油菜花漫天飞舞。耳边传来菜的呓语，如无数蜜蜂的轻吟。菜说，原谅我。我抓着菜的手说，县长秘书对你很重要吗？菜说，我爸给我跪下了，他替我选择，我没有自己的选择。我看着身边的菜，突然感觉她如此陌生。是啊，我看清了自身。菜的爸是柳镇的镇长，而我爸是柳镇大字不识的农民。菜说，原谅我。我便闭着眼，任泪水在脸上狂奔。每天和菜在油菜地里见面，躺在香喷喷的油菜花上，看着柳镇蓝莹莹的天空，感觉自己仿佛活在童话里。那天，菜说，无论何时，我都属于你。她看我不解，附在我的耳朵上说，傻瓜，我有了。那时候我幸福死了。菜那个当镇长的爸终是发现了，他把菜囚禁在了家里。他让派出所所长把我爸关进了镇东头的岩洞。岩洞里供奉着一座观音像。我爸每晚和慈悲的观音菩萨待在一起。他回家就劝我。我不从，他就跪在了我面前。派出所到处抓我。离开柳镇的晚上，我烧了那座观音像。我感觉自己变成了一只无头的蜜蜂，嗡嗡飞着，不知该到哪里去。不久，菜便和县长秘书结了婚。

你再见过菜吗？艳梅抓着我的手问。

我想到了火光烧红的那片天幕，想到了那个怀着身孕匆匆往外奔跑的女警。

我摇摇头，突然就哭了。积蓄了十几年的泪水忽地滂沱而至。艳梅也哭了，她摸着我的头，抚摸着我瘦弱的身躯。雨水敲打着玻璃，似有人在屋外呐喊。我看到菜了。她正从监狱往回走。她的丈夫因贪污腐败被判十五年。她满身的血。她奔跑着抱住了行凶者的身子。她挡住了刺向那个孩子的凶器。她羸弱的身子噗噗地中刀了。菜啊。她满身的血。菜啊，我等了你十几年了，给你写了十几年的日记了，你知道我在想你吗？菜躺在油菜花上，她盛开着油菜花一样芳香的身子，湿润得像是解冻的冰河。艳梅抱着我的头，说，好娃啊，娃可怜啊，苦命的娃啊。我嘴里念叨着菜，像一头凶恶的狼。来电了，灯亮了，我才发现自己躺在艳梅的身旁。那几天，我们一直谈论着菜。我上班，她去捡垃圾。周末，我和她把报纸、酒瓶、易拉罐、纸箱做了分类，用三轮车拉着去收购站。废品变成了钱，我们都很高兴。她给我买我喜欢的书，我们一起回到我的出租屋。她做饭，我看书，听着炒菜的声响，我竟很恍惚，觉得人生最大的意义莫过于此。想到菜和她肚里的孩子，我禁不住泪流满面。菜和那次事件中死亡的人后来都被追认为烈士。菜菜啊！我哭着，泪水凶猛得像是饥饿的野兽。艳梅系着围裙，看着我痛不欲生的样子，知道我又想菜了。她默默地抱着我，陪我泪水长流。

一日，艳梅突然对我说，我的孩子要是在世，也和你一般大了。

我看着她脸上纵横的皱纹，说，你的孩子呢？你怎么一个人在城市里流浪？

她摸着我的脸，手上似乎带着重重的伤感。她说，我的孩子，我也不知道他到哪里去了。我总感觉他就在这个城市，甚至有时候感觉他就在我的身边。但他总是个影子，每当我快要清晰地看到他的时候，他就消失了。

我抚弄着她布满伤痕的手说，你的孩子怎么了？他被人拐走了吗？

艳梅突然哭了，她的泪水像夏天的冰雹啪啪地打在我脸上。我说，说说吧，说说你的孩子。她突然不哭了，抹着眼泪说，他是个好孩子，他一直是个好孩子啊。他上学每年都得第一，他从来不打架，他主动帮助镇上的残疾人，他每天坚持跑步，他还爱写诗。二十岁，二十岁那年我就找不见他了。

他到哪里去了呢？我抓着她的手说，他在哪里呢？我们一起去找他。

不！她突然惊恐地摇着头，推开我，走到窗前，惶惶地朝外看。天空寂寞而辽阔，一幢大楼已经竖在了高空，那号称"世界之都"的大厦会给人们带来怎样的惊艳呢？楼群傲慢地遮挡了视线，她的目光收回来，表情突然暗淡了，说，我是瞎说呢，他也许早都死了。他该死啊，我哪里来的儿子呢？

艳梅的身子软绵绵的，像是一团被榨干了水的海绵。她说，我不能再在你这里住了，我要去寻找我的儿子。我在每个城市捡垃圾，从奎屯、乌鲁木齐到广州，从广州、深圳到柳州，我几乎走遍了大半个中国。我凭着感觉又回到了洛城，我感觉我的儿子在洛城啊。我每晚都听见他在喊，妈呀，妈呀。我每条街道每条街道地找，我感觉他快要出现了。

我抓着她哆哆嗦嗦的手，摸着她手掌上崎岖挣扎的掌纹，说，我陪你一起找吧，只要他还在这个城市，我们就一定能找到他，我会和他成为好兄弟的。

艳梅把我抱在怀里，喃喃自语。我听见她说，儿啊，儿啊，你知道妈咋想你的吗？你快出来吧，妈知道你就在这个城市里，妈快要撑不住了，你再不出来，就永远见不到妈了。

艳梅颤抖的身子若夜空不停眨着眼睛的星星。

你是流氓呢还是我是流氓

你和艳梅到底是什么关系？我问站在窗前给我一个冰冷背影的杨威。

你说呢？杨威看着我跃动着红光的录音笔，目光里闪动着泪珠。

她是不是把你当成了她的儿子或者别的什么人？我关了录音笔，尽量选择不刺激他的词语。

杨威说，我不知道，我感觉自己离不开她了，有时候她简直就像我妈。

我问道，她晚上会回来吗？

也许会吧。杨威说，她说她的儿子已经出现了，她每天出去很早，很晚才会回来。

那个见义勇为者是你的老板吗？

是的。他很神秘，很少在公开场合抛头露面，那天也许恰巧被他撞见了，那个醉汉太可恶了。你也看见了，我当时已经冲上去了。

围观的人那么多，醉汉已经脱掉了裤子，艳梅的衣服也被扯得稀烂。很多人把这当作三级片看呢。你的老板是个值得敬佩的人。我们这个时代太缺少这种人了。我想做个深度报道，你替我约约你们老板吧。

我们老板很低调，每年为社会公益事业捐几百万，但从来不接受记者的采访。

那这样更应该报道了，这种企业家太稀少了，你一定要替我约到他。

我们老板从来不接受媒体采访。杨威断然拒绝了我的请求。

你如果约不到他，我的写稿任务完不成，我们领导会生气的。我们领导一生气，我只好写你和艳梅的故事，标题我都想好了——畸恋，拾荒女与一个底层男的不伦之恋。够不够吸引眼球啊？

杨威哐当一拳砸在玻璃上，说，你就是这样当记者的吗？那你还真不如街头那个流浪汉！

只要他愤怒了，我的目标便可实现。我说，哥们儿，这是我们的职业要求，请你理解。不报道也可以，但是你一定要帮我约到你老板。

杨威想了想说，记者都堕落到了这种不堪的地步，社会还有什么希望呢？他给了我他老板李大羊的电话，说，你自己联系吧，你是记者，凭你这么阴险和敬业，李总一定会接受你的采访的。

怎么说呢，当我把这个选题报给记者部主任钱正坤时，他激动得跳了起来。他亲自给我发了一支烟，说，老李啊，这个选题太好了，太吸引眼球了！你想啊，一个捡垃圾的女人与一个底层男同居，他们的年龄差距又是如此之大，这是多么好的卖点。暗访，跟拍，最好有图有真相。我在头版给你留一个整版。一个整版啊！你小子这回该出名了。这篇报道一出，咱们的报纸销量，咱们的网络点击率，咱们的广告也跟着哗哗上去了。老李你厉害啊！

至于另外一个选题嘛，也不错，但是比起底层男与拾荒女的故事，就很逊色了。见义勇为已经吸引不了人们的眼球了，人们都很忙，要是醉汉当街强暴拾荒女，那就很有看头了。我们可以发头版，可以谴责人们道德沦丧，可以考问人的良知。而遗憾的是这么具有新闻价值的事却没有发生。那个李老板要是晚出现一会儿，说不定就会发生惨绝人寰的事，那我们的报纸就会迎来哗哗的销量。

钱正坤说着说着就习惯性地摸了摸没长毛发的脑袋。他激动地在房间来回走动。他说，老李，这个题材可是千载难逢，可遇而不可求啊，一个记者终其一生，能写几篇可以傲视江湖的稿件啊？我确信，这个作品应该是你的成名作，是你记者生涯里程碑式的作品，你一定要写好，写得越精彩越好。你既要追踪现场，又要采访警察，还要采访醉汉、拾荒女和李老板。必要的时候，我们可以组织一次有各界读者参与的讨论。讨论的题目就叫"面对强暴，你是挺身而出，还是就地旁观"。

旁观个屁啊！看着老钱亢奋得像是中了大奖似的，我说，你是要我写成下三烂的艳情故事吗？写成畸形的三角恋吗？难怪读者骂我们的报纸是地摊报、垃圾报、流氓报、狗仔报。

住口！领导勃然大怒。他不许我侮辱我们伟大的《华都报》，毕竟还有那么多读者喜欢我们。他说，这么好的题材你不要糟蹋了。你不写，别的记者也会写，他们也许比我们挖得还深呢。这个报道写不好，你本月的绩效就不用领了，高级记者也不用评了，你的年度考核要是不合格，记者这碗饭怕是吃不成了。

理想很丰满，现实很骨感，这么多问题像一把把来路不明的暗器，直逼我的要穴。压力山大啊。我只好说，我没有说不写嘛，这么好的题材我怎么会不写呢？我几乎是撒着娇向领导说，这两个题材我都想写，我还想靠后一个作品得奖呢，我就差一个中国新闻奖了。

钱正坤拍拍我的肩膀说,这就对了,老李,你也不小了,是该出代表作的时候了,"8·15"的辉煌已经永远地属于过去了,你要创造新的辉煌,不要一天没有个正形,像个猥琐的怪叔叔。

我走出了他的办公室,边走边说,你是流氓呢还是我是流氓?

失去航向的河流

约了十几次后,李老板终于经受不了我厚颜无耻的骚扰,答应给我挤出宝贵的十分钟。我走进他豪华的办公室,看到十几个协会理事的牌匾挂了半边墙壁。但他委实节俭。他穿的袜子经常淘气地露出几个脚趾。他出差会把宾馆一次性洗漱用品作为礼物带给自己的下属。他唯一奢侈的是养了一只杜宾犬。他至今未婚。他没有丝毫绯闻。他简直就不是人。至今我还记得杨威描述李总时就像在描绘一个他不理解的怪物。我不喜欢你们《华都报》。李总直言不讳地说。当他听我夸耀自己报道过的"8·15"大案时,他称赞我给记者这个行当保留了最后一点脸面。

我不甘心地说,张佳至今还没有落网呢,十几年来没有他的任何消息。传说他死了。

李总离开了大转椅,走到了落地窗前。他望着高空悬崖一样陡峭的楼群说,那个新闻我也看过,在所有报道"8·15"案件的新闻里,你写得最客观了。那个少年最终走上了不归路,一条没有尽头的路。

我遗憾地说,我一直想采访那个少年,但那个少年也许死了。十多年了,也许他变成了草木。

叹息一番,我们便约好了下次采访的主题。

再见到李总,是在时代广场顶层的星巴克。他取下了遮蔽着大半个脸的墨镜,喝着茶,讲述起他悲伤的过往。

我爸从造纸厂下岗后,每月领一二百块钱的生活费。他变得爱喝酒了,喝一斤五块钱的散装酒,喝醉了就打我当老师的妈,有时候也打我。一次他蹬着三轮车拉人,被交警逮住了。交警要没收三轮车,但是他死死抓着,既不交罚款,也不想让收车。僵持间,交警怒了,叫来了几个人,到底把三轮车扔到了卡车上。卡车上装满了三轮车。我爸突然钻到车底下,大喊着说警察打他了。交警把他从车底下拖出来,他死死抱住一个人的腿。我爸和交警起了严重的冲突。据说,那天我爸赤着上身走在大街上,没了眼镜的他跟瞎子一样走了一天一夜。他一边走一边念叨自己的三轮车。第二天天黑他才摸索到了家。他回到家就喝酒,喝了一塑料壶白酒。我妈劝他,交点罚款,把三轮车要回来就算了。全县查三轮车非法载人呢,过一段时间就好了。摆个摊子卖菜啊、修鞋啊,总会有一条活路的。我爸哭得很厉害,并不听我妈的劝。我爸曾经很骄傲啊,他是造纸厂的高级技工。哪台机器出了故障,只要他上手,就会变得很听话,拿他的话说,机器比自己的儿子还要听话哩。你没见过我爸,可帅了,拿现在的话说叫老帅哥。那个时候,他上班骑着自行车,穿一身蓝色的工作服,戴着白手套,骑行在大街上,那个威风啊。我那时最大的心愿就是当一名工人,一名像爸爸那样受人尊敬的工人。我常常偷着骑我爸的自行车,模仿着他的样子,奔驰在大街上。我爸以前从来没有打过我妈,连大声呵斥都不曾有过。那天晚上,我妈说,少喝些吧,看你都喝成啥了,人家要收车,就让人家收吧,人家也是按规矩办事,而且又不是收你一个人的,你胳膊能拧过大腿吗？我爸把一口酒吐到我妈脸上，怒斥道，你也跟人家一个腔调，你跟人家什么关系啊？他骑在我妈身上，就脱我妈的衣服。我妈挣扎了一会儿就不动了。他一边撕我妈的衣服，一边扇我妈的脸。我妈一声不吭，血从嘴角流出来。他也许没有看见暗处的我。他竟然解开了裤带。我捡起墙角的砖头，狠狠地砸在他头上。血溅了我一脸。他从我妈的身上栽下来后就睡着了。他醒来后，已是第二天中午，他跪着给我妈道歉。我妈去上课了，我也去了学校。我们回家的时候，我爸穿着工作服，戴着白手套蓝帽子，用一根绳子把自己挂在了屋顶上。我爸死了，我妈的老师也当不成了。满街上又跑着三轮摩的。我妈借钱买了一辆。她每天开着摩的去拉人。那天她病了，我便开着摩的去拉人。很不幸，我也被两个人拦住了。他们要没收车，还要罚款。我的身体死死护住车子。我们起了争执，争执之下，我还受了点伤。我的车子还是被他们没收了。我被几个开三轮的送回家。我妈哭喊着把我送到了医院。我去交警队要了好几次车，他们谁都不理我。我实在不想在那个地方待了，就跑了。这十多年，我卖过血，给人放过牛羊，下过煤窑，盗过墓，当过商贩，干过小偷。一个官员，她的肾坏死了，而我的肾恰好与她匹配，我便送给她，算是救了她一条命。在她的关照下，我做起了房地产生意。我轻松地拿到了一块地。那个时候，中国的房地产市场一片火爆。第一桶金我赚了一千多万，但是落入我口袋的也就二三百万。你懂的。内幕就不便透露了。这些涉及隐私的内容你不要写，很敏感的。我每年捐钱的数目在二三百万。钱再多，也是纸。我是缺了一个肾的人。我没有后代。我就和一只狗在一起生活。你说生命对于我，意义在哪里？

你是柳镇人吗？

我突然的发问让李总措手不及。我辨析出了李总刻意包装的普通话里夹杂着的柳镇方言。方言从出生就跟定了你，如同你从母体带出来的脐带，不管你的履历如何变化，不管你对自己的舌头进行何种改造，它就如同你的血液，永远融在你的身体中。

你是柳镇人吧？我又问了一句。

李总拿烟的手哆嗦了，只是一瞬，他就恢复了镇定，说，柳镇？柳镇在哪里啊？

我盯着他的眼睛说，你的口音很像啊。虽然你说的是普通话，但我还是听出了你的柳镇口音。因为我是柳镇人。

你是柳镇人？李总深深地吸了一口雪茄，一缕淡紫色的烟雾久久地徘徊在他的眼前，他深吸一口气，那缕烟雾就得了指令似的全部钻入了他的鼻腔。

是的。我出生在柳镇。我们柳镇的刘宗元你总该知道吧？那可是柳镇乃至洛城的一张名片呢。刘老师是名满天下的大作家呢。

刘老师我当然知道。他的书我全都看过。但他不是一个大作家，他没有自己的思想，他过于随波逐流了。李总眯着眼，盯着嘴上吐着烟雾的雪茄，似乎对这个话题不感兴趣。

方言是隐藏不了的。无论你如何伪装，那个宿命般的东西总会在你不经意的时候冒出来，你的舌头已经习惯了它的滋养。我认定了李总是柳镇人，但他为何不敢承认呢？莫非他有什么难言之隐？我便丢掉了普通话，我又不是播音员，何必用蹩脚的普通话为难自己还污染别人的耳朵？柳镇的方言很土，像是深埋在地下的文物。我用柳镇方言和李总说话。我讲柳镇的饭食洋芋糊汤，我说酸菜就洋芋糊汤太好吃了，尤其用铁锅柴火做出来的洋芋糊汤，那才叫滋润肠胃的人间美食呢。我说柳镇的木耳那才叫天然无污染的绿色食品呢，家家户户门前都有木耳架，下过雨，满架子的木耳争先恐后地长出来，像是无数孩子的耳朵。那空气清新湿润得能挤出水来，你吸一口，感觉肺跟清洗了一样。娃娃鱼你肯定见过吧？学名大鲵，哭起来像娃娃，柳镇的河里到处都是这种像娃娃的鱼呢。柳镇的变化太大了，再也不是过去那个偏僻荒凉的样子了。

说着说着我就激动起来，我发现自己回到了柳镇，我听见李总咽唾沫的声响，我看到一个戴着白手套的少年骑着自行车在柳镇的大桥上呼啸而过。

李总站起身，把半截雪茄狠狠地摁灭在烟缸里，一缕烟挣扎着飘起来。他突然用地道的洛城方言说，有机会我到你们柳镇去看看吧，说不定还真是一个好地方呢。我要参加一个会议，稿子发表前，我要先审审。

李总送我出了茶室，我一回头，看他抱着雷诺，又戴上了那副遮蔽了半个脸的墨镜。等电梯的时候，我看他还呆呆地站着，雷诺的舌头在他没有表情的脸上舔来舔去。

我们都是有罪的人

我把初稿传给李总请他审核，每次询问，他都推托日理万机，把时间无限期地往后拖延。最后他竟说不要发表了，做些实事即可，发表只是哗众取宠而已。但是事情已经不由他和我了。报纸每天要出版啊，读者的胃口被吊起来了，每天都期盼我们能爆出猛料，能不停地揭个黑幕或者弄个别的什么刺激的东西。钱主任早就不满意了。他说，老李啊，你那个大稿都拖了几周了，他不同意，我们照样可以登啊，反正是正面宣传嘛！登了以后，再弄几个专版广告,那个李老板,每年光钱就捐几百万呢。他要是不肯,我们就曝光他企业的问题。他常常让员工互打耳光,这也是天大的新闻呢,严重地违反劳动法,侵犯人权。

怎么再深挖呢?我在写李大羊的故事中,明显感到了他人生的破绽,他似乎有很长的空白期,二十岁之后,他的人生链条似乎就处于断裂状态。我就给杨威打电话。杨威在李大羊的公司干了五年,又是电脑工程师,他应该对自己的老板有更多的了解。但杨威的回答让我甚是失望。他建议我关注一个用户名为"夜蝙蝠"的微博,那上面有许多值得揣摩的信息。我便上网搜寻。"夜蝙蝠"最后一条微博发自八仙庵:

是谁定地的尺度?是谁把准绳拉在其上?地的根基安置在何处?地的角石是谁安放的?……海水冲出,如出胎胞,那时谁将它关闭呢?

那个人真的是我的母亲吗?

我该如何?

莫非,到了了断的时候了?

冥冥中我看到穿着制服的父亲向我走来。

父亲弥留之际抓着我的手说,无论如何,都不能报复社会啊,即使在最艰难的时候,也要挺住,那是活生生的生命啊。住院这段时间我一直在反思,张佳十八岁,他也许在走投无路的情况下把怨恨记在了我们的身上。我们有执法权,我们是强权机关,张佳一个弱孩子,年龄和你一般大,他也许被逼得无路可走了,才铤而走险。后来我才知道他家庭的变故,父亲自杀,母子俩相依为命。如果有机会见着张佳,我一定要为人们的粗暴野蛮和自私向他道歉。我们不自觉地成了他的帮凶。

父亲说这话的时候,已经是一个月后的深夜。纵然各级领导来慰问他,纵然媒体将各种荣誉加在他的头上,但是他已经无法消受了,他的气息在一点点减弱。张佳的那一刀直接刺伤了他的肺部。他抓着我的手说,法网恢恢,疏而不漏啊,出来混,迟早是要还的。如果你有机会见到张佳,一定要替我道歉。

父亲的身上插满了管子,他的目光满含希冀地望着我。我咬着牙含着泪答应了。父亲的脸上露出了安详的笑容,合上了他的眼皮。我说,父亲,我会替你道歉的。

父亲这个老警察的日记陪伴着我,成了我的亲密爱人。我读它,似乎就是在和父亲说话。那个张佳的形象在我的脑海里日益清晰。他好像成了某个影子,与我朝夕相处。有时被噩梦惊醒,我似乎听到他隐藏在黑暗中的冷笑,如若柳镇猫头鹰的哭号。我努力在昏暗的房间里寻找,仿佛张佳就在我触手可及的地方。有时候,我分明看到他站在我的面前,但我一伸手,只抓了一把虚无的空气和无边的黑暗。我上厕所,他嘲讽我稀里哗啦,文明素质一点也没有提高;我吃饭,他笑话我成了化学试剂,吃地沟油垃圾食品,身上的毒性比害虫还毒;我写稿子,他讥笑我粉饰太平溜须拍马,没有一点媒体人的风骨;我到处租房子,他讽刺我这样的底层人物打工十几辈子都买不到一套房,不如做一只老鼠住免费的下水道。妈的!我朝他猛地挥拳。他像蝙蝠一样飞到我的头顶。要不是你,我会失去父亲吗?我能像无根的浮萍,当个记者,我容易吗?瞧我们主任那个嘴脸,动辄要开销我,动辄说我稿子写得臭,动辄嫌我过节没有去看望他、吝啬得连条一毛钱的短信都舍不得给他发。更可气的是，他派人到柳镇调查我，说我偷窥过女老师的宿舍，偷过女老师的内裤和胸罩。还有，他竟然调查出了我在一个女同学头上撒过尿的事，说我放牛的时候，变态地体罚牛。杂种！哪来这样的事啊？我爸要还是警察，他敢这么欺负我吗？怪我才华横溢啊！他是羡慕嫉妒恨啊！我好多有分量的稿件都要署上他的名字。外出采访，别人送的土特产如苹果、红酒、柿饼、茶叶啦，我统统送给他了。可，可他仍然不放过我。他在厕所里竟然说，老李那个贱皮子，我就要捏死他，名记怎么了？有才华怎么了？有才华的太多了，谁让他太有才了。你瞧，我们主任就是这么个货。晚上，我又看父亲的日记。看着看着，我的心就分外地平和了。那之前，我一直想雇人收拾我们主任啊。但父亲在日记里说，碰到困难和挫折，不要冲动，更不要逞一时的匹夫之勇。冲动是魔鬼，会毁掉你的一生。张佳不就是冲动埋下的祸根吗？任何时候，都不能走那条路。

父亲啊，你告诉我，张佳在哪里呢？

我不是你们想象中的那个人

我把初稿交上去，主任看都没看，就把稿子撇到一边说，这个李大老板很有实力，一定要弄一笔广告费，他每年做慈善花几百万，给我们《华都报》一点广告费，简直就是小意思嘛。

我说，还有几个细节有待核实，如拾荒女为什么会一直徘徊在时代广场，杨威说她其实有一处房子，但她一直不肯住。又如，拾荒女经常会在垃圾桶里捡到钱，最多的时候好几千。是谁故意把钱放到垃圾桶里让她捡？又如，她把卖废品的钱都捐给了救助站，而她自己过得非常苦，为什么呢？杨威好像掌握着某个秘密，但是他守口如瓶，一直不肯透露。

主任很不耐烦，抖着稿件说，这些和李老板有什么关系呢？我们是记者又不是破案的警察，关键是借此机会，给报社弄回一大笔赞助。

我沉思着说，我要再采访那个叫艳梅的女人，我想把细节搞清楚。

主任敲着桌子说，那就再给你最后一次机会，你这个认死理的家伙。

狗屎，你就是狗屎！心里这么想，我嘴上却说，好，就最后一次吧。

我去出租屋找杨威，但那里已经住了别的房客。房东愤愤地说，杨威和那个女人已经偷偷搬走了，他房子打坏的灯泡还没有给我赔偿呢，他墙上画的那些乌七八糟的图案还没有清洗呢。

房东絮絮叨叨说着。我去了时代广场的十八楼，看到李老板公司的门上贴着封条，上面盖着公安的大红印章。雷诺蹲守在门口，目光警惕地盯着我。我朝它打招呼，说，你主子怎么了？他是做好事的啊，警察怎么会抓他呢？雷诺朝我汪汪地叫了几句，我一句也听不懂。

我赶紧拨打杨威的电话，好半天，他终于说话了。他说，李记者，天大的新闻来了，你赶快来派出所。

难道又有什么大事发生？我远远地看见派出所门口停着一辆辆警车。一群荷枪实弹如临大敌的警察。一个女人野兽一样号哭。警戒线外的杨威冷冷地看着警察从李老板脸上摘下了墨镜。杨威的脸上浮现出胜利者的笑。戴着手铐和脚镣的李老板把头仰得很高，似乎想把他的头颅举到太阳前。他面无表情地对那个和警察撕扯的女人说，我不是你儿子，你儿子十几年前就死了。

　　警察朝他的脸抓去，就从他的脸上揭下了一张惟妙惟肖的面具，一张刻着乱糟糟刀痕的人脸就闪电一样亮出来。

　　我已经走到了他面前。他看着我说，李记者，这一天终于来了，但来得太迟了，你的稿子可以重写了。

　　几个月后，我给报社发出了我职业生涯的最后一篇稿件。

　　　　本报讯（记者　李是非）：昨日"8·15"大案主犯张佳被执行死刑。据悉，张佳曾潜逃十二年，化名李大羊，系华世集团总裁，公司资产近千万。华世集团以做慈善闻名，每年向贫困地区捐款达百万。张佳在执行死刑前立下遗嘱，将公司资产一半用于"8·15"大案死难者的抚恤，另一半捐献给贫困地区。本报记者李是非被张佳指定为遗嘱执行人，监督遗嘱执行情况。

摇摇摆摆

一

我啥时候上班？

我到底啥时候上班啊？

心丽实在熬不住了。她总是在一冰吃得最香的时候突兀地甩出这个问题，仿佛给一冰碗里撒了一把辣椒粉。一冰就停了筷子，嘴里极响亮地咀嚼着，脸上的肉凝成一疙瘩，牙齿打架的声音都能听见。心丽就不敢再催了，她发现一旦她问到工作，查一冰整个人就像被冰雹洗劫过的庄稼，枝残叶败。但即使再累，查一冰总要来一回。你瘦得跟猴一样，都有黑眼圈了，每当一冰攀上心丽的身，心丽总是笑话他贪得没有个饱。这能有饱吗？查一冰反问，我还在度蜜月呢，我比别人都迟了五六年，我得抓紧补回来。这还能补回来吗？心丽即使疑惑，也很快被一冰饥饿祈求的眼神所捕获，他要的就是这一点点的欢乐，如果连这点欢乐都不能制造，那自己还能给他啥呢？心丽便由着一冰颠簸，将自己的愿望一次次锁在了内心。

我啥时候上班啊？两个月后蚊虫欢唱的某个夜晚，心丽看着她脸上方那张汗津津的脸终于忍不住了。

你再歇歇吧，咱们还在度蜜月呢！查一冰抚弄着她圆鼓鼓的胸说，咱们现在也不缺你挣的几个钱，我在工地上一天一百多，够咱们花的了。

这是度蜜月吗？你不是说人家度蜜月都在三亚啊，北京啊，杭州啊，还有去啥新马泰的，我一天到黑闷在出租屋里就是度蜜月吗？从柳镇来西安，我不过是换了一个房子而已，叫你给我找工作找了几个月都没影。心丽一使劲，在她身上喘息的查一冰摔下来了。

一冰把她滑溜溜的身子揽在怀里说，我早给我们张老板说了，老板也答应了，说是再等几天就叫你去灶上做饭。

我不想到工地做饭。心丽鱼一样从一冰怀里挣脱着身子说，工地太脏了，我想去个环境好的地方，跟韩剧里那些大公司里的女职员一样。

扑哧！查一冰忍不住笑出声，韩剧里的俊男靓女都是一个模子刻出来的，你咋能拿现实生活跟电视剧比较呢？人家是搏击苍穹的雄鹰，我们就是黑暗泥土里爬行的蚯蚓。一冰尽力讲得委婉些，他怕说得尖锐了，刺痛心丽的心。心丽虽然初中没毕业，但对美好生活的向往并不输于一个大学毕业生。我是蚯蚓你是雄鹰吗？心丽挪开一冰抚弄自己的手，踢开一冰架在自己身上的腿，后来，两个人背对着背像两个充满疑惑的问号，询问着墙壁上躲躲闪闪的光。

心丽想不到自己第一天上班就出问题了。

事后想起那天的情景就跟有人导演一般。她端着瓦罐炖土鸡走进"望春风"包房时，那一桌人酒正喝到酣处，有个客人的目光火辣辣地打在她身上。

小姐，喝杯酒。那男子把盛满着酒的杯子举到她面前。先生，我不是小姐，我不会喝。她手里端着的瓦罐咕嘟嘟地冒着热气。不给哥面子。你喝了这杯酒，哥给你好评，给你小费，给你发红包。心丽慌了，第一次碰到这种情景，就跟兔子看见了老虎一样，简直不知如何应对。哥，我喝。她新来的。一同服务包房的金叶来解围了。男子推了金叶一把，金叶趔趄着身子撞在墙上。金叶揉着头上隆起的包说，老板，我们这里不是卡拉OK，也不是夜总会，我们不陪酒。酒桌上的人哗啦啦笑着并不劝解。男子把漾着酒水的杯子逼到了心丽的嘴前，似乎心丽不喝，他会将酒杯和酒杯里的液体塞进心丽的嘴里。心丽看着酒杯里兴奋的液体，乌七八糟的气味向她的鼻子猛扑而来。心丽偏开脸让过了它，但酒杯有些小人得志步步紧逼不依不饶了，似乎心丽的嘴不喝，酒杯就不叫酒杯而变成了尿壶或者别的什么东西。嘴无法再让了，心丽的身子躲了躲，瓦罐里的汤呼啸着泼到男子身上。

谁能想得到啊？心丽更是没有想到。后来他们第一次约会时，这个叫作华生的男子问，那天你是故意往我身上泼的吗？

我哪敢啊！心丽挡住他伸过来的毛茸茸的嘴说，我当时只是害怕，我第一天上址就碰到你这个坏人，我根本不知道该咋办。

我那天过生日，也是有些醉了。第一眼看见你，就感觉你像从画上走下来的，带着一股天然的田野之气。我请你喝酒，无非是想和你认识认识。华生像抚摸孩子一样抚弄着她说，你的头发真好，像一面黑亮黑亮的大瀑布，比电视里给洗发水做广告的头发都要好。

真的吗？心丽摇晃着柳枝样纷繁的长发，感到华生的嘴喘息着插进她茂盛的发丛。

其实，那天的情景后来在回忆里还展现着许多的荒诞和不可思议。

人们尖叫着，看见华生的头上和衣服上挂着鸡翅膀、鸡爪子、鸡脑袋。华生抹了一把脸上的汤汁，舌头舔着嘴角的菜说，你好厉害，我请你喝酒，你就请我喝鸡汤。

不是的，不是的！心丽吓得不停地摇头，不停地摆手，她跺着脚说，我不是故意的，我不是故意的。我喝酒吧，我喝了你就不会介意了吧？我给你洗衣服，我给你洗得干干净净的。求求你了，我今天第一次上班，我都找了好几个月的工作了，我这个工作来得太不容易了，求求你，行行好吧，发发善心吧！你会长命百岁的。

心丽嘴里咕咕哝哝不停地给华生说着好话，她没容华生回答，就夺过了华生手里的酒杯，咕咚一口，杯子就见底了。她把空杯子朝华生亮亮，说，老板，你们都是大老板，你就饶了我吧，我保证给你把衣服洗干净，洗不干净我就给你赔。

听心丽说赔，包房的人都笑了，心丽不知道他们傻笑啥。损坏人的东西要赔，这么浅显的道理难道你们老师你们父母没给你们讲过吗？还瓜笑呢，像傻子一样瓜笑好玩吗？笑点就这么低吗？简直低到尘埃里了。

你知道他的衬衫多少钱？

你知道他的皮带多少钱？

他的内裤你更不知道多少钱了吧？

面对着这么多的不知道，心丽只好放下赔偿华生衣物的念头。一件衬衫会有多少钱呢？毕竟那个时候她还没去过世纪金花、王府井百货，假若她知道这些奢侈品店里商品的价格，就不会惹人耻笑地要给人家赔偿了。

总不会比天上的星星还贵吧？天上的星星还落呢。心丽举着酒杯，脸上忽地就酡红一片，如一朵燃烧的云。

你再喝十杯，华生把秃顶上那一缕跳下来的头发别上去，咯咯地打着酒嗝说，我就不让你赔了。

你说话算数？心丽迎着满桌子射来的目光问。

哈哈！华生带着一身的鸡汤味发出了一串沙哑的笑声，我华大官人虽说不上金口玉言，但也是一句顶一万句，一诺千金。

你真不让我赔了，我就喝十杯酒，你也不要给老板告我的黑状让老板炒我的鱿鱼。心丽抓起桌子上的分酒器对一身鸡汤味的华生说。

你只管放心喝好了，这一大包房的人都可以给你做证。华生被鸡汤浇灌的衬衫贴着他鼓囊囊的肚腩，似乎他被人托举的大肚里藏着一个顽劣的蹦蹦跳跳的秘密。

心丽怎么能放心呢？这些人都是他的帮凶，他们会给我做证吗？心丽拿目光朝这些人脸上照过去，这些人用意味深长的目光跟她对视。他们一个个斩钉截铁地说，一定给你做证，堂堂大老板欺负打工妹，我们都不会放过他。

这些人突然站在了自己这一边，心丽霎时感动万分，好人还是多啊，并不像一冰爸说的，城里到处都是坏人，遍地爬的都是毒蛇；也不像一冰说的，城里人和农村人天然是两个对立的阶层，不是一个阶层压榨另一个阶层，就是一个阶层压迫另一个阶层。看来，一冰的说法太缺乏调查了，没有调查就没有发言权，调查就是实践，实践是检验真理的唯一标准。

喝吧。有人想喝还没有资格呢。

喝吧。这可是粮食精三十年陈酿。

喝吧。比你们农村人爱喝的白糖水还好喝。

心丽就一杯接着一杯酒往嘴里倒。开始还有人数着，后来就顾不上数了，他们就一个个和心丽轮番着碰杯子。心丽的脸先是酡红，后来是火红，再后来就是面粉样，如落了一脸的雪。

心丽不知道自己喝了多少杯。心丽听说这酒是茅台，是中国国宴招待用酒，是名酒。好喝，她一杯接着一杯往嘴里倒，这比我爸自酿的柿子酒好喝多了。那近乎六十度的酒下喉，口腔里呼地一下就生了大火。她爸喝酒总要给她倒一缸子。陪我喝！她爸手里抓着她腌的酸萝卜，拿缸子和她的缸子咣咣地碰着。

二

几乎一夜间楼房就长高了许多，那些扑面而来的建筑如一面面冰冷的悬崖，让一冰莫名地战栗，脚下的人纷繁得如没头没脑的苍蝇乱哄哄地盘踞在马路上。这个夹在两条大街之间的仁义村已进入拆迁的尾声，虽然还有五栋砖混结构的楼房顽强地横亘在扭曲的路边，但它们已经显出了不堪一击的惨象，那两家刚签了协议的房子很快就被轰鸣的机器占领了，铲车推土机蜂拥而上，如一群围剿羔羊的狼。"果粒城"占据了仁义村的显要位置，庞大的骨架显露了巍峨的气象。"新一代的城市综合体""西部最大的空中景观""丝绸之路上的东方奇迹"……开发商以时髦的词汇蛊惑人心地描绘了这片土地即将呈现的人间奇观。

这是高新区最后一个城中村，城市最后一个毒瘤，我们必须将它连根拔掉。张老板在早会上再三强调，而他纯粹是一只人云亦云的鹦鹉，跟着"果粒城"的老总任总学舌。任总，他们这些民工当然没有资格见，那几乎是传说中神一般的人物。那天任总戴着墨镜，举着剪刀，和一帮领导剪彩。大领导讲话，小领导讲话，最后任总讲话。一冰他们在地上蹲着，听得累了最后索性坐在地上。风将灰尘鼓噪起来，一时间天空雾蒙蒙的。那栋拆迁楼上的标语被风吹得呼啦啦地叫着。楼顶上栽的国旗倒颇为严肃，它不为风所撼，只偶尔不由自主地摆摆红艳艳的身子。风把纸片、泥土等垃圾驱赶到了天空，一时间空中如展开了一场乱哄哄的抢夺战。负责日常工作的张老板也在尘土飞扬中讲了话，一冰他们被引导着哗哗地拍他们满是尘土的手。中午灶上的饭菜突然丰盛得如同过节，白花花的肥肉飘着浓郁的香味。吃，放开吃！

一冰把自己那份肉菜装在饭盒里，他闭着眼悠长地吸了一口气，香，太香了！你吃了就行，干吗还带回来？我们也不至于穷得吃不上肥肉。心丽嗔怪地说。咱们一起吃。一冰美滋滋地把肉菜倒进盘子里。心丽今天做了酸辣土豆丝、清炒土豆片。菜都上了桌，一冰突然有些激动，他给心丽碗里夹了几块肉，说，这样的日子也很好啊，我每次收工回家，都有热饭吃，工地上那些人羡慕死了。心丽给一冰碗里也夹了几块肉，说，这样的生活你就满足了？我每顿都能让你吃上热乎饭。咱们要往好处发展呢，你看电视上城里人的生活，那才叫生活呢。心丽的口气里含着明显的不满，不仅是对一冰的不满，更多的是对这个仁义村的不满，这哪是城市嘛，你看那楼房盖得面对面，对面楼上放一个屁，这边都能闻到臭气听到声响；街巷里污水尿水泥水粪水，感觉还不如咱们柳镇呢。但柳镇能跟这里比吗？这里正在城市化，拆迁改造如火如荼，你没有看村子口的规划图吗？"新一代的城市综合体""大都市的第二颗心脏"……我第一颗心脏在哪里都不知道呢，还第二颗啊？心丽见一冰不吭声，以为自己的话又刺伤了一冰敏感的自尊，便不再言语，默默地往嘴里扒拉着白米饭。一冰说，等这个月工资发了，咱们上城墙，咱们在城墙上骑自行车。心丽收拾了碗筷，给一冰泡了一杯茶说，你上去过吗？听说那是世界上保存最完整的城墙，一圈有十几公里呢。一冰喝了一口茶，老老实实地说，我在西安打工也有五六年了，但还真没有上过城墙呢。好多时候，都是挤着公交车，在城墙的门洞里进进出出，倒是看见很多老外在城墙上骑自行车。心丽在过道的水池里洗着碗筷说，那就不去了吧。咱们现在要好好攒钱，在西安买房子。只有买了房子，才算在城里扎下了根。一冰心里激动起来。他走到水池边，见无人，便抱着心丽的腰说，我们一定会过上好日子的，那些景点我也一定会带你去，只要有了钱，国外都能去。我们何时会有钱呢？心丽把碗筷在水池里搓洗得哗哗直叫，水溅到了一冰身上。一冰勒紧心丽的腰说，不会太远了。心丽收拾好了过道的简易灶房，关了房门说，你睡一会儿吧，两点还要上班呢。一冰躺在床上，看着心丽拖地的身影，说，我好幸福，我觉得我是世界上最幸福的人。心丽把地板拖了一遍又一遍。一冰看着地上晃动的人影，睡意渐渐袭来，刚闭了眼，就听见有人咚咚地敲门。

心丽开门，却是房东站在门口。

收房费吗？还没有到月底呢。一冰坐起来说。

房东走进屋内，夸心丽房子收拾得整洁，不像有的住户把房子糟蹋得连公共厕所都不如。房东像在自己家里一样从容地走着说，村子都快拆完了，就剩我们几家在扛着，我们扛了五六年，快要扛不动了，我们咋能扛得过啊？

你们不是在打官司吗？一年半载怕不会拆吧？一冰下床给房东发了一支烟。房东也许嫌他的烟不好，并不接，从自己身上摸出一支点燃塞在嘴上，深深吸了一口说，我们把拆迁办告上了法院，但是谁知道拆迁办和开发商穿的是不是一条裤子？法院能不能维护我们的利益呢？他说三层以上加盖的不算赔偿面积，难道这三层以上是老天爷可怜我们凭空给长上去的吗？他说不算就不算啊？

房东太啰唆了，我既不是开发商又不是拆迁办，你给我讲这么多的道理顶用吗？你们城市人也太不知足了，赔你个三四十万还赔你几套房，你们胃口大得还不知足。要是我，我都要烧高香了。一冰心里想。

我就不信没有地方讲道理。房东终于讲完了话，他身子都出门了，似乎突然才想起自己的正事，他脑袋又拧进门里说，小伙子，我这房子保不准啥时候就叫人给强拆了，说不定我们正睡觉呢，房子就神不知鬼不觉跟发生了地震一样从地球上消失了。张老板那一伙人的手段你是知道的，盗窃、杀人、拐卖儿童、强奸、抢劫，没有什么坏事他不干。他不会有好报应的。我们西安人民不是好欺负的！

一冰觉得房东还是没有说出自己想说的话，他心想，我们柳镇虽然有人干了许多坏事，在媒体上去尽了脸，但也不要忘了，柳镇近几年也出了不少见义勇为的人，出了若干富裕后带头做慈善的人。比如我查一冰，就在街头献过血，扶盲人过过马路，还给卖唱的艺人捐过一块钱。

小伙子你还是不错的。房东似乎听见了一冰的心声，他表扬道，你从不拖欠房费，上厕所拉屎还知道冲水。我是专门来给你打招呼的，这楼上的租户我就告诉你一家。不要看张老板是你们柳庄人，也不要看你给张老板打工，那个家伙做事从来都不讲情面。你心里一定要有个准备，我这房子早晚是保不住的。

一冰正琢磨着，房东就长吁短叹地下了楼。

这栋楼真的会像突然发生了地震一样倒掉吗？心丽颇为紧张地关了房门，身子靠在门上簌簌发抖。

房东就是为了多赔几个钱。城中村拆迁是国家政策，他们几家能挡得住吗？赔三四十万，补偿几套一二百平方米的房子，他还嫌少，人心不足蛇吞象。咱们要是有他这么多钱和房子，咱们还愁啥啊？一冰安慰心丽说，不怕，张老板有那么大的胆子吗？他敢让这房子一夜间消失吗？这楼上住了那么多人，他敢把这个楼炸了吗？他敢吗？咱们既不惹房东，也不惹张老板。咱们给张老板干一天活挣一天工钱，咱们住房东一个月房子出一个月房费。他们的事情跟咱们无关。

万一房子拆了，咱们在哪儿住？该不会再回柳镇吧？心丽边洗衣服边说。

这么大的城市还能没有我们住的地方？将来万一某一天城中村拆完了，我就不相信我们还没有买房子，还在东奔西跑地租房子。一冰安慰心丽的同时也给她描绘着美好的未来。

你给我把工作找到了吗？我出去工作，不管干啥，总比你一个人挣得多。将来咱们的孩子出生了，花钱的地方多着呢。不管咋样，咱们的娃要在城里上幼儿园上小学上中学考大学，不能让咱们的下一代再重复我们的命运。心丽把衣服挂到了过道的铁丝上，衣服上的水如下雨般滴滴答答地响着，水在楼道流出了一条路，沿着楼梯往下走。

一冰觉得心丽到城市，确切地说是到仁义村才半年的时间，目光和信心就如柳镇上空翱翔的老鹰般凌厉而坚决，死也不准备回去了。心丽说，我们一定要在城里扎下根。一冰应着声说，当然了，我们的下一代一定会比我们强。

衣服上跌落的水珠敲了敲一冰的头，一冰摸了摸头上和脸上散发着洗衣粉香味的水珠说，先买一台洗衣机吧，新的买不起，到旧货市场上买一台旧的吧。你的工作慢慢找。张老板说等几天做饭的王英要是不来了，就叫你顶上。工人的饭嘛，又不是给领导做，厨艺是不多讲究的，只要把生米做成熟饭，让这些出力人填饱肚子就行了。

听说你小子的老婆很漂亮，叫来让我验收验收。张老板颇有深意地拍拍一冰的肩膀。一冰点着头，把一条芙蓉王烟放在张老板的桌子上说，张总，心丽的饭做得可好呢，老家的饭菜她都会做。张老板笑眯眯地拍了拍一冰送的烟，说，叫来让我验验。一冰脸上配合着笑，觉得张老板委实粗俗，心想，我的老婆让你验啥啊验？但嘴上只能含糊其词地嗯嗯应付着。每每耳边响起张老板嘎嘎的笑声，一冰就很难安生。风叫嚣着扑过来突然变得狂野极了，脚手架动荡着发出呜呜的巨响。一冰紧紧抓着护栏，身子随着脚手架跟荡秋千一样摆起来。

三

去还是不去？

虽说上菜时心丽泼脏了华生的衬衫，华生也被心丽的酒量吓得不轻，但那一张藏在心丽LV（路易威登）包里的烫金名片就像一只误入笼子的小兔，砰砰蹦个不停。这LV女包是一冰在天桥上的摊贩手里买的。小贩说，鳄鱼皮呢，世界名牌，只卖五十块。一冰当时就买了，这个小贩不仅卖LV，还卖皮尔·卡丹、花花公子、金利来、迪奥。这真的是世界名牌吗？心丽记得一冰付了钱，自己摸着这个所谓的世界名牌傻傻地问。当然是真的,马云害的,生意难做,老板转行,赔钱都卖。一冰当然不相信商贩的鬼话,也不想给心丽做进一步的解释,害得心丽抓着LV包傻傻地问了第二遍。摊贩和路人的目光噼里啪啦地砸过来,心丽觉得世界名牌的做工也太粗糙了。当她把华生印满头衔的名片塞进包的内袋时,根本想不到自己日后会和这个有钱人发生藤蔓一样的纠葛。

一冰睡得不像个人了,他咋能睡得那么香呢?似乎几辈子就没有睡过觉。他下工回来匆匆吃过饭,扒了衣服身子挨着床,鼾声就在房子里到处飞舞。心丽越来越睡不着。她几次试探着要给一冰讲,而一冰总是不给她机会,她张开的嘴唇还没来得及制造声音,一冰嘴里就不可遏制地发出一连串的哈欠,困死了,张老板答应了,再等等吧。心丽便闭了嘴,想着暂且不告诉他吧,干一阵再说,万一酒店干不了了再去工地上做饭也不迟啊。但偏偏在酒店发生了那惊心动魄的一幕。她摩挲着华生的名片,想不到一个人会有那么多的头衔,一个头衔就是一个身份,那华生有十几个身份呢。他每天会用哪个身份生活呢?心丽不停地按着遥控器,电视上频频变化的场景终究无法回答她的问题。她时不时就掏出华生的名片摩挲,似乎在摩挲华生光闪闪的头顶,最是那一缕长发,常不经招呼就挂到了耳上,华生的脑袋往左边用力一甩,那一缕长发就极听话地被甩到那个经常盘踞的位置。嘻嘻!心丽想着那一幕,甚觉可笑,都笑出了声。她的手指头弹着华生的名片,几次都想把那几个神秘的数字拨出去,有一次都拨到第八个数字了,一冰突然进了屋,她仓皇地把电话挂断了。打电话干吗呢?是想问他的衬衫干了吗?是想说给他赔偿一件衣服兑现那晚自己的诺言吗?是,好像又都不是。忐忑间,她给华生发了一条信息,说,我会赔你一件衣服的。华生似乎早就在等她，信息像河水哗哗地流过来。

不要害怕哦，我不会叫你赔偿的。女孩子不要喝那么多酒，喝酒对身体不好。你像一朵莲花，出淤泥而不染，濯清涟而不妖，只可远观而不可亵玩。

她手机上保留着华生发来的近百条信息，她像读故事一样不停歇地翻阅着，读着读着就感觉身子陷入一个色彩斑斓的花园，她在花草摇曳蚊虫飞舞的泥淖上挣扎着，身上掠过一道道镀着金边的雷电。这些温暖的话她何曾听过。这些话一冰最该讲了，但一冰不曾讲过。莫非和钢筋水泥交往时间长了，人也变成了钢筋水泥？莫非他还记恨着那八万块钱的彩礼钱？柳镇嫁女的彩礼钱都是八万块，确实太高了，高得离谱了，感觉像卖人一样，但她一个弱女子能打败柳镇顽固得像坚冰一样的习俗吗？结了婚她就急急地跟着一冰进城了。我们好好奋斗吧，我不相信我们拼不出一片天。她抓着一冰粗糙的手立下了他们婚后的第一个誓言。她给一冰发信息充满柔情地问一冰中午想吃啥，一冰回信息说随便。她说，吃米饭吧，我买了肉。今天肉便宜，给你做红烧肉。一冰半晌才回信息说，老吃肉容易胖，城里人都不吃肉了。她知道一冰是嫌买肉花钱，就说，我好闷，像坐监狱。窗外一只猫叫了许久之后，一冰说，张老板已经答应了，你下个月月初就可以上班。她羞羞地说，我想你了。想你了当面不好说，毕竟羞啊，可是说和不说不一样啊，发信息就可以说啊。她给一冰发去一颗跳动的红心。她看见她的红心向一冰嗖嗖地飞去。一冰许久没回复，最后发回一个冷冷的"哦"字。

心丽就出发了。

华生给她手机上发来了详细的位置，怎么乘公交、乘地铁，华生像教学生一样教着她。你要是实在找不到，就打车，到了酒店楼下,给我打电话,车费我来付。心丽感动得如同走失的牛羊找到了主人或家园。华生考虑得太周全了,自己何曾得到过这样春风化雨般的呵护啊。心丽就有些迫切了。她当然舍不得坐出租,到了楼下叫人家付费,多么不好意思,不如早早出发吧。心丽九点就动身了,中间换乘了好几次车,问了好多人,十一点半才赶到高新二路。购物广场、银行、展览馆、会所、酒楼,即使是城市的内部也呈现着明显的分界啊。这南郊的高新区和心丽头脑中的城市倒是蛮吻合的,整洁、气派、神秘、华贵,心丽再也找不到更合适的词语了,自己毕竟才初中毕业嘛,能这样描绘摩登的城市已属不易了。嘻嘻!心丽捂住嘴,不由得笑出声。笑过之后,竟发现自己的身子像广场前的大树一样簌簌地抖,没有风,身子走到了旋转门门口还是不由自主地抖,是冷吗?也许是冷气开得过足了,心丽看着自己的腿不听使唤地颤抖着,裤子像被风搅动的水,摆出了很大的动静。心丽努力让自己镇定,发抖的身子若是被大堂小姐睥睨的目光逮住了,人家还不笑死啊。

华生像一团灼亮的光,热烈而灿烂地照着她。

身穿旗袍的服务员给她递上了热毛巾,往她面前的高脚杯里倒了红酒,往她桌前的杯子里倒了茶水,给她打开了一盒酸奶。

我还以为你不来了呢。华生的目光像抚弄小动物般地挠着她。

冷气赶过来收走了她身上热乎乎的汗,心丽忽地就凉爽下来,甚至感到有点冷了。她咕咚咕咚地喝完了一杯茶说,我答应你的,怎么能不来呢?

服务员又给她杯子里添满了茶水。心丽想,还没吃饭呢,就不停地喝茶,这难道也是吃饭的讲究吗?她看看身着短裙的服务员,目光无意中掠过服务员白得像雪一样的大腿。人家的腿也太白了,白得都不能叫人腿了。她就挪走目光不敢再看了，似乎那里的雪白正讥笑她呢。

你渴了吧？华生盯着她端茶杯的手说，喝点酸奶吧，今年确实热得邪乎，鸡蛋放在太阳底下都能熟了。

心丽就喝了一口酸奶。

不一会儿菜就上来了。每上一道菜，服务员就报一次菜名。菜全部上齐后，服务员就微笑着关上包间的门出去了。

心丽突然有些紧张，大腿在桌底下簌簌地抖着，桌布被带动了，也跟着抖动。

华生用公筷给她夹了一道菜说，这是潮式卤鹅肝，是从潮州挑选的地道的黑沙鹅佐以潮州卤水制成，普通鹅的肝脏略硬，但它的肝脏比法国鹅肝还要润滑，而且并不油腻，对改善血液循环、软化血管有帮助。是一款绿色食品。

这菜胆鱼翅是粤菜中的名菜，鱼翅特地选了裙翅，用金华火腿、老鸡、赤肉等慢火熬制八小时后而成的顶汤炖过六七个小时后，鱼翅软滑适中，恰到好处，翅汤喝起来爽口顺滑，回味无穷。心丽，你尝尝，味道还不错吧？

心丽嘴里傻傻地应着，鲍鱼泡饭、清蒸鳜鱼、蒜蓉西兰花，华生像一个大厨，极专业地介绍每道菜的特点与做法，似乎心丽不是来吃饭的，而是来考察他厨艺的。起初心丽还抱着点矜持，几杯红酒过喉，她索性就放开了，不懂就是不懂，何必在人家这些懂行的人面前装啊。华生像厨艺大赛上的解说员一样说得头头是道，心丽就放开肠胃解放了肚子，大胆地吃起来。碰到不会吃的菜，她就学着华生的样子，吃毕竟不是啥高深的学问，一看就会了。

买单时心丽吃了一惊，这顿饭两个人就花了三千多。

不贵啦,请美女吃饭我也跟着年轻啦,我都吃腻了,我很羡慕你啊心丽,我现在吃啥都不香了,都味同嚼蜡啊,高血压、脂肪肝、高血脂,啥怪病都来找我,防不胜防啊。你趁着年轻好好吃,到了我这年龄,想吃也不敢吃了。

心丽不知道说什么,只好傻傻地笑着。菜还剩了好多,要是能打包带回家,让一冰解解馋,那一冰该高兴死了。她只是想了想,看着满桌的菜,并没有说出口。

看电影、喝咖啡还是去兜风?华生拿牙签在嘴里扒拉着问。心丽说,看电影吧,听说《画皮》很好看。华生把心丽的手握在自己的掌心说,好啊,我也好久没看过电影了。

心丽的手被华生握得水汪汪的,她挣脱不掉,像是被人拴了一根绳子牵进了影院,心丽发现银幕比一面墙还宽广,水珠子哗哗地向她脸上喷来,她都感到了水的凉意,飞翔的蛇张大嘴似乎要把她的脑袋吞进去。她惊吓得闭上眼,蛇却吃了电影里的人,箭头快射进她眼睛时却瞬间拐弯去了别处。身后的人踢了几次座椅,心丽看华生的嘴张得如一个洞穴,那一缕盘在头顶的长发散在了脸上,那呼噜噜的怪声就从那洞开的嘴里钻出来。华生被踢醒了,他掏出纸巾擦了擦口水,扭头对身后腻在一起的男女说,不好意思,打扰你们了。那对男女脸贴着脸厌恶地躲开他阴冷的目光。华生对心丽说,太累了,一天连休息的时间都没有,晚上老失眠,在这里闹哄哄的反倒能睡着,还睡得很香。身后的男子又踢了踢他们的座椅。电影散场了,乘电梯的时候,他们意外地碰上了后座踢他们座椅的男女。那男子盯着华生,目光在他头顶停留片刻后就转向心丽的脸。她的手仍被华生紧紧地握着,心丽看见散乱的目光纷纷射在自己的脸上,就像3D(三维)电影里呼啸的子弹。电梯嗖嗖往下落着，华生把她朝怀里拉了拉，她挣扎着，电梯似乎急切地要赶赴某个目标，她的心酥酥的，人眩晕得厉害。那男子似乎搞清了他们的关系，挑衅地抱着女友的脸，两张嘴炫耀似的吻着。心丽瞥了一眼，眩晕得更加厉害，她闭了眼听到那个男子说，老牛啃嫩草，小三。

待那两个人出了电梯，华生就打了一个电话。他们走到停车场，看到那男子在天桥上被人撞倒，一个大汉在那男子胸上猛踹几脚，还把一瓶可乐浇在他头上，男子从楼梯上咕噜噜滚下来。

心丽惊恐地说，那个人被打得好像吐血了。

华生拍拍她的头说，这种事太常见了，只要你不招惹别人，一般不会有人找你麻烦的。

那女子蹲在男子身边擦着他脸上的血迹。她嘴里喊叫着，人们却只匆匆一瞥，就赶紧离开了。

心丽刚要张嘴，华生已把她拉进了车里。

眩晕阵阵袭来。心丽望着车窗外不停后退的树木和行人，看到自己像一条小鱼，被人携带着游行在城市的大河里。

四

一连几天院子里都被一种神秘的力量笼罩着，三楼几个不问世事的小姐也觉出了异样。一个名叫燕子的小姐在厕所门口问一冰，房东这是干啥啊？大白天也锁着门。我们进出总要叫门，叫的次数多了，他就不高兴。我也不知道。一冰的目光扫过燕子的吊带衫，那裸露的胸让他的目光差点陷进去。燕子手上捏着卫生纸，对一冰埋怨说，房东钻钱眼了，你说深更半夜开门，一次收两块钱还能勉强理解,大白天开门,也要收两块钱,哪有这个道理?一冰说道,听说最近不安全,小偷跟搬家公司一样,把好几家都洗劫一空了。燕子的手胡乱地赶着眼前飞舞的蚊虫说,偷得好,这村上家家户户都拿了拆迁款,小偷能不光顾吗?一冰觉得不便和一个女人在厕所门口交流关于钱的问题,就胡乱支吾着。

他路过房东的客厅,看到里面有几个人,一个个表情严肃,似在商议重大事项。哎!房东冲他招招手。他只好走进屋,那几个人扫了他一眼,还是只顾自己抽烟喝酒,乱糟糟的烟头躺了一地。你后天上工吗?房东问着,递给他一支烟。他两个手指头夹了烟,心想,不知道这些人因为啥喝酒,连一点下酒菜都没有。喝!房东把手里的一次性塑料杯子递给一冰。上呢,每天加班,要赶工期呢。说着,一冰就抿了一口,口腔里火辣辣的。房东喷着酒气说,你在工地上累死累活一天挣七八十,我一天给你二百咋样?一冰没有听懂房东的意思,莫名其妙地笑了笑。我们几个拆迁户准备上访,人手不够,你组织一下你们老乡工友,我们凑上一百多人,去省政府上访。一冰惊得一哆嗦,杯子里的酒泼到了地上。房东不满地瞥了他一眼说,你领头组织一些人,我一个人头给你出二百,那些人你想给多少就给多少,我不干涉,我们集体在政府门前坐上大半天,午饭送盒饭,四菜一汤,包你们吃饱。

一冰心里噼里啪啦打起了算盘,只是坐坐、喊喊口号、打打标语,并且自己还可以当个头儿,钱由自己分配,这是好事情啊。一冰控制住自己的狂喜,喝了一大口酒说,警察会不会抓咱们?房东像是真理握在自己手中一样理直气壮地说,咱们又不干违法的事,警察凭啥抓咱们啊?宪法规定公民有游行集会示威的权利啊。再说了,我们这么多人,他抓谁啊?一冰喝了一小口酒,顺口背诵着书上的话说，宪法是国家的根本大法，任何组织和个人都不得违背宪法，侵犯公民的合法权利。你说得太对了，你还是一个法律专家呢。房东和一冰碰着塑料杯里的酒说，你看我楼顶上的五星红旗迎风飘扬，我墙上刷着一面墙的标语。你说，哪个人哪个组织敢说我做得不对呢？那你额外得给我多付一点报酬，一冰说，毕竟还是有风险的，如果上访成功了，你可以多赔好多钱呢。房东似乎下了很大决心才说，免你半年房租吧。一冰的脸被酒精烧红了，他摇着头说，我要免费住一年你三楼的两室一厅，我老婆准备怀娃啊，我不能让我娃一生下来就看着那么狭窄的四面透风的黑屋子。房东咬着牙说，行！只要我们上访成功了，这都不是个事儿。水电费、垃圾费、卫生费、厕所费、进门费一分都不收。一冰强调说，好，好，一分都不收。房东又给一冰的杯子里添满了酒。要签协议，省得你反悔。一冰哆嗦着讲完，喝完了杯中的酒。他觉得酒是甜的，那么甜，像小时候妈妈给他泡的红糖水。签就签吧，我他妈的还能骗你？房东终于骂了脏话。那我就给你多组织一些人手，人越多越好嘛。一冰全然不顾房东越来越恶劣的态度，伸出手和房东的手用力地握在一起，两只握在一起的手不停地摇摆着。房东说，关键时候，还是农民兄弟靠得住，咱们再来一次新的"工农联合"，"农村包围城市"，相信我们会取得新的伟大的胜利的。

喝了酒的一冰晕乎乎的，感到房子跟地震一样，不停地摇晃。回到屋里心丽已睡了，她今晚的睡姿煞是好看，身子蜷曲着，像一个幸福的婴儿，那脸上笑吟吟的，似乎有藏不住的喜事。一冰就悄悄脱了衣服躺上床，眼睛瞪着房顶，看着一疙瘩光在天花板上跑来跑去。一冰心里不停盘算着，一夜无眠，天很快就亮了，他顾不得同心丽打招呼，就匆匆出了门。

他觉得自己到得就够早的了，想不到张老板比他还早。

一冰，你老婆下周就可以来上班了。张老板嘴上永远叼着一支烟，不管吸不吸，似乎有个东西叼在嘴上他就能踏实似的。听说你老婆很漂亮，你小子好有福分，你比你老婆大六岁？你老婆年龄小，水嫩。

一冰点着头，想不到张老板会主动提起心丽的工作，且对心丽还是有些了解的嘛，漂亮、年龄小、水嫩，人又不是蔬菜，能用水嫩来形容吗？也许张老板蔬菜吃得多，对水嫩有着不同寻常的理解。不过，上一个做饭的就不是很水嫩，身子像一块虚膨的面包。据说，是据说哦，张老板跟那个女人有一腿。张老板口很杂，许多民工说，胖的瘦的，年龄大的年龄小的，他都喜欢，他认为不同的女人有不同的味道。张老板一次酒醉后吐露了一点心得。他不会把心丽当作调剂了吧？心丽那水葱样的身子，那一荡一晃的胸，那翘臀，对张老板而言，都是极其危险的炸弹啊。

心丽会擀面条吗？张老板已经开始考察心丽的手艺了。

心丽手擀面做得好，比'二杆子面'还要好十几倍不止呢。"二杆子面"在城里有十几家连锁店，一冰觉得与"二杆子面"相比，心丽的手艺还要超出一大截子。

下个周叫她马上来。张老板走到了工棚前，他的目光看着远处屋顶上飘扬的红旗。

给多少工钱？一冰想问，但怕张老板骂他不懂人情。那一瞬，一冰想告诉张老板一个秘密。

你在那里住吗？张老板指着那呼啦啦飘着红旗的楼房说。

嗯，那里的房租便宜，离咱们工地也近。一冰觉得张老板有责怪的意思，口气显得有些胆怯。

挂一面旗顶屁用！不就是想多要钱吗？跟政府讨价还价，跟我们公司死磕。就剩那六家拆不下去了，都拖了好几年了。马上要开国际会议了。你说，首长的车队从这里驶过，看着这几栋楼，心里头还不是跟扎了刺一样，最后这责任还不是落到我们头上？张老板踢飞了地上的一块石头，一群麻雀轰地飞起来。

听说他们明天要上访呢。一冰终于告密了。但他不觉得这是告密。现在又不是战争年代，你死我活，一次告密或许就会导致几百人甚至几千人的死亡。这算得了什么呢？不给张老板说，他觉得对不起张老板，他想，我们都是从柳镇出来的，我没有理由不告诉张老板。房东虽然也是农民，但人家是城市的农民，一次拆迁，赔偿三四十万，赔偿几套房子，我们几辈子的努力都赶不上人家，他们凭什么啊？不就是他们的父母把他们生在城市的农村，我们的父母把我们生在贫穷的农村？其实他们和我们一样，还不都是背着一张农民皮？

他们哪一天不上访呢？他们要是不上访才奇怪呢。张老板并不觉得一冰的情报有多珍贵，他似乎早就知道了。从村子开始拆迁起，他们就开始上访，区上、市上、省上，他们每天都在闹腾。还不是为了多赔些钱吗？开始跟着他们闹腾的人很多，后来就越来越少，现在就剩下那六个钉子户了。出头的就是张二毛，你的房东。

一冰失望极了，像有一块倒塌的水泥板压迫着他痉挛的身体，原本觉得是个秘密，还要背负着告密的内疚，想不到张老板如此淡然，对房东那伙人的行径早就司空见惯了，那其他的内容还给他说不说呢？

他们要组织去省政府上访呢，估计规模很大。一冰又断断续续地透露了一些内容。

他们哪一次不是这样啊，搞得很低端，一点也不知道转型升级。如果在政府门口喊口号顶用,那他们早把钱拿到手了。我们是帮着政府分忧解难,他们是跟政府作对。我们怕他干啥?张老板不愧搞了多年的建筑,对形势的分析头头是道。

张老板越冷淡,一冰越想说,不知不觉就把房东再三要求保密的计划全数泄露给了张老板。但房东要他组织人手,每天给他报酬的事,他做了保留,他觉得,关键时候,还是留一手好。

一冰不知道的是,他的告密最终将他装进了一个黑屋子。

五

心丽感觉自己像一只蚕,没来由地裹入了千丝万缕织就的幸福中。心丽不敢想,华生的年龄和她瘸腿的父亲相仿,这时时在蹩脚电视剧中涌现的场景怎么又会在她身上活生生地上演呢?一冰乃心丽经历的第一个男人,从媒人介绍到结婚不到六个月。父亲收了查家的八万块钱,就对媒人和一冰说,心丽从今后就是你查家的人了,你想啥时候领回去就啥时候领回去。父亲一点也不避讳心丽,臊得心丽恨不得变成一条蚯蚓钻到泥土里。及至婚后跟一冰到了城里,心丽还好长时间回不过神,她每天待在出租屋里,像是受困的牛羊,感觉自己和楼上那几个神秘女成了同类。

不要和她们来往。一冰看见她与燕子说话就再三交代,似乎燕子会传染某种致命的病毒。我上班去啊。燕子打扮得像一只春天的蝴蝶,见了心丽总是主动笑着和她打招呼,有时候给她买一串糖葫芦,有时候送她一条丝袜或围巾。你这么漂亮的,窝在房子里多可惜。燕子对躬着身子在案上擀面的心丽说。女人跟花一样,开不了几天的。燕子摸了一把她翘起的屁股叹息说,要抓住呢,这是我们女人唯一的资本。心丽躲开她的手说，我家一冰喜欢吃我做的手擀面。男人喜欢的东西多了，燕子意味深长地说，有空去我们单位玩。燕子给心丽化了一个妆，心丽发现镜子里的女人长得不像自己了，媚媚的、妖妖的。你长得像杨幂，一化妆比那个杨幂还好看。燕子盯着心丽的脸说。心丽也是最近才知道有个大红的明星叫杨幂。你很像杨幂。华生说过，现在燕子也这么说。那个雨天她就被燕子拉着去了她工作的地方。燕子给客人按按摩、敲敲背，钱很好挣。燕子血红的嘴唇像刚吃过生肉。

去给阿姨买一瓶水。燕子对趴在椅子上写作业的女孩说。女孩瞪了瞪心丽，拉开毛玻璃门时，还回头盯了几眼。那是你的孩子啊？心丽问。嗯，这是老二。老大在家里，他爷爷带着，学习一塌糊涂。你带着孩子能上班吗？心丽心中突然涌起许多不解。还行，娃上一年级了。燕子说，放老家更不行，大山里头，他爷爷把老大都带坏了，还敢叫他带老二啊？小学的课程我还是能辅导的，自己苦一点，让娃受的教育好一些，将来要超过我们。

燕子冲着门外招招手，一个男人的脖子缩了回去。进来嘛。燕子的胳膊伸出去把那个犹豫的男人拽进来。男人的目光像一只虫子，在心丽脸上爬来爬去。她做吗？男人的目光亮亮地照着心丽的胸。不做。燕子掐了一把男人的胳膊说，你还挺有眼光的嘛。男人的目光又从心丽的胸上爬到了脸上，真的不做？男人的口气充满了遗憾，加钱行吗？男人几乎是乞求燕子了，但目光却看着心丽。真的不做。燕子抓着男人的手说。那我也不做了，男人盯着心丽的脸说。走嘛，给你服务好。燕子拉拉扯扯地把男人弄进了帘子后的隔间，里面很快就传出了啪啪的敲背声。心丽甚觉难堪，就收着身子出了发廊，见女孩拿着一瓶水站在门口。为啥不进屋啊？心丽擦着女孩脸上的汗珠说。我在外面给妈妈望风。女孩喘着气说。你叫啥名字？心丽摸着女孩的头问。张子怡，女孩把水递给心丽。你还是一个小明星呢！心丽摸着子怡的脸蛋说。我妈说这个名字好，将来要叫我当明星。心丽从子怡晶亮的眼睛里看到了微缩的自己。子怡睁着大眼睛说，我妈给人按摩的时候，我就在门口站岗放哨。心丽便给了子怡五十块钱说，好好学习啊。子怡把钱紧紧攥在手心说，我将来要当明星，当了明星我就能挣更多的钱，钱多了我妈妈就不用给人按摩了。

心丽后来知道燕子就是一冰嘴里说的卖身的。你一点同情心都没有，我们都是从农村出来的，每个人的情况不同，谁愿意做这个啊？心丽对一冰骂的脏话很是反感。一冰竟然没来由地愤怒了，说，那样挣钱多舒服啊，一天好几百的收入，我们村上盖楼房的，好多都是女人在城里卖，有的在发廊，有的在酒店，还有上门的。那你也卖啊！心丽见不得他侮辱女人，虽然女人做得不对，但你好歹也留一点口德啊，没有你们这些不要脸的男人，她们到哪里去卖？我要是女人，我也卖啊，用用也不少啥。一冰的口气有些耍流氓了。你那个臭样子谁要呢？心丽踢了他一脚。你要啊。一冰抱住了心丽，作势把她推到了床边。你买过吗？心丽躺下去的时候问。买啥啊？一冰把心丽的裙子卷到了腰上。装！心丽的腿痒酥酥的，她兔子一样胡乱踢蹬着。你坏啊，我买你卖啊？一冰的嘴堵上去，心丽就喘得跟窒息了一般。

华生又约心丽去唱歌。茶几上摆满了各色水果和零食。公主给他们点歌，华生唱了一首又一首。她吃着爆米花，喝着饮料，有时候也跟旋律轻轻地哼着。再去唱歌的时候，她竟然会唱五六首了。

华生唱，随手摘下花一朵，我与娘子戴发间。从此再不受那奴役苦，夫妻双双把家还。

心丽唱，你耕田来我织布，我挑水来你浇园。寒窑虽破能避风雨，夫妻恩爱苦也甜。

华生和心丽齐唱，你我好比鸳鸯鸟，比翼双飞在人间哪。

华生夸心丽说，你唱歌很有天赋，训练训练，说不定可以参加《中国好声音》比赛呢，我估计那些导师都会为你转身。心丽激动得差点哭了，她有些不相信地说，小时候我最爱唱歌了，经常跟着收音机、电视机学唱歌，我是我们那一带歌唱得最好的。华生的手随音乐打着节拍说，你嗓子的先天条件太好了，我找音乐学院的老师给你指点指点，说不定你就是明天的歌唱家。还没有人夸过心丽有音乐天赋呢，家里瘸子老爹说她唱得还不如乌鸦麻雀喜鹊唱得好。一冰从工地上回到家就困得像一团烂泥，哪有心思听她唱歌啊。

坐上华生的奔驰，心丽恍惚得如在云端，这就是富人成功人有钱人等上层阶级的生活吗？车内播放着王菲的歌，一种不真实的感觉弥漫全身，和一个上流社会的男人处在私密的车内，淡淡的香水味，哀婉的音乐，整个人醉了眩晕了迷糊了，每个器官都张着嘴贪婪地享受着，但这享乐会持续多久呢？华生的嘴角浮着骄傲的笑，手握着方向盘，他们像一条大鱼穿梭在城市的脏腑，匆匆的行人，疾速向后飞奔的行道树，商店超市广场大楼，心丽的目光贪婪地盯着车外，感觉自己鬼魅一样穿行在另一个世界。这感觉多好啊！她时时在梦中期望的，不就是这样的世界吗？在夏河几乎与世隔绝，她急切地把自己嫁给一冰，急切地跟着一冰来到城市，在出租屋常常被一个个怪异的梦惊醒后，原来，自己期盼的就是这样一个脱胎换骨的改变啊。

华生要带自己去哪儿呢？高楼像一只只盘踞在空中的怪兽，它们在险峻的高处散发着奇异的夺人心魄的光，汽车如一条掠食的鲨鱼，穿行在这些凶恶的伸着触角的怪物间。说是中央广场，其实就是一栋一百多层的高楼。华生拉着她的手，她看着显示屏上不停变幻的数字，98、99、100……看着自己被电梯送得越来越高，心丽想神话中的升天也是这样的吧？眩晕迷茫神秘的感觉还没来得及体会，华生就把她带出了电梯，那一瞬间她置身于一个玻璃做的几乎透明的世界，周围那些不可一世的高楼瞬间矮了身子。风咆哮着，她不敢迈脚了，身子僵硬得如同死去，她几乎像婴儿一样被华生抱着。在这个城市的云端，华生还如怪鸟一样筑了一个神秘的巢穴。

每每回忆这场景，心丽总觉得像一场奇幻的电影，宛如一个人为制造的梦境。

去洗洗吧。华生说。

这么高的地方有水吗？心丽想。洗澡干啥呢？虽然总觉得会和华生发生点什么，但她没有想到会在一百多层的高空。洗洗吧，洗完后，我也许会脱胎换骨呢。这里毕竟离地面很远了，华生会不会带着我离开地球呢？要是我离开了地球，一冰呢？华生会带着一冰一同离开吗？心丽看着水把自己的身体浇灌成了一株奇异的植物，身上的各个器官都张开嘴发出吱吱的叫声。心丽一一抚摸她们，她们突然不听话了，一个个面目狰狞，她都不认识这些与自己朝夕相处的姐妹了。

衣柜里摆放着女人的衣物，简直可以开一场时装秀了。都穿着看看吧。华生说。

情趣内衣、比基尼、旗袍、连衣裙。有些衣服心丽连看都觉得害羞，何况还要穿呢！设计师似乎专门要给心丽难堪，那些衣服都突出着敏感的部位，就像魅惑的妖精。

一件件穿上叫我看。华生开了一瓶洋酒。他给自己倒了一杯,给心丽倒了一杯。这瓶酒二十多年了,咱们今天把它喝光。心丽喝了一口,感觉并没有那晚的茅台酒好喝。干杯!华生看着她穿着旗袍的身子说。干杯!华生看着她穿着比基尼的身子说。干杯!华生看着她穿着泳装的身子。你的身材太好了,你真的是上天藏在深山里的一朵奇葩。心丽也喝光了一杯酒,这酒的颜色红艳艳的,像一团燃烧的火。华生按了遥控器,房间斑斓的灯光旋转着,音乐响起,让人似乎置身于一个华丽的舞台。

华生又将酒杯递给心丽说,我的女王,请你喝了上天赐予我们的甘霖吧。心丽犹豫了一下还是喝了。心丽感觉身子着了火似的,又像有无数虫子在身上奔走啃噬。她看见华生抱起了自己的脚……她想抽回脚,但脚趾已不属于自己了。心丽羞愧地闭上眼,觉得自己身体上的器官一个个地脱离了束缚,飞到了华生身上。

我们玩一个游戏。华生说。

打我吧。华生手里的鞭子像一条邪恶的蛇。他把鞭子塞到心丽手上说,打我吧,快,打我。

心丽握着鞭子,鞭子在她手上像是一条心怀叵测的闪电。

打我。华生似乎疾病发作了,他在地上滚着,几乎用乞求的语气说,打我啊!

心丽朝他背上轻轻抽了一鞭。

用力!华生叫道,你没吃饭吗?狠狠抽,狠狠抽,抽啊……

六

房东请一冰做他们的总指挥。

你明天就是我们的领导。房东指着其他几个拆迁户说，我们的车负责把你们送到政府门前的广场上，传单、横幅都准备好了，你明天就是我们的领导。

我当得了吗？一冰惶惶不安地说，我跟着你们去喊喊就行了，我听从你们的指挥。

你绝对可以的。房东发给一冰一包中华烟说，你仪表堂堂，绝对有领导的气质，放在战争年代，你早当将军指挥千军万马了，我们这百十号人对你来说还不是小菜一碟吗？你算算看，在广场坐半天，抵你在工地上做牛做马干好几个月呢，够划得来吧？

一冰就答应了，无非是喊喊，在地上坐一坐。热了，有免费的矿泉水；饿了，有热乎乎的盒饭。如果每天都有这样的好事，那最好不过了。这天上真的掉馅饼啦！一冰摩挲着手里的尘土，恨不得明天快快到来。

而今，做了律师的一冰每每想起那天粗莽的举动，身子便战栗如火中的飞蛾，一团散发着汽油味的大火就扑面而至。

他们没有打你吧？

那天，心丽带着一团阳光扑过来，拉着他的手，上上下下地看他。

现在是法治社会，警察早不打人了。他嘴里咕哝着，仓皇地走到一棵大树下。我现在是进过看守所的人了，一辈子都带着洗不清的污点。他瘫在水泥椅上，脸上没有一丝表情，像一块冰冷的石头。

进看守所也有冤枉的，不是进了看守所的都是坏人。心丽递给他一瓶矿泉水，又递给他一张湿巾。

一冰擦着脸，湿巾很快就脏了。一冰看着心丽的包，感觉这个包的质地很好,不像他在路边买的那种几十块钱的廉价货。你的包不错。一冰张着嘴,水咕嘟咕嘟地灌进肚子。

你的裙子也不错。一冰把瓶子扔在地上,一脚踩上去。

心丽看着瓶子在一冰脚下发出咯咯的尖叫声。

心丽说,我们去下馆子吧。

一冰闻着了心丽身上的香水味,他觉得晕乎乎的。他狗一样地抽着鼻子,发出咻咻的声响。你身上好香。一冰摸着心丽的腰肢说,太香了,我头晕。一冰走得像风一样。心丽没有听懂一冰的话,她被拉扯着,身上的裙子像喇叭一样张开了。

这几个星期都急死我了。心丽又说话了,我以为你跑了不要我了,后来听说你到这里来了,听说进了这里都不让睡觉,头顶上一百多瓦的大灯泡明晃晃地照着。

你是电视剧看多了。一冰说,我进去就睡觉,把这一辈子没有睡好的觉都补回来了。

我又没有犯罪,又没有杀人放火,我无非是跟着人喊喊口号而已。我高举着电喇叭喊话,跟街上的警察一样威风。路上的车都趴下了,行人都不走路了,摩的也不偷偷拉人了,都停下来听我说话呢。黑压压的,你都不知道有多少人!我举着拳头喊要维护公民的合法权利,要保护公民的合法财产。我挥舞着小旗喊反对强拆,反对腐败。围观的人多得像蚂蚁。他们没有想到,一个农民工会有这么高的素质,会这么忧国忧民。人们哗哗地为我鼓掌。我感觉自己真的成了英雄。

轿车上下来几个人要我跟他们到车上谈。房东拉着我的衣服说不去,要谈就在这里谈,把开发商、拆迁办和村委会叫来一起谈。那几个人态度很好,脸上堆满了温和的笑。他们劝说我们推选几个代表,说,先到车上谈,不要挡了路嘛,太影响交通了,你们看交通都瘫痪了,这可是一条交通要道啊。

他们都是骗子,房东在我的耳边小声道,就在这里谈,我们队伍散了,他们就一个个踢皮球,我们都被他们踢了四五年了。车上的人一点也不恼,倒是房东显得很没素质。他举着拳头,带头喊起了口号。我是领导,他竟然带了头。我便舞着手里的小旗,在电喇叭里喊着叫大家遵守秩序。路上停了五辆防暴车,还有一辆大轿子车停在路边。警察举着盾牌挡了我们的去路。给我们让开,我们要去省政府!既然我是指挥,我就要担起领导者的责任,我冲着那些人喊道,不让路,我们就在这里一直坐着,让交通一直瘫痪,让秩序一直混乱。我猛然威风到了极点。车上的人把我当成了头,又出来跟我说,等会儿有外宾车队要经过这里,你们堵着,会影响我们的国际形象,相关部门的领导已经到了,你们的诉求一定会得到妥善的解决。

我觉得政府的人说得有道理,但是房东在我的背后沉沉地说,骗子,他们纯粹是骗子,每次都这样骗我们。既然省政府去不成了,堵这条路也是一个好办法,我们今天一定要个结果。我觉得房东也有些蛮不讲理,那么多车堵在路上变成了一堆堆胡乱吱哇的废铁,我们不是给国家脸上抹黑吗?政府的人黑着脸走了。房东突然附在我的耳边说出了一个计谋,我被这个突如其来的计谋打乱了。他说,给你一套房,九十平方米,在未央湖边,有了房子,你就是真正的西安人了。想不到房东突然变得这么慷慨,我有些转变不过来,我问他,真的吗?真的给我一套房?

这次赢了要赔偿我五六套房子呢,给你一套算啥啊?我才一个儿子,要那么多的房子也没用。我就是争一口气。房子的诱惑摆在那里，我还犹豫啥呢？有了房子，我一家人的命运就彻底地改变了。房东把一瓶汽油塞到我手上，说，你往前头冲，冲到前面就往身上倒汽油。

真的给我一套房子吗？我怀里似乎抱着一套香喷喷的房子。

我的眼前突然飘过了父亲，他朝我眨着眼睛，啥意思？我对飘在空中的人说，爸呀，我有房子了，在湖边呢，风景好极了，我们可以在西安扎下根了，从此永远不回农村了。父亲对我大声喊着，我听不到他在喊什么。我又看见了心丽，她站在窗边望着我，那目光像蚕丝一样绵长，丝丝缕缕的。我说心丽啊，我们马上就有房子了，我们可以在那个房子里生儿育女了。你要给我生一房子娃，我就不信将来没有一个城里人。心丽推开窗子，冲我不停地摆手。啥意思？

房子钥匙给你，这下你该相信了吧？房东往我手里塞了一把明晃晃的钥匙。机遇终于垂青于我了！城市之门的钥匙在我的掌心瞬间变得又长又粗野蛮至极。没问题！等我。房东猛地推着我的身子，钥匙就驮着我飞起来，汽油喧闹着洒了我一身，打火机闪出刺眼的光，一团火嘻嘻哈哈地抱住了我。

七

一连几天不见一冰，电话总是关机。心丽便到工地上去找张老板。一冰说请一天假呢。张老板说，那天我还劝他呢，不要参与房东的行动，但他不听，我不知道房东给他许诺啥好处了。心丽的泪水不听使唤地奔涌出来，像潮水一样。张老板肥胖的脸上爬满了笑，灶上做饭的位置给你留着呢。你先来上班吧。我给你的工资比其他人高。心丽看不得张老板脸上肥皂泡般闪烁的笑，她摇着头说道,等我家一冰回来了再说吧。

心丽像纸人般,泪水淅淅沥沥地洒了一路,走路身子都飘。房东端着严酷的嘴脸,似乎自家欠了他几个月的房租。你男人拿着我一大笔钱跑了,说不定现在正跟哪个女人在一起呢!房东恶狠狠地说。心丽再不敢问了,低着头,似乎自己做错了什么。

回家后,她躺在床上呆呆地看着肮脏的屋顶,一只老鼠鬼鬼祟祟地爬上床,贼亮的眼睛看着她。我该怎么办?心丽问老鼠。老鼠拿爪子抓了抓嘴,爬到墙角的面粉袋上。心丽对老鼠说,一冰你个鬼大头,你逗啥能啊!你真把自己当作英雄了啊?这房子你的啊?拆了能给你赔偿吗?心丽骂着哭着,哭着骂着。老鼠从面粉袋子里爬出来,身上白乎乎的。心丽把床上的书砸过去,老鼠哧溜一声逃走了。

两周过去了,一冰还是杳无音信,莫非一冰真的拿了房东的钱独自跑掉了?这个骗子!心丽骂着,路过燕子的房子,听到屋里传出几个男人的嬉笑声。待那几个男人走后,心丽求燕子说,你认识的人多,能帮忙找找我家一冰吗?房东说一冰拿着他的钱跑了,我根本就不信。

燕子说,我认识的都是粗人,跑摩的、卖菜的、办假证的、送水的,有背景的人我一个也不认识。

看着晾衣架上挂了十几条内裤,心丽十分不解,问道,你咋能穿这么多内裤?十几条啊,一天换一条吗?

燕子手指在手机屏上滑动着说,每天都要换,有时候一天要换好几种呢。她擦着心丽的泪水说,我的店被封了,我这儿一会儿要来个有身份的客人,他每个周末都来,我问问他有没有办法。

那个晚上心丽一直没有闭眼。临到晚上,燕子把子怡送到了她的房间。燕子放了几袋方便面说,心丽啊,我问了那个男人,人家说想想办法,我也没好意思逼人家。我刚给他打电话,他接了说打错了,怎么会打错呢?我就又打过去,他在电话里骂了我一句,电话就再也打不通了。

算了。心丽摸着子怡枯黄的头发说。

还有希望。燕子看着手机说,五点钟,一个很重要的人约我去宾馆,我就不信找不到跟公安有关系的人,你把子怡给我照看好,她对我工作影响很大啊。

燕子拖着满身的香水味走远了,心丽的心也跟着飘到了遥远的高空。子怡拉着心丽的手问,阿姨,那么多男人找我妈妈干啥啊?

心丽把子怡搂进怀里说,你妈妈工作的时候,你就到阿姨这里来,阿姨给你讲故事。你爸爸呢?

我爸爸每天在板凳上坐着。子怡说,我爸爸在矿上被砸断了一条腿,我妈妈说要挣钱给爸爸装一条腿。

心丽送子怡去学校的路上突然想起了华生。这么久都没联系了,怎么就忘了还有一个这么重要的关系呢?心丽就给华生打了电话,华生简单问了情况,骂道,你男人就是个笨蛋!心丽的心如埋到了黑夜。华生会给一冰这个笨蛋想办法吗?就在心丽绝望的时候,华生打来电话约她去豪生大酒店816房间。

交五千块钱罚款。华生对心丽说。

我托了好多关系才找到分局的领导,再晚几天就不好办了。华生摸着心丽的头发说。

钱我也给你准备好了。华生拿出一个鞭子对心丽说。

心丽极不情愿地举起了鞭子。她擦着眼泪对身上布满鞭痕的人说,我是要感谢你的啊,你却让我抽你。你为啥喜欢被人抽呢?你就不能喜欢我别的吗？你们这些臭男人啊。

八

那女人哗啦啦地翻着一沓材料，尖利的目光扫过一冰的脸。

我要告拆迁办、村委会、开发商，为什么别人加盖的面积认，我加盖的面积就不认？难道我三层以上的砖瓦水泥是大风刮来的吗？房东似乎忘了他曾经的许诺，目光不时狠狠地敲打着呆坐在沙发上的一冰。

拆迁办不是法律主体。被人叫杨律师的女人把手里的材料扔到茶几上说，你要告只能告区政府，区政府才是符合法律要求的诉讼主体。

我们老百姓哪里敢告区政府啊。房东挥着手中的材料说，难怪我们总是告不赢，原来区政府、拆迁办、开发商是一家啊。

你这样理解不对。杨律师给房东普及法律常识，拆迁办是政府的派出部门，它维护拆迁双方的合法权益。要是想上诉，你就抓紧办理委托，你只剩下五天时间了。

我们既要上诉还要上访。我就不相信，我们不同意，谁敢把我们房子拆了？！房东懒得理睬故意喘着粗气的一冰，似乎坐在杨律师旁边的是一个废物。

你们上访了这么多年有用吗？现在才想起法律了。杨律师叹了一口气，似乎对这个法盲表示无奈。

趁着杨律师整理材料的间隙，一冰提出了自己的要求，他雇了十几个工友，房东还欠他们两千多块钱的报酬呢。工友不信一冰的辩解，每天向他索要工钱，有人已经放话要收拾黑心的一冰呢。

还要工钱？我没找你赔偿我们的损失都算便宜你娃了。什么事情都没干成不说，我们还赔进去了二十多箱矿泉水、二百多个面包、二百多份盒饭，这还不算我们印刷传单印刷横幅的钱，你说说，这个费用咋算？房东似乎仍在为自己的损失而揪心，我上访这几年家底都快花光了。原本计划好的，不知道哪个乌龟王八蛋泄了密，叫人家半路上把我们截了。什么事情都没干成，你还有脸来向我要报酬？

你咋不讲理呢？一冰想不到房东会变成这副嘴脸，他扒开上衣露出胸部火红的伤疤说，我差点被火烧死了，我住了两周的医院，又被关了两周的看守所。我是为你去坐牢的，我是为你被火烧的，你不会不知道吧？

为我坐牢？为我被火烧？房东冷笑着说，我不会听错了吧，还有替人坐牢的？我给你签委托书了吗？你是当代活雷锋啊？你们这些打工的，谁知道背地里都做了些啥坏事，只要给钱，你们啥不干？

一冰被房东的诘噎住了，他身上的伤疤跟他一块儿颤抖着。他说，要不是我带头，人家会坐下来跟你谈判吗？你欺负我们这些打工的人有本事，你欺负政府的人试试？你有本事就一辈子不拆，让政府给你赔一房子钱。

房东冷笑着悠悠地喝了一口茶，瞥了瞥一冰说，你抓紧搬房子，我不想租给你了，你这个危险分子。

一冰听到了自己身上伤疤的冷笑声。他抓起了茶几上盛满着烟头的烟灰缸。房东的声音突然变得温柔，他盯着青烟缭绕的烟灰缸说，你想砸我吗？砸呀，你把我砸了我就会兑现我的诺言，让你免费住两室一厅，给你们这些可怜的民工付报酬。

杨律师抓住了一冰颤抖的手。杨律师给他们普法说,越过法律红线的维权就是犯罪,就要受到法律的惩处。你替人上访,还威胁政府,公安抓你是对的,你还不知道你自己已经违法了吗?

杨律师又指着房东说,张二毛你鼓动不知情的人上访,聚集人员达二百多人,明显也是犯罪行为,公安最应该抓你。你答应给人的报酬不支付,从道德上讲,你是失信于人;从法律上讲,是不遵守约定,打官司你也是败诉的。

房东被杨律师呵斥得颇为尴尬,搓着肥大的脸盘说,你们律师嘴里,动不动就是法,要都按法办事,也不至于我们上访好几年都得不到解决。我们也是逼不得已,谁让政府不管我们。

杨律师临走时对房东说,他为了你差点被烧死了,还被关了两周,从法律角度讲,你要给人精神赔偿和物质赔偿。她又笑着对一冰说,你要是告你房东,就找我啊,我一定让你赢。

你到底是谁请的律师?房东气急败坏地说。

我们律师有时候也做公益事业。他不请我,我也愿意给他代理。杨律师像是上了法庭,脸上挂满了庄严。

杨律师走出门,一冰将手里的烟灰缸重重摔在地上,玻璃碎片乱纷纷地喊着。狗屎!一冰看见房东污浊的大嘴里蹦出了几个恶狠狠的脏字。

杨律师走到村口,一个人挡住了她的去路。那个人朝杨律师逼近。杨律师慌乱地抱紧包,朝旁边避着说,你要干什么?你不要胡来。那个人说,我又不抢劫,你怕啥?我要杀了张二毛。杨律师说,你疯了?你杀张二毛也是杀你自己。他张二毛就是个人渣!那个人说着说着就激动了,手在身旁的树上不停地拍打,要不是你劝,我会拿烟灰缸砸烂他的脑壳。杨律师并没有放松警惕,她盯着那个人啪啪击打树身而变得血红的手说，你这是犯罪，你不但没有发泄掉你的仇恨，还会把牢底坐穿。那个人说，我想跟你学做律师，我要让这些坏蛋得到应有的惩罚。杨律师有些诧异，她不得不重新打量这个打着摩丝、头发梳得光亮的青年。

九

一群人像一团苍蝇堵在了路边。这样的场景太常见了，人们总是乐于当一个看客，冷漠而幸灾乐祸地围观，且把围观的规模毫不知耻地做大。燕子今天却没有了看热闹的心思，即使猴子变成了直立行走的人，她也没有多少兴趣探讨个为什么，这花花的世界，啥稀奇古怪的事发生都不值得惊异。疼痛如一张张动物的嘴在她身上深入地啃噬。他娘的，想不到现在的男人越来越变态，没有变态的，也正狂奔在变态的大道上，鞭她、骂她、扇她耳光，这一个个道貌岸然的脱了衣服真成了禽兽啊？围观的人群里传来了熟悉的哭声，那哭声死死抱住了她爬满伤痛的腿，她吃力地从波涛般亢奇的人群里扒开一条缝，看到一个女人披散着头发，如牛羊般匍匐在地。

婊子，看你以后还敢不敢勾引别人男人！一个女人的吼叫声像一把狂舞的刀子。这婊子趁我出国就勾搭上了我老公，我老公都可以做她爸了。男人就是玩个新鲜而已，你以为他会和你结婚啊？

女人的高跟鞋朝地上匍匐的身体连连出击，她似乎踢累了，而后就抽烟，青色的烟雾在阳光里扭成一根根丑陋的绳索。叫大伙看看婊子的脸。女人宽大的身躯晃了晃，她吐了一口烟对胳膊上文着一只虎头的男子下达了命令。那男子就一把薅起了铺在地上的头发，一张沾着尘土沙砾唾沫的脸在男子手里呜啦啦地摇摆。

心丽！燕子惊叫着扑过去。女人的鞋恼怒地踢在燕子的腿上。燕子扑通一声重重跌落在地。她爬起来抱着心丽，对仍揪住心丽头发的男子吼道，放开！欺负一个弱女子不嫌丢人！那男子似被燕子的气势所惊到，松了手。心丽的头软软地搭在燕子的肩上。

你打也打了，骂也骂了，该歇歇手歇歇脚了。燕子对站在面前门板一样的女人说。

我管教婊子跟你有何干？女人把自己面包一般的身子往后撤了撤，逼视着燕子说，你们是一伙的？

你最应该管教的是你的男人，难怪你男人要在外边找女人。你还是女人吗？燕子扶着心丽站起来。

女人挥着大腿般粗壮的胳膊说，你们看这个婊子的眼睛里好像有一把铁钩子，你们看她的胸像是两个胖气球，你们看她的屁股肥嘟嘟地撅着，这样的狐狸精哪个男人能受得了啊？想要靠好身材好脸蛋混饭吃，这饭是那么好吃的吗？

啪！女人扇了旁边男人一个耳光，拿我的钱去养女人，你这个阳痿要女人也是糟蹋女人，你还带她学音乐，她认得五线谱吗？她以为那是他们老家电线上站的麻雀吧。

夫人，我们啥都没干。秃顶指着心丽，伸着脸说，你要是不解气，再打鄙人几耳光吧，我就是同情她怜悯她，帮她我有一种成就感而已。

胖女人像拍球一样拍着秃顶的脸说，你还想救苦救难啊？离了我你啥都不是，你这个阳痿。

夫人，秃顶瞅了瞅黑压压认真聆听的乌鸦般的观众说，我就是同情她怜悯她，帮她我有一种救苦救难的成就感而已。

啪！秃顶又被夫人扇了一耳光。去抽那婊子五个耳光。胖妇人抖着一身的肥肉说。

看到燕子从包里掏出了一把晶亮的水果刀，秃顶柔情地抱着妇人的身子说，夫人，玩玩就行了，不要闹了，小心闹出人命了。

燕子手中的水果刀在阳光下闪着毫不畏惧的光。胖夫人朝她们唾了一口表示鄙夷的唾沫，就带着保镖和秃顶丈夫坐进车，汽车喇叭高傲地鸣叫了一阵就屁股喷着烟，如一条大鲨鱼趾高气扬地游走了。

十

脚手架上的一冰眼前不停地浮现出心丽病恹恹的模样。她每天躺在床上，似乎从来都没睡够过。她再也不催促一冰给她找工作了。她给一冰做好饭，就躺床上听音乐，似乎陷入了茫茫无人的绝境与荒野。偶尔她也跟着学唱，也唱得越来越哀伤，最后竟哭成了泪人。

从看守所出来那天，心丽抱着一冰靠着路边的大树哭了。心丽骂他傻，还有去替别人上访的，出了乱子还不是你自己挨着啊？

一冰却遗憾没有向房东要回自己的报酬，倒还欠着十几个工友的钱，虽然有杨律师的许诺，可他一点信心也没有，房东那伙人的许诺连屁都不如。一冰拿自己的钱付给了那些影子一样跟着讨账的工友。

心丽摸着他胸前的伤疤说，你歇几天，我到餐馆去打工，给咱们挣钱。一冰拉过心丽的手说，我没有那么娇贵，这工地还得去，张老板说最近要赶工期，工资比过去高了呢，再不去，怕人家不要了。心丽说，你再也不要干傻事了，咱们家全指望你呢。一冰爬到心丽身上道，咱们抓紧造一个小人，有了小人，咱们的生活就有盼头了，我爸都打电话问了几回了，他说有了娃，就放到老家，他给咱们带。心丽的身子也出了汗，跟水浇了一样。她抠着一冰水汪汪的脊背说，生了娃，养到农村，重复着和我们一样的命运，我们打工打不动了，就回老家，咱们的娃再出来打工，子子孙孙都要重复这样的命运吗？一冰的身子忽然软下来，他说，你太悲观了，咱们好好挣钱，供娃上大学，上清华北大，那样，娃的命运就不一样了啊。心丽扑哧地笑出声，你好像把握大得很，清华北大好上吗？城里娃都没有几个能上清华北大的，你们工地上大学生还少吗？还不是和你一样砌墙、砸钢筋、开吊车吗？一冰抱着心丽发凉的身子说，你见过清华北大的在工地上打工吗？咱们只要把娃供得上了清华北大，还愁娃没有好前程吗？

心丽也被一冰的话鼓舞着，她摸着一冰脊背上蠕动的汗水说，要是生了，男孩叫北大，女孩叫清华吧。一冰说，好啊，我们就是清华北大他爸他妈了。

后来在一冰的不停追问下，心丽才给一冰解释了她脸上的两道划痕。我太背了，心丽悠长地叹了一口气说，走路看手机的人那么多，偏偏我摔了一个跟头，偏偏我脸磕在一块玻璃上。心丽摸着脸上那两条蛇一样扭动的划痕说，是不是我现在变成了丑八怪啊？不，一冰说，你在我心里永远都是最美丽的，等我有钱了，给你修复修复就好了。

一冰并不问心丽是如何营救他出来的，似乎他早就知道那一切的奥秘，他仍是每天早早去工地，但回家却越来越没有定点。有时中午心丽做好了饭，他却给心丽发信息说，工地上忙呢，我要多加班,多挣钱。有时候他打电话说,我在十五层的脚手架上呢,懒得下来了,就在上面吃个馍算了。心丽心里就七上八下阴晴不定的。她不知道一冰是否知道了她那短暂而羞耻的秘密。好在燕子让她接送子怡,子怡回来就缠着她讲故事,她就给子怡讲童话书上那些大人永远不相信的故事,也没空想其他的。

一月后的某天中午,心丽突然接到一个陌生的电话。骗子太多了,她犹豫许久还是果断地挂掉了。但那个陌生的电话像是试探她的耐心,依然不屈不挠地撩拨她。她接了,是华生,是那个曾经瞬间将自己带上云端的华生。母老虎出国了,她爸死了,要走几个月呢。华生在电话里对心丽说。心丽的泪水像夏日的暴雨呼啦啦地奔流着。来吧,我带你去秦岭一号,那里的温泉可好了,富含各种有益的微量元素。华生似乎迫不及待了。心丽握着手机,感觉像是握着一块滚烫的铁,她在滚滚的泪水里看见自己手里的皮鞭像教训偷嘴的牛羊狠狠抽着这些贪婪成性的畜生。我给你又找了一个音乐老师,很有名的,你应该发展歌唱事业啊,你不能辜负了你的天赋。华生说得多么恳切啊,仿佛她真的是未来之星,似乎她不唱歌都对不起天地了。她和司机在一起了,她在外面胡来为啥要阻挡我的爱情?华生在电话里唱起了他们在歌厅里经常合唱的那首歌。心丽看着自己的泪水混浊而浩荡,慢慢就流成一条咆哮的大河,那些被鞭子驱赶的牛羊纷纷跃入水中。野狮般的女人、手执刀片的保镖、五星级酒店、豪华包房、大龙虾、电影院、别墅、野外狂飙、过山车,心丽眼前闪过一幅幅极不真实的画面,似乎她错误地跌入了一场豪奢的盛宴。如果说她曾经幻想着搭上华生的班车,妄图借助华生的力量改变她和一冰的处境,但街头那耻辱的一幕却让她过早发现了事情最终的结局。生活毕竟不是哄孩子的童话,丑小鸭永远变不了白天鹅，那个狮子般野蛮的女人啊，感谢你把我从泥潭里踢上岸。

心丽的泪水哗哗地浇湿了童话书。别了，我那荒唐的梦。她索性抽出手机卡，用菜刀将它剁得粉碎。

十一

站在脚手架上贴瓷片的一冰常常不由自主地陷入往事的沼泽。他看见自己像一只被人浇了油的老鼠，带着呼啸的大火跃入纷乱的人群，一百多瓦的灯泡如正午的阳光将毒辣辣的汁液浇到他身上，他分不清白昼和黎明，一顶烂帽子罩住他的头，一只脚有节奏地踏着他的脸，几只脚上上下下踩着他的背，好舒服啊，他的脸贴着布满烟头和痰渍的地板，他呼出的气吹起了地上的烟尘，他看着地上的脚像动物的蹄子走来走去。脚从身上撤走后，跑啊！他像喊口号一样喊着，带头就冲了出去。

一冰恍恍惚惚如做了一个梦。医生对满脸泪水的心丽说，你老公算走运，只摔断了一条腿，上个月他们一个工人从五楼掉下来，拉到医院就死了。

心丽对医生千恩万谢的。做完手术的第二天，几个工友提了礼品来看一冰，大家自然都说了些安慰的话。工友走后，心丽打开一箱酸奶，发现已经过期几个月了。心丽要扔，一冰舍不得，说，只要袋子没破，就能喝，我喝凉水都没事。一冰有时候就喝一盒，酸溜溜的很好喝。燕子每次来都带些麦乳精蜂蜜之类的营养品。心丽过意不去，知道燕子挣钱也不容易，既要顾老家还要供子怡上学。但燕子仍是隔几天就来了，不是给心丽带个肉夹馍，就是给一冰买几斤苹果。

医院和张老板屡屡催着叫出院。心丽扛不过了,说,咱们回老家吧,城市我们是待不下去了。

我不回。一冰看着自己绑着夹板的腿说,我这是工伤,我要问张老板要赔偿呢,我能轻易地回去吗?房东欠我和工友的报酬还没给呢,我能轻易地放过他?等我腿好了,我一个个要,我一个都不放过!

可以出院了,医生最后一次看了新拍的片子说,回家慢慢养吧,伤筋动骨一百天呢。一天也不能多住了,你们公司已经不给医院打钱了。

一冰敲着床头说,那我去找张老板,我这是工伤,我的腿还疼呢,我能随随便便地出院?

那你们商量吧,反正没钱就不能给你用药了。医生把片子扔到一冰床上气呼呼地走了。

坚持了几天实在坚持不下去了,心丽只好办了出院手续,雇了一辆三轮车把一冰拉回了出租屋。躺了一个多月,一冰勉强能够下地活动了,他拄着拐杖去找张老板。

想钱想疯了吧?张老板呵斥一冰说,你住院的医药费都是我掏的,我比其他老板仁慈多了,你腿也好了,还要啥子钱?

一冰拿拐杖敲着地板说,我的误工费、伤残补贴、一次性医疗补助金、精神损失费,你不出谁出啊?心丽服侍我的误工工资、护理费、生活费你不出谁出啊?我这是工伤,一辈子残疾了,你是真不懂还是假不懂啊?

工伤?张老板瞪大的眼里射出一缕缕惊异的光,眼前这个人突然变得陌生,就像司空见惯的水泥突然变成了面粉或者亮晶晶的盐。哦，想不到你查一冰进了一次看守所就像上了一次大学，还真叫人刮目相看呢。工伤？谁能证明你受的是工伤？

张老板最后连一冰见也不见了，托人给一冰带了一千块钱，说他是最讲良心的老板了，他的上面还有大老板，他是看在都是柳镇人的分上，才送他去医院的，光住院费都花了五六万呢，大老板一分钱都不认，他都不跟一冰讨住院费了，一冰还变本加厉地要啥子这费那费的，一年工地上死伤好多起，都狮子大开口的话，那人家老板不得破产了吗？要是摔死了倒好了，一次性赔偿你五六十万，省得你像狗皮膏药没完没了。末了，传张老板话的人说，老板讲了，这是最后一次，你要再到工地上闹，就没有人保证你的安全了。你房东比你厉害吧？他们闹了多少次，最后还不是一个个乖乖地签了协议吗？

我会跟他们这一伙人算账的，我一个都不放过！一冰拿拐杖指着张老板派来的人说。

我想跟你学做律师。一冰终于在直言律师事务所找到了杨南楠。

你能学得懂吗？杨律师看着穿了一身廉价西装、打着领带的男人。

它有登上月球难吗？它有盖楼房难吗？没有吧？如果没有，我就能学会。一冰感到脖子被勒疼了，他松了松红色的领带。

不仅要背很多法条，还要有对法律精神的理解。法学院毕业的都不一定能当个好律师，何况你没有一点法律基础知识。杨律师把玩着手里的笔说。

它有登上月球难吗？它有盖楼房难吗？没有吧？如果没有，我就能学会。一冰紧了紧自己的领带。

杨律师终于答应了。她给一冰列出了一大批必读书目，你先把这些书好好看完，每本书看四遍，如果看懂了，再来找我吧。

房东断了一冰房子的水电。一冰和心丽只好把家搬到了北三环的百花村。和他们一同搬走的还有燕子。燕子对心丽说，我在网上建了一个群，做视频就可以挣钱。心丽不信，燕子说，等我安定了，我给你演示演示你就知道了。

心丽在餐馆打工的这几个月，一冰终于看完了那些法律书。他去找杨律师，杨律师给了他一张卷子说，我考考你吧。一冰交卷后，杨律师像老师一样批改了他的卷子。末了，杨律师说，你可以入门了，先给我做助理吧。

一冰当了一段时间的助理，就开始专门代理民工打官司。他在各个工地上贴了他的服务内容，工伤赔偿、劳动保险、法律咨询、义务调查。我要让你赔得成了穷光蛋。一冰的不干胶广告把张老板盖的楼房打扮得像一个全身长满了牛皮癣的病人。

一冰把诉状递上法院的那天中午，一辆车停在仁义村口，双手叉腰的张老板看着那最后一栋飘着红旗的楼房，几个戴着口罩的人冷不防从村子里冒出来，他们一阵乱棍将张老板打倒。张老板亲眼看着他心爱的宝马被点燃了，霎时间半个天幕红通通的。张老板拖着断腿爬到法国梧桐边，树上贴的宣传单像白色的旗帜呼啦啦地飘着，查一冰的名字刺眼地进入他的视线。他撕下宣传单擦着腿上的血。这时候，一辆大车轰隆隆地开进了荒野般的村子，张老板抱着树，一条腿撑起身体，冷冷地笑着。大车像疯狂的大象，直扑一冰曾经住过的楼房，孤零零的楼房如酥脆的饼干，在灰霾的空中摇摆许久，终于在下午塌掉了。

沿路的树身上都贴了一冰的宣传单，像一面面呼喊的旗帜。一冰拉着心丽的手,他们同时看到了远处被火烧红的天幕,伴随着轰隆隆的巨响,大地抖了抖,他们看到一股烟尘升到了火红的天空。要打官司你就找我吧!一冰对那弥天而起的烟尘叫道。心丽把一冰的手按在她隆起的小腹上,一冰感受到了来自心丽肚里生命的呐喊。

一路狂奔

一

下了讲台,我叔叔身上那件借来的白衬衫湿透了,汗津津的。他憨憨地给乡教办两个听课干部一个劲地敬酒,嘴里说,多喝些,多喝些。乡教办的人喝着我爷爷酿的苞谷酒说,这个酒好。我叔叔还是憨憨地笑着,被干部嚷叫着,连喝了三大碗。

叔叔到底是不胜酒力,饭也没顾得上吃,人歪在那间堆着农具及杂物的屋子里睡着了。他揉着糊着眼屎的眼睛醒来时,第二天中午的阳光已经盖上了他的身。

他们咋说的,我的考核合格吧?叔叔问蹲在门墩上抽烟的爷爷。

人家干部走的时候,喊叫你起来送送,你跟没睡过觉一样,推都推不醒。爷爷在地上咚咚地磕着烟锅说,我在窗子外面看了,你闷着头讲,底下那些娃说话的说话,吃东西的吃东西,睡觉的睡觉,你在上面给谁讲啊?

你看得还这么细发,我一维持秩序思路就跟不上了。他们在底下偶尔玩玩,大部分时间还是认真的。叔叔的手摩挲着大黄的耳朵说。

你糊弄我可以，但乡教办的那两个人可不是好糊弄的。你的课讲得咋个样，要叫人家考核的人评呢。爷爷满眼忧虑地望着伸向远方的路。

叔叔就像一只焦躁的公鸡在家待着，地里的活能躲则躲；实在躲不过了，就跟我爸爸扛着锄头下了地。他硬是把好端端的苞谷当草锄了——不是锄一棵，而是一会儿一棵，一会儿一棵，气得我爷爷一锄把打在他的腿杆上。

我爸爸说，老二，实在不想干了，就明说嘛，这样子糟蹋庄稼干啥呢？长一棵苞谷容易吗？人家学校早都开学了，你咋还不到学校去啊？

还没通知呢，估计快了吧。叔叔捂着被爷爷打疼的光腿杆子说，上马石小学离了我就开不了学，你等着看吧，他们很快就会来请我的。

叔叔吹着口哨，将十几棵被他当杂草锄掉的苞谷苗扔进了牛圈。牛抢着伸出舌头，往嘴里捞那绿油油的叶子。待他从牛圈里回来时，看见乡教办的干部正站在门口的枣树下抽烟。

你这回考核不合格，好多信反映你思想反动。教育专干抽着我爷爷拿我们作业本卷的纸烟说，有人告你在课堂上经常说一些不该说的话。

我只是提提建议，我并没有说什么不该说的。叔叔激烈地争辩道，谁他娘的胡说的？谁他妈的不是人生的，背后打我的小报告？我背一篇文章你们听听。

叔叔便靠着门框，手叉着腰，眼睛盯着枣树上落脚的几只鸟说，《反对自由主义》，一九三七年九月七日。我们主张积极的思想斗争，因为它是达到党与革命团体的团结使之利于战斗的武器。每个共产党员和革命分子，应该拿起这个武器。但是自由主义取消思想斗争，主张无原则的和平，结果腐朽庸俗的作风发生，使党与革命团体的某些组织及某些个人在政治上腐化起来。

背得好啊。张教干插话道，但是组织不听这些，组织只看证据，你在课堂上给学生传播有毒思想。你有十几封告状信。

自由主义有各种表现。叔叔并没有被张教干的话语吓到，他沉浸在背诵的快感中，他的声音更加洪亮，不负责任的背后批评，不是积极地向组织建议。当面不说，背后乱说；开会不说，会后乱说。心目中没有集体生活的原则，只有自由放任。这是第二种。事不关己，高高挂起；明知不对，少说为佳；明哲保身，但求无过。这是第三种。

你这就是典型的自由主义。张教干趁叔叔打喷嚏的间隙插话道，你背得好可以在全校大会上背诵啊，也可以在全乡教育大会上背诵啊，但你千不该万不该不该在课堂上当着那么多学生的面乱说。我们教育学生都来不及呢啊，你咋能在公众场合，尤其在课堂上胡说八道信口开河呢。你几月几日哪一节课讲的，信上都说得清清楚楚的。你太混蛋了！

我要和背后告黑状的人当面对质。叔叔终于不背了，他看着张教干，焦躁得像一只被人踩着尾巴的狗，告人黑状也是自由主义的典型表现。我教的学生成绩全校第一，我是一个好老师，一个真正为人民服务的好老师。

查一冰，你不要傻了。张教干连连拍着肩上斜挎的黄挎包呵斥道，你的事情不仅仅是这些，我这包里都是告你的信，十几封呢。我问你，你是不是总爱摸女学生的头，摸女学生的长辫子？你是不是随意就给有些学生减免学杂费？你是不是让学生互相批改作业？

你说，要你这样的老师干啥吃的？还有，你是不是让学生给你家拾麦穗、点洋芋、掰苞谷、摘豆角？学生成了你的劳动工具了。你经常晚上带着学生走几公里路看电影，学生回家晚了，第二天就可以不上课。你说说，这是你一个当教师的该干的事情吗？你怎么能这么胡闹呢？

张教干捂着自己的黄挎包，似乎他一松手，包里的信件就会纷纷逃走。我和你爸是好朋友，我才给你透露了这么多组织上的机密。这都是违反组织原则的。张教干喝了一碗苞谷酒，往嘴里扔了几颗爆米花说，老查，这回我帮不了你了，你娃的民办教师当到头了。他犯的错误太严重了。幸亏组织把材料交给我了，要是让其他人办，娃当不当民办教师是其次，搞不好还要判刑坐牢呢。

张主任，你看还能想想办法吗？一冰这娃就是能教书，回到家，啥农活都不会干。你再给他一次机会吧。我爷爷倒了满满一碗苞谷酒，他双手端着，把酒敬给这个掌握着我叔叔命运的人。

不喝了。这酒劲太大了，我晚上还要开会呢。张教干推开我爷爷的手，嘴里吐着酒气说，这事情太大了，要是处理不好，牵连我是小事，搞不好会牵扯到乡长书记乃至县上的领导，人家告状的人盯着呢。

爷爷走进了自己睡觉的那间黑屋子，在黑暗中打开箱子的锁，在箱子里摸摸索索的，摸出了一把铜酒壶。这是我们查家祖上从江南逃难时带来的传家宝，传到我手上都好多代了，据说是乾隆爷赐给我查家高祖的，高祖曾经当过巡抚呢。爷爷把酒壶递给张教干说，送给你吧，你是干部，又有文化，懂得这些老古董，放在我们手里可惜了。

张教干摩挲着铜酒壶上玲珑剔透的花纹说，你们查家的传家宝，给我不好吧？

好得很！爷爷道，放在你手里，才能显出它的价值。放在我们这些大老粗的手里，还不就是一把普普通通的酒壶。

说得也是。张教干把酒壶抱在怀里说，那我就借回去欣赏几天，到时候叫一冰来乡上取啊。

取啥啊，不值钱的东西。爷爷看着张教干将铜酒壶装进了那个装着许多举报信的黄挎包里。爷爷说，这后坡上我发现了一头大野猪，看它的脚印子，大概有二百斤，到时候我把它打下来给你送过去。

张教干的身子已经跨上了自行车，他说，老查，这次名额很紧，我再好好做做工作，你等我的消息吧。

我爷爷和我叔叔看着那辆破旧的自行车驮着张教干的身子转瞬到了河对岸。

我一直不晓得你还有这么个宝贝，你不该把祖上传下来的宝贝送给那个骗子。我叔叔对我爷爷甚是不满。

啪。

我爷爷冰冷的目光刮过我叔叔胡须茂盛的脸，他在我叔叔的脸上打出一记脆亮的耳光。

二

九月份开学了，李家学老师在讲台上给我们上语文课。往常我们的语文课是我叔叔给我们上的。我叔叔讲课不说我们柳镇方言，全程用普通话，他要求我们回答问题也必须用普通话。回家多听广播。叔叔在课堂上这样要求每个学生。我有时候就跟着广播里的人学说普通话。看你叔把娃都教成假洋鬼子了。我爷爷批评道。学好普通话，走到哪里都不怕。我叔叔经常鼓励我们。

我用普通话回答问题的时候，李老师拿方言恶狠狠地批评我。我叔叔让用普通话。我以为抬出了叔叔，李老师会给一点面子，不料，李老师却恼火得不得了。他揪着我的耳朵，把我拖到了教室门口，好好站着吧，查一冰这货再也当不成老师了。李家学让我贴墙站着，拿教棍敲了敲我的脑袋说，老老实实站着，打扫一周卫生。

每天放学我一个人扫教室，先把板凳架在桌子上，然后捡地上的纸张、橡皮、铅笔、石头，最后从教室后面往前扫，一笤帚一笤帚的，灰腾腾的。扫完了教室，我像是从泥巴里滚出来的虫。

一天，我正往桌子上架板凳的时候，叔叔嘴上叼着烟来了。咋你一个人打扫卫生呢，一般不是两个人打扫吗？叔叔帮我往桌子上架着凳子说。

还不是怪你啊。我一屁股坐在桌子上说，你让我们在课堂上讲普通话，我讲普通话了，李老师却批评我，说我是撇洋腔，说我们都是你的流毒，说你是大坏蛋大流氓假洋鬼子。

他是那么说的吗？叔叔往地上洒着水说，他不会那么讲吧？我们是好朋友呢，你要讲老实话，不要栽赃陷害，小心我收拾你。

我一个字都没有编，这都是李老师的原话。我气呼呼地说。叔叔便不再说话了，默默扫着地。虽然洒了水，但地面的尘土还是很凶猛，我看到叔叔在恶狠狠的灰尘里像一只奇形怪状的鸟。我们往回走的时候，叔叔一路上不再吹口哨了，而是一直看着路边蜿蜒扭曲的河流。你吹口哨吧。我看着叔叔布满尘土的脸说。叔叔看了看我，鼓起唇，口哨声响起了。那天我觉得叔叔的口哨声和以前不一样了，至于哪里不一样，我一时也总结不出来。

我们把脸洗干净吧。过河的时候叔叔说。

我们就蹲在河边洗了脸。几条鱼游到我们脚下，好奇地看着我们。

叔叔双手掬起一捧水，咕咚咕咚地喝着。我趴到河边，脸贴着水面，噗噗地在水里吹起了水泡。

你喝水的样子就像一只小牛娃子。叔叔往我头上洒了几滴水说，李老师罚你扫几天教室啊？

一星期，我擦着嘴上的水珠说，还有三天就结束了，就不用扫了。

叔叔往水里砸进一个石头，水花纷纷往我们身上扑来。

远远地，我看见张教干坐在我们家的门墩上。

一冰，你还年轻，前途远大着呢，当一个教师就把你困死了，何必呢！再说了，当教师也没有啥意思，一天到晚和学生娃娃打交道，时间长了，人都傻了、呆了，都不知道社会是个啥样子了。张教干对我叔叔说，这兴许还是个机会呢，你这就走出来了，就索性离开好了，你不适合吃这碗饭。

没容我叔叔说话，张教干就骑着他崭新的自行车，车铃铛一路响着，风似的走了。

不当了就不当了。我爷爷挥着手里的油印信说，搞你的人下了大功夫了，张教干说洛城的书记都批示了，教委的领导都批示了，谁也不敢留你了。说你败坏了人民教师的形象呢，说不抓你都是给足了面子呢。

不当了就不当了，但不能给我扣屎盆子啊，我总有一天会找到这个给我扣屎盆子的人。叔叔抓过我爷爷手里的油印信，朝对着他摇尾巴的大黄狠狠踢了一脚。

汪！大黄委屈地叫了一声，夹着尾巴躲到麦秸垛里。

总有一天我要找到这个给我扣屎盆子的人。叔叔研究着告他的油印信，泪水在脸上流成了河。

三

叔叔那段时间迷上了打猎。他背着我爷爷那杆土枪，带着大黄，天麻麻亮就上了坡，常常是月亮卧在了天空才回家。大黄到了家门口，像是给人通知似的，总要汪汪地叫喊几声。而叔叔呢，就将土枪挂在了堂屋山墙的木橛上。我睡得迷迷糊糊的，他将我嘴掰开，往我嘴里塞上一大把野果子。酸甜的猕猴桃、黄澄澄的杏，还有许多我叫不上名的野果。

你看这是啥？叔叔从塑料袋里掏出一只浑身长满刺的家伙。刺猬。我惊叫着坐起来。送给你玩。叔叔将刺猬丢进袋子里说，大黄一上坡就爱抓刺猬，这东西又吃不成，满身的刺，但大黄就爱抓着它们玩，玩着玩着就忘了正事，它的嘴巴都被刺扎伤了，结果刺猬跑了，大野猪没抓上，小野猪也没抓上。我看着在袋子里蠕动的刺猬说，打野猪危险不？当然危险了。叔叔说，野猪疯起来，比老虎还凶猛，它身上的油脂，子弹都穿不透。哪天给我抓一头小野猪，我和家猪一起养着。我给叔叔说。家猪不中用，连黄鼠狼都害怕，咱们家的猪就被黄鼠狼咬掉了两只耳朵，怪难看的。你睡吧，想得还多得很。叔叔将装刺猬的袋子扎紧了，放在墙角说，弄个纸箱子，里面放点水，它也要喝水呢。嗯。我点着头，摇曳的灯光下，叔叔坐在桌前看书，乱蓬蓬的头发被风吹着，映在墙上的影子一如刺猬怒张的刺。

叔叔打回野猪那天，全村轰动了。人们看叔叔推着一辆自行车，车座上架着一头不再凶恶的野猪，它尖锐的獠牙亮闪闪的，血糊糊的水一路滴答着。大黄守护着野猪，不时汪汪地喊几声。

爷爷将野猪肉煮在大锅里，一时间香气弥漫整个村庄。我叔叔我爸爸挨家挨户地送野猪肉烩菜。虽然肉不多，但汤是荤的，汤里炖的萝卜土豆的味道也空前地好。我们将野猪肉烩菜倒进村人准备的碗里，村人会将自己腌的酸菜、浆水菜给我们回上一碗。肉汤送光了，案上盛放着换回来的一碗碗浆水菜、酸菜、红薯干。爷爷看着这丰盛的景象说，这是弄啥呢，谁叫他们给我们回东西了？就是一碗汤嘛，也值得这样子吗？爷爷立下的规矩在我们村流传了许多年，谁家有了好吃的，都要给别家分享。尤其杀了猪后，猪肉烩菜总要一家端一碗。直到我叔叔后来当了乡长，这条规矩才不知不觉间消失了。

我爸爸那晚上忧心忡忡地对我爷爷说，让老二老是这么晃荡也不是个事儿啊，地不会种，活也不会干，每天背着枪，带着狗，像个二流子，打野猪能打一辈子啊？

那让他先到养路段上去养路吧。我爷爷说，养路段最近缺人手，前段时间的大暴雨把从蟒岭到峦庄的公路冲坏了，王段长正急着招人呢。

养路的活可苦了，不比种地轻松，老二不晓得能不能干得了。我爸爸递给我爷爷一支纸烟，自个儿也吸了一支说，老二还是适合当教师，你看他穿着白衬衫，站在讲台上多神气，没有比当教师更适合老二的了。

爷爷瞪了我爸一眼说，他被人告黑状告倒了，你又不是不晓得，张教干说县上的好几个领导都批示了，他还能再当教师吗？李家学和他一起当的教师,人家一个月前已经转成公办教师了,正儿八经地吃上了商品粮。我原先也想让老二好好干,找机会转成公办的,想不到这个杂种不成器,在学校里胡搞,被人告了,再也吃不上教师这碗饭了。

他们现在就是敲锣打鼓地请我,我也不会去当教师了。叔叔也许偷听了我爸和我爷的对话,实在忍不住了,就从暗处走出来说,当教师真有那么好吗?我还真不想当了。吃一辈子粉笔灰有啥出息呢?我就不信我这一生会一直这样窝窝囊囊的。那个告黑状的人我早晚会找出来,不是不报,时候未到,时间一到,谁做的坏事都跑不了。

养路段的活你能干得了吗?爷爷看着叔叔脸上被荆棘刮出的一道道血痕问。

别人能干得了,我当然也能干得了,又不是造飞机大炮。叔叔的鼻子轻蔑地哼了哼。

那你就去吧,我已经给王段长说好了。你要记住当教师吃的亏,不要再犯低级错误了。爷爷说着,伸手去摘叔叔头发上纠缠的那一团苍耳。

叔叔猛地偏过头,爷爷的手走空了。爷爷不好意思地拿手拍拍裤子上的灰尘说,养路段上要是再干不好,你就回来和你哥一起老老实实地种地当农民吧。

种地能种出黄金吗?叔叔揪着头发上的苍耳说,我哥会种地,你就让他好好种地算了。

我爸爸脸上闪过一丝丝尴尬,他将烟头扔在地上拿鞋跟碾碎了说,我们农民的职业就是种地,不要看不起种地,那里面可有大学问,不是谁都能把地种好的。

叔叔鼻子轻蔑地哼了哼,将一疙瘩苍耳扔到我爸爸脚边,嘴里打了一个呼哨,大黄就从墙角爬出来,精神抖擞地跟他上了坡。

四

叔叔干养路工的第三个月就出了大事情。

那天的雨大得哟,天像是破了烂了,噼里啪啦的雨水就没个歇息的意思,伴雨水而来的还有珍珠大的冷子,它们从天上骨碌骨碌地往地上下着,一个挤着一个,闹腾腾的,路面白花花的。

河水涨着涨着,瘦弱的河床就盛不下了,它们喧腾着爬上路面,乱糟糟的杂物漂浮着,间或漂过一头猪或一只鸡,有人就站在岸边,伸着一根长长的竹篙,竹篙顶端有一个铁钩,就那么一钩,猪啊鸡啊就都到了自己的身边。

那一段石头垒的坝已被水冲毁了,叔叔将铁锹里的沙土无望地投向咆哮的河水,混浊的水花嬉笑着弄脏了他的脸。一群蛤蟆跳过路面,它们呱呱地喊着,拥拥挤挤的,一个接着一个往前赶。叔叔的身子打着战,他仓皇地给它们让开了一条路。

那一群前行的蛤蟆竟突然消失了,莫非它们集体投河了?叔叔的心狂跳不已,他拿目光极力搜寻污浊的河面,但除了那个披着蓑衣戴着草帽的打捞人,看不到一点蛤蟆的踪影。

叔叔揉了揉眼睛,他以为自己的目光被黄色的河水混淆了,当他再次探询河水时,却发现河面上浮着一个人头,那人头像一个西瓜,随着水波或隐或现的。

有人落水了!叔叔嘴里喊出了声。但没有人听见他的呼喊。

叔叔便扔了头上的草帽,沿河边奔跑着,直到看见那人离岸边很近了，就猛地跳下水。他很快就贴近了那个漂浮的人。那人的双手像锋利的爪子紧紧钩住了他。一个水浪，他的头浮出水面，眼里灰茫茫的。水，水，黄色的水淹没了村庄，一群蛤蟆站在屋顶上，它们丑陋的歌声随风飘荡。叔叔向那个紧抱着自己的人猛击一拳，那人手一松，叔叔趁机薅了她的长发，奋力向一块大石头游去。叔叔将那女子推上石头，身子便无法招架，一个浪头袭来，他吞了一口泥水，整个人便沉入水中。

被水裹挟的叔叔拼命抱住水里的树干，他终于逃脱了水的抓捕，沿树干爬到了树上，在枝杈间的乌鸦窝下歇息一会儿，吃了几个乌鸦蛋，身子突然被注入了元气，再歇息一会儿，他便沿着弯曲的树干爬上了桥。桥上已经站了几个人，他们扶起几乎赤裸的叔叔，树顶上的乌鸦便跟祝贺似的哇哇地嚷起来。

要不是你救了我，我早就被水鬼抓走了。张月娥不止一次地对我叔叔讲。

我十九岁前落了三次水。这是第四次了。每次落水我都感到水里有个披头散发的人伸着很多只手抓我。张月娥每次说到落水的情景时，身子总是不由自主地颤抖。

你为啥会掉到水里？叔叔不止一次地问。

我不掉到水里会遇见你吗？你就是那个抓我的水鬼啊。张月娥朝叔叔妩媚地一笑。

你咋没有叫李家学捞住呢？一涨水李家学就在水里捞。听说他这回捞了一头猪崽、三只鸡，还有两块木板，但就是没有捞到你。叔叔对张月娥说。

我还不如一只鸡一头死猪吗？张月娥说着说着身子就抖起来。

李家学也许根本就没看见你。他看见的都是猪啊鸡啊木头啊木板啊。叔叔抠着手掌上的茧子说。

我当时在水里发誓,谁要是救了我,我就嫁给谁。不管他多大年纪,不管他长得啥样子。要是大树救了我,我就给大树披红放炮;要是猪狗牛羊救了我,我就一辈子像伺候亲人一样伺候它们。张月娥看着我叔叔的眼睛说。

我家里穷得叮当响。我不会种地不会干农活,这养路工也是临时的。我连自己一个人都养不活,你嫁给我吃啥喝啥?叔叔嚼着草秆,青色的汁液染绿了他的嘴角。

我不管。张月娥说,反正你救了我,我就要兑现我的誓言。

你家里人会同意吗?我叔叔说,我们家只有三间土坯房。你来了,连多余的床都没有。

咱这里的木材多得是,做一张床太简单了。张月娥将头靠在我叔叔的肩膀上说,不管我爸妈同意不同意,我都要嫁给你,除非你不要我。

后来在那高耸的麦秸垛后,他们两个人的身子紧紧抱在了一起。

张月娥初中毕业后也到了公路上,那时候我们柳镇通往洛城的路还是一条坑坑洼洼的土路,这条土路彻底变样,还要等到十多年后。十多年后,我叔叔已经做了洛城教育局的局长了。但十多年前,张月娥她扛着锨,和我叔叔一起做了养路工。架子车满载着他们从坡上挖出的泥土,几十米一个圆堆,几十米一个圆堆,泥土像一座座山包遍布公路沿线。这些预备的泥土随时会去修补毁损或者坑洼的路面。如果那个时候有人从柳镇去洛城,看到沿路有一对男女,女的扎着马尾辫,男的穿着洗得发白的黄军装,他们你一锨我一锨地铲着泥土,勤奋地修补着凹凸不平的路面,那多半是我的叔叔和他的女友张月娥。

五

张教干再次来我家那天，大黄举着愤怒的尾巴很不客气地堵着他的路，狂躁的吠声劈头盖脸地喷向张教干因害怕而有些变形的身子。

你这杂种，我才几天不来，你就不认得我了！张教干跺着黄胶鞋上的泥土，手指头远远地指着大黄的脑袋说。

大黄微微吃了一惊，往后退了退，汪地叫了一声，仿佛在说，你还来诈我呀，我的鼻子和嘴巴可不是浪得虚名的！大黄往前踏了一步，将皮包骨头的身子威武地撑起来，它刚要咆哮，有人喊了一声张教干，它拧过头，冷不防被我爷爷踢了一脚。我爷爷说，眼瞎了，乡上领导你也不认得了？大黄委屈地呜咽一声，耷拉着尾巴让开路。

老查，你这狗以前看见我就扑到我身上，又是舔我的手又是亲我的脸，咋现在见了我跟见了仇人一样？莫非我不当教育专干了，连狗也敢欺负我了？张教干拍打着身上的灰尘说。

这狗年纪大了，眼神不好。我爷爷朝大黄投去赞许的目光，大黄在旁边也许看见了，汪汪地应了几声。给你捎去的猪腿吃完了吧？杀野猪那天，村上的人都来了，大家伙吃美了。爷爷接着说道。

你那野猪腿可是救了我们一家人的命呢。张教干坐在我端来的凳子上说，我把野猪肉做成碎碎的肉末，每次吃饭的时候放一点点，生活好歹有点滋味。

现在的野猪也不好打了，打回来的野猪瘦得皮包骨头，肉吃起来跟柴草一样,没点味道。我爷爷拿白纸裹着烟叶子卷好一根烟递给张教干说,人没得吃的,动物野兽也是没得吃的,坡上的飞禽走兽越来越少了,这样的日子啥时候是个头啊?

日子会越来越好的。张教干被烟呛着了,咳着说,一冰呢?还在养路段上啊?

他不在养路段上还能在哪里?我爷爷愤愤地骂着说,当个教师多好,雨水淋不着,太阳晒不着,多体面啊,偏是干不成了。你看人家李家学,书没他教得好,人也没有他长得排场,可人家却好好地当着教师,还转公办了,吃了商品粮呢。

当教师也不见得多有出息。张教干吐出一口痰说,我没帮上忙,觉得很对不起你的。其实,我这个教育专干一点权力也没有。

我爷爷瞅着对面山上摇摆的树林说,也不怪人家告他,那是他自己不争气,活该。到养路段好好去吃吃苦,不然,真不知道天有多高地有多厚呢。

养路段的活重,哪里塌方了就上哪里,哪里路毁了就上哪里,平日里还要在路边垒土方、修水渠、铲杂草,就像养娃子一样,路上的事情都得操心,操不完的心。张教干拔着从鼻孔里挺出来的鼻毛说。

你对养路段的事情还这么熟悉?我爷爷看着张教干手指间卷曲的鼻毛说,一冰这娃心重,回家从不给我说养路段的事。我就是问了,他也懒得说,后来我索性就懒得问了。

我早先干过几年养路工。张教干拔着鼻孔里的鼻毛说,比起种地,养路工的活算是好活了,得亏一冰当了养路工啊,不然世上就没有我家月娥了。

我爷爷被张教干这句话搞得没头没脑的,他问,你这话什么意思啊，我咋听不懂？

你是真不懂，还是装糊涂？张教干盯着手上卷曲的鼻毛说，你家一冰做了那么大的事情，你真不知道？

他犯事了？我爷爷紧张地问，我啥都不晓得，他很少回家，回了家也不给我说路上的事。

这娃呀。张教干看着我爷爷满脸的茫然说，我家月娥想嫁给你家一冰，你听懂了没？

我爷爷委实被吓得不轻，他连连摆着手说，胡闹哩，胡闹哩，不敢，不敢！

张教干给我爷爷发了一根纸烟说，你不愿意？你不愿意我家月娥给你做儿媳妇？

不是的不是的，我爷爷连连摆着手说，我们小门小户的高攀不起啊，你是乡上的干部，全家吃商品粮，我们一家是农民，门不当户不对的。

你这个老顽固还封建得很。张教干索性站起身说，不是我非要把女子嫁给你，而是你家一冰救了我家月娥，我家月娥一定要嫁给你家一冰。

我爷爷被张教干这句绕来绕去的话绕糊涂了，他问道，一冰救了你家月娥？还有这事？这到底是咋回事？

张教干在我家门前的空场地上走来走去，他看着猪圈里那一头饿得哼哼唧唧的白毛猪，看着像山包一样累积的三座麦秸垛，看着房檐下悬挂的金黄色的苞谷棒及廊檐上那进进出出忙碌不堪的蜜蜂，目光忙碌了一阵，最后便落在我爷爷枯瘦的脸上。

张教干，请你讲清楚啊，我咋越听越糊涂了？我爷爷躲闪着张教干凌厉的目光，他的声音都颤抖了。

你是不是觉得我现在不当教干了，就把我的话不当话了？张教干怨愤的目光罩在我爷爷的脸上说，你不明白去问你家娃好了，不要问我，我还一肚子的苦水没地方倒呢。

我爷爷还不知道张教干已经不是教干了，他可是当了十多年的教干啊，以至于我爷爷想了很久都想不起张教干真正的名字。难怪人家张教干批评他，人家当领导的批评得对啊。

张教干离开我家的第七天，我叔叔带着张月娥回家了。爷爷看张月娥长得真是教干的翻版，圆墩墩的身子、圆墩墩的脸、圆墩墩的屁股像磨盘。你为啥非要嫁给我娃啊？我爷爷差点问出口，但他硬是闭上了多虑的嘴，还很理性地喝止了我奶奶的好奇心。在我爷爷奶奶的轮番盘问下，我叔叔才极不情愿地说了事情的大概。倒是张月娥极为畅快，她像讲故事一样，重述了我叔叔救她的每一个细节，似乎她淹进水里，就是专门等着我叔叔来救她呢。

六

那是我人生最快乐的日子。当我叔叔开始回忆自己的青春时，他总是对那段护林员生涯充满了无限的眷恋。

偷树被我们柳镇人视为最能发财的捷径。月亮明晃晃地挂在空中，偷树的就出动了。碗口粗的松树十几分钟就被放倒了，没几天，一座山就光秃秃的了。

那满山坡的树桩像一个个被人砍了脑袋的孩子，我听到它们整日整夜地哭。叔叔望着赤裸的山坡说。

我叔叔大部分时间就住在山坳那个草棚里。每日天麻麻亮，他就带着大黄在山林里到处巡视。有回巡视到松树尖，大黄的腿架在一个柴草垛上淅淅沥沥地尿起来，尿着尿着，就哗啦啦爬出一条灰色的长蛇。大黄汪地惊叫一声，接着窜出了一只兔子和一头猪獾，大黄这才稳住惊慌的身子，冲那垛藏着许多秘密的柴草狂吠。叔叔掀开厚厚的荆棘和枯枝，码得整整齐齐的松树露出来。一道滑溜溜的沟槽通向了村庄。这办法好啊。叔叔把枯枝和荆棘原样盖好，顺着滑溜溜的沟槽端直就走到了一户人家的屋后。他从屋后绕出来，握着一节嫩苞谷秆，嘴里咔嚓咔嚓地嚼着。

他看到一个人站在门前抽烟，便喊了一声，家学。

你咋跑到我家屋后了？李家学惊得手里的烟支差点脱落，他望着裤腿上满是苍耳的查一冰说，你跑后山干啥去了？那里又不是你看管的林地。

我们护林员哪里都可以去。我叔叔摘着头发上的苍耳说，你家离后山好近啊，上山弄树太方便了。

我弄树干啥？李家学故意拍打着身上的尘土说，我一个公办教师，从来不干那些偷鸡摸狗的事。

那就好，当教师就要为人师表。我叔叔吐了一口苞谷秆的渣说，你现在是公办教师了，国家给你发着工资，你自然不用上山弄树了。

这时从路上走过来一个人对我叔叔说，时间长了不见，你变化还挺大的，你要是喜欢吃苞谷秆，就到我家牛圈里来吃，我刚砍回一大捆青苞谷秆，准备给几个牲畜改善生活呢，你要是来晚了，就剩下牛粪和渣滓了。

叔叔冲那个人吐了一口苞谷秆渣滓说，你每天和牛一起吃苞谷秆啊？你家里要是没得吃了，我地里的苞谷秆你随便吃。

你地里还有苞谷秆吗？你地里连草都不长，你羞先人哩。那人冲叔叔唾了一口唾沫说，你羞我们查家的先人哩，当个护林员就了不起了,给你一根针你就当棒槌了,给你一颗芝麻你就当西瓜了。啥护林员啊,都是我当腻的。

这人也姓查,曾当过六年的护林员,也算老资格的林业工作者了。他曾月夜翻越几架山梁,伙同他的弟弟,砍光了我叔叔看护的一个山头。与木材贩子价格没达成一致,他便给路上的检查站报信,检查站将木材贩子的一拖拉机木头没收了,还罚了重款。木材贩子也向林业站举报他,站上带人到他家检查,结果发现他家二层阁楼上藏了五十多棵干松木,阁楼的架子上吊着十几条野猪腿,还挂着几张香獐皮。他家屋后的树林里,竟还掩藏了五十多棵没有刮皮的松树。这可惊坏了林业站的人,这家伙可真是吃林业饭的。拖拉机跑了三次,才将他的赃物勉强拉完。也许人家和林业站的张站长关系硬,没怎么被处理,便回了家,只不过不干护林员了而已。

老子值了!那人抽着当时少见的带嘴的大雁塔香烟说,老子当了这么多年的护林员,该吃的吃了,该拿的拿了,该做的好事也做了,谁敢说老子不好?他这般自我表扬的时候,我们柳镇的人频频点头,在他们的内心里,树木是集体的,是村上的,砍了就砍了,你砍我砍,没有啥本质区别。柳镇的男女老少,谁没有上山砍树的经历呢?谁没有拿树卖过钱呢?娃们的学费、油盐等日常的开销,还不都是来自老祖宗留下的那一棵棵树啊。大家说,老查是好人呢,他发现你偷树了,你给他也捎带着砍一棵,背到他家屋后就可。或者,你给他塞上一盒烟几块钱,他都可以给你放行的。要不,给他家锄一天草,挖一天地,或者给几个鸡蛋,做了好吃的给他家端上一大碗就行了。他有一个小本本,某某日某某时,你在某某地砍树,数量、价值,都给你记得清清楚楚。你若是给他还了账,他就给你打一个对号,意味着你和他之间的账销了。如果他给你打了一个红叉,说明你们的账还没了,他会上门催要的。如果你赖账或是不承认,那你再也不要上山偷树了,他会像猎狗一样把你盯死了。你说,你划得来吗?我们柳镇人大都受过他的恩惠。大家说,人家老查人好着呢,脑子清,不像查一冰,当个狗屁护林员没几天,就谁也不认了,狗眼翻天了。

其实,我们柳镇人的价值观是颠倒的。我们柳镇人认为谁给了他利益,谁跟他就是亲,谁就是好人。与查护林员相比,我叔叔纯粹是个恶人,这为他以后出事埋下了险恶的暗桩。

按辈分他还给我叫二爸呢。查护林员对李家学说。哦,你还是他二爸呢啊,我咋没听见他叫过你二爸呢?李家学阴阳怪气地说。查护林员踢飞了一颗石子说,他哪里有一点晚辈的样子啊,一天到晚地蹲在山上,要是护林员都像他这个干法,估计早就没人当了。他把媳妇放家里,人整天在山上,呵呵,他都能放心呢。李家学给查护林员发了一支烟,掩饰不住地笑起来。查护林员面对着我叔叔说,我咋听说你趁小母牛吃草的时候掀人家的尾巴呢,要是小母牛生了一个不人不牛的怪物,那给你到底是叫爸啊还是叫畜生啊?

查护林员这话可过分了。我叔叔捡起一疙瘩干牛粪砸过去说,我念你好歹是长辈,就不和你计较了,你要再这样乱说,我就再举报,看是你占便宜还是我占便宜。

查护林员被牛粪砸中了,他边跑边说,你小子狠,有你小子好果子吃的!

我叔叔又朝他的背影扔了几块石头,查护林员嘴里骂着,在大黄的狂叫声里,跑得更快了。

当天下午,李家学屋后的树被装上了大卡车,装了整整一卡车啊。

我们挤在广播下,听着广播站播送叔叔的事迹,听着听着,我觉得叔叔的形象越来越高大,像一只大鸟飞上了高空。

有啥好听的,都走开!听着广播,我爷爷的脸色越来越灰了,他应该高兴才是,但他没有。他吐了一口痰,狠狠地瞪了瞪我叔叔,便吆喝着大黄跟他上坡去了。

我叔叔当护林员的第二年,我家养的猪在快近年关的时候死了。往常我奶奶在猪圈边嘴里一吆喝,猪就按捺不住,脑袋咚咚地撞着门。但这回我奶奶吆喝大半天了,门一点响动都没有,安静极了。我奶奶生气了,便进了猪圈,她朝猪窝里一看,大白歪着头,脖子里流出的血染红了它身下的麦草。

开过年,我奶奶将四头牛放到对面的坡上,她坐在门口剥苞谷棒。剥一会儿苞谷棒,她就看看对面坡上的牛。有时候看见那几头牛走散了,她就喊,大姑子,不要再往坡顶上上了,那上面危险,有葫芦蜂。有时候她也喊,小虎子,不要往崖边去,那里危险,崖有十几米高呢。她给每头牛都取了名字,小虎子或者大姑子听了她的吆喝,都会早早地回到安全的位置。它们吃饱了肚子,就会卧在那片草坡上静静地晒太阳,等我奶奶吆喝了,它们方起身,路过村中央的小河时,它们会将嘴插入水里,凶猛地喝个够。这个时候,你看它们的肚子啊,就像挂着两个水桶,咕咚咕咚地晃。那天我奶奶剥了一斗苞谷,看看太阳,该做饭了。她做饭的时候,还看了看卧着晒太阳的牛,她喊道,小虎子、大姑子,你们先好好歇歇,晒晒太阳,我喊叫了你们再回来啊。她听到大姑子长长地应了一声,那声音在村庄久久地回响。我奶奶做好了饭,准备喊小虎子和大姑子回家时,突然发现对面坡上不见了它们的身影。

我们全家人出动去找，月亮升起来了还没找到。那个晚上奶奶一直坐在门口，呆呆地看着对面的山坡，看着山坡上摇曳的树影。后半夜下起了雨，雨水像是从空中泼下来似的。奶奶念叨着说，大姑子啊，你把娃们带好啊，找不到路了不要紧，就在山后面的崖底下睡觉吧，千万不要乱跑啊。爷爷也安慰奶奶说，大姑子记得那面坡上的每一个疙疙瘩瘩，兴许它带着那几头牛在崖底下睡觉呢。我奶奶抓着我爷爷的手，身子瑟瑟地抖。

第二天早晨，人们在山崖下发现了四头牛的尸体，大姑子的眼睛瞪得大大的，一条腿断了。小虎子鼻子被人割开一个口子，舌头不见了，尾巴被人齐根斩断。其他两头小牛的身上都是洞，像是被土枪的飞弹击中。

这些牛都是你害死的！爷爷对叔叔说。

我会找到凶手的。叔叔愤愤地说，拿畜生出气，自己还不如畜生。叔叔手里提着一个酒瓶子，他一边喝一边在路上骂着说，我迟早要找到这个凶手的，我要叫他给我家的畜生偿命！

人们听了也像没有听见一样，倒是大黄跟在我叔叔身后，偶尔给他壮壮威，冷不丁狂叫几声。

老查高兴得不得了。据说他找了几个人去他家喝酒，几个人喝得不知东西南北了，他便哼着小调去厕所。等喝酒的人醒来，不见了老查，还以为他躲回屋睡觉去了，便一个个摇晃着身子回了家。早上老查的儿子上茅厕，才发现他爸爸的脑袋浮在污秽的水面上，脸上爬满了苍蝇和一群长尾巴的蛆。

我叔叔还去丧事上帮忙。不管咋样，我们都是同行。我叔叔有些伤感地说。

那几个晚上一起喝酒的人都来了，他们想不到喝了一次酒，老查会跳进粪池里。即使自杀，也不能瓜得跳进茅坑里啊，那里多脏啊，蛆都钻进嘴里了。他们边烧纸边对那个紧闭嘴唇愤怒地看着他们的人说。

这几个人叔叔都认得。他们是我们村上最精怪的偷树贼，他们会剥光柞树的皮，成捆成捆地卖给树贩子。他们手狠，不管树是否成材，他们都会将它砍倒。柴火也能卖，只要能变钱，他们不会爱惜一棵年幼的树。树见了他们，都吓得身子发软。叔叔已经盯他们很久了，但每次都被他们逃脱。

叔叔走到他们跟前说，你害死了老查，还有脸来烧纸？

老查比你强。那几个人说，老查每次都能放我们一条生路，不像你，都是乡亲，却把我们一个个赶尽杀绝。靠山吃山，我们不卖树，咋生活啊？林业站的人也没有你狠，老查死了，这么多人来看他，你要是死了，我们会出钱请村上人来祝贺的。

你们还有脸说靠山吃山？小树还没有长成材，你们就狠心地砍掉，那就像一个小孩子，你们能忍心吗？大家伙要都是像你们那样砍，我们的山上不出几年，就会被你们砍光的。一座座绿山会变成秃子，光秃秃的，到时候滑坡泥石流各种自然灾害都来了，你们及你们的子孙后代还能在这里生活吗？

看把你高尚的。那几个人对着老查的遗像磕着头说，你一个临时工操的心还多得很，这是你该操的心吗？你不撒泡尿照照你是谁！

叔叔还欲理论时，那几个人爬起来喝酒去了。

我爷爷对我叔叔说，你才干了几天公家的事，就把全村的人都得罪了，你还是一个临时工，你要真的是国家干部，老百姓估计都没活路了。人家张教干你见过吧，工作了一辈子，下乡老百姓抢着往家里拉，这样的干部老百姓打心里欢迎的。你这样做事，就把事情做绝了。你在养路段嫌段长不公平，你当大家的出头鸟，你到了林业站，也当出头鸟，跟啄木鸟一样，惹得附近的老百姓都骂你恨你，连带着咱们家的猪牛羊鸡跟着遭殃，你就没有想过为啥吗？

叔叔对爷爷也如村上的人这般指责自己很是惊诧，他辩解说，要是任由这些人乱砍滥伐，不出几年，咱们这绿油油的山坡会变得跟秃子的脑袋一样光秃秃的，说不定泥石流啊滑坡啊等各种灾害都来了，到时候我看咱们村里的人在哪里住。

那是你该操的心吗？爷爷生气了，朝蹲在身边的大黄踢了一脚说，这满山满坡的树，老树不砍，能长出新树吗？这树这山，在这里不晓得多少年了，能砍光吗？你操的心太多了吧！

叔叔抱着大黄，觉得心里一抽一抽的。

一年后，在一场暴雨的袭击下，那面光秃秃的山坡滑下来，坡下几户人家突然消失了。

七

我在峦庄上初中那一年，叔叔被评为洛城林业先进工作者，会上奖励了他一个搪瓷缸子和一个硬壳笔记本。我很喜欢那个印着暗花的本子，曾想着让叔叔送我。但叔叔却突然变得无比吝啬。他在镇上的代销店里给我买了一个比他的奖品还要好的笔记本，他在第一页上写着：赠英武侄儿，天生我材必有用，我辈岂是蓬蒿人。我知道他这是抄的李白的诗句，心中也不觉得惊异，便将本子放在了家里的抽屉里。

叔叔得到奖励的第二个月，张乡长点名把叔叔抽调到计生办，搞起计划生育宣传工作了。张乡长就是原来的张教干，这个人在几个乡转来转去，最后又转回来，在我们柳镇当了乡长。

我们乡上的计划生育宣传工作在整个洛城很落后，县上领导都提出批评了。张乡长把我叔叔叫到他的办公室说，这一块也容易出成绩，你不可能一直钻山沟，在坡上过野人生活。

叔叔一直对他这个岳父有芥蒂，他的理想是当教师，穿得干干净净的，站在讲台上，给学生们写板书授课，那是多么惬意啊。但就因为几封诬告的匿名信，他的教师当不成了。你这个负责调查处理的教育专干就没有一点公平正义，那个李家学课讲得怎么样，你心里难道不清楚吗？他成了公办教师吃商品粮，我现如今还是农民身份，这公平吗？我叔叔在心里说。虽说偶然间救了月娥，不期然成了张乡长的女婿，但我叔叔并不想和他有过多工作上的联系。

我当护林员挺好的。叔叔骄傲地说，我负责看管的那几座山树木长得多好，谁也不敢到我看护的坡上偷，你看与我挨着的那几面坡，树被砍成啥了啊。

我晓得。张乡长抽着纸烟说，你一直待在树林子里，也待不出啥出息。凭你干护林员的劲头，再来搞计划生育宣传工作，一定能做出更大的成绩。

我叔叔便和其他几个从各村抽调来的年轻人住在一栋废弃的戏楼里，每天早早动身，前往各村宣传。

我叔叔对这份工作也很上心，天天早出晚归的，发誓要把计划生育的政策宣传到每个角落。但也因此越发不受村里人待见。我爷爷本来就对我叔叔的事心结很深，这样一来，就更看不下去了，他想劝我叔叔不要继续干这个，但我叔叔不肯，他们俩吵了一架，我叔叔气冲冲地离开了家。

叔叔在柳镇街道靠近河边的地方租了一间房子，他将月娥安顿在那里后，便很少再回我爷爷分给他的那间黑屋子了。自此，他渐渐脱离了我爷爷的视线，最终像蜗牛一样爬上了惨淡的仕途。关于他是如何当上副乡长的，有各种版本，但最权威的版本应该来自我叔叔的自述。

张乡长调到区上任副区长那一年，我叔叔也不想再参与计划生育宣传工作了。他小心翼翼地向主管的王乡长提出了自己的请求，因为他的身份还是临时工啊。如果说有所凭借，也就是这些所谓的证书和资历了。他说因为他在家还有自留地，农忙季节，还得回家操持农田。干了这么多年，他是应该退到后方去了。

你这样的干部还是应该冲到一线去的，把你留在后方有点大材小用了。王乡长整了整蓝色中山装的衣领，将那风纪扣扣得紧紧的，用严肃的目光打量着我叔叔。

可说来说去，王乡长不仅没有答应我叔叔的请求，还要求我叔叔跟着第二工作组去啃桃坪那块硬骨头。

我不去。叔叔盯着王乡长黑框眼镜后骨碌碌打转的眼珠说。

不去就回家歇着，乡政府不养闲人。王乡长发出了威胁。

你说让我回家？叔叔盯着王乡长的黑框眼镜问。

当然了，想来干的人多得是，谁还像你那样和政府讨价还价，和组织讨价还价。王乡长轻蔑地说。

你要是让我回家了，你这个乡长怕是当到头了。叔叔冰冷的目光罩着王乡长冰冷的脸。

你该不是忘了你儿媳妇的二胎是咋生的吧？你这个主管计划生育工作的领导都是这样的作风，还怎样在全乡搞计划生育工作呢？我看你这个副乡长是当到头了。叔叔说完，冷笑几声，一脚踢飞了几块石子。

你血口喷人,我不怕。王乡长的身子哆嗦着,嘴唇嗫嚅着,像是突然遭遇了冬天的严寒,手指颤抖着,一支烟好半天都放不到嘴上。

我把证据交给组织,让组织看看谁在欺骗组织和老百姓。叔叔扬了扬随身携带的笔记本。

哎呀,兄弟,王乡长突然换了一副嘴脸,他给那副不自然的嘴脸上堆积了一些假惺惺的笑容,好兄弟,老哥和你开玩笑呢,你咋就当真了?我能舍得让你回去种地?你是人才啊,难得的人才啊,我一直把你当亲兄弟呢,不然,每次的先进个人能都推荐你吗?开个玩笑都开不起,跟小娃一样。王乡长亲自给我叔叔发了一支烟,搂着我叔叔的肩膀说,安排你在政府办吧,活轻松,每天也不用下乡,谣言就不要传了,我们都是有觉悟的人。

你知道就好。叔叔嘴上叼着烟,王乡长殷勤地给他点了火,叔叔往他脸上喷了一口烟说,你每天戴个大黑框眼睛不难受吗?你又不是近视眼。

我这是石头镜了,戴在眼睛上舒服,也有煞气。王乡长夸耀地摘下镜子让我叔叔瞧。

我眼睛这几天钻了虫子,难受死了,你这镜子借我戴几天吧。叔叔从王乡长手里抢过眼镜就架上了自己的鼻梁。

王乡长看着我叔叔身子一抖一抖地走进了厕所,在原地呆了很久,很久。

八

夏河坪的副乡长职位空缺十个月后,查一冰终于在一个大雪纷飞的早上获得了组织的任命。

我曾经问过叔叔一个难堪的问题，那时候他已经调到洛城教育局任副局长了。

你一个临时工为啥能当上副乡长呢？

叔叔慵懒的身子塞满了躺椅，随着躺椅的摇晃，他的身子像一团肉滚动着。他深深吸了一口烟，感觉那烟雾似乎融化了他的身子，你咋知道我一直是临时工，临时工能当副乡长吗？

感觉你一直在农村在乡镇。你当养路工、护林员都是临时工，到了乡政府那么多年，好像也是临时工。阳光爬进了客厅，金色的光柱仿若一条旋转隧道，无数细微的灰尘在光柱里喧腾，叔叔的脸陷在阳光里，半是光明，半是黑暗，一瞬间，我似乎不认得他了。

你不可能知道，咱们家里的人都不知道，我转个身份还要闹得沸沸扬扬吗？不光我转了，你二婶也转了，在你考上大学那年，我们一家都转成商品粮了。你考上大学改变了身份，我通过在基层摸爬滚打转变了身份。不改变身份，能当上号令一方的干部吗？叔叔揉着脸上松弛的肌肉，抿了一口红酒说，我每天要喝一杯红酒，听说喝红酒好处可多了，但我不喜欢喝红酒，觉得没有你爷做的苞谷酒好喝。这一瓶法国红酒听说要好几千呢。

你是不是学历也提升了，本科还是硕士啊？我看着他左手娴熟地摇晃着高脚玻璃杯，杯里暗红色的液体发着沙哑的声响。

没有学历能行吗？我最原始的学历是初中，初中还没毕业，我就开始闯荡江湖了。叔叔抿了一口红酒，拿餐巾纸擦着嘴唇说，我现在的学历比你高，研究生。我要是没有学历能一步步提拔吗？

我转干那一年就认识到学历的重要性了。那时候，乡政府分来的学生，最低也是中专学历，我们许多长期临时工，几乎没有学历。一到清退人员，我们这些人必然是被清退的对象。我那个时候就发誓一定要拿到高学历。你学历低，你的能力再强，人家也不一定服你。你学历高，你的能力再强一些，人家就会说这个干部既有经验，又有学识和理论，水平不简单。这就是现实的逻辑。

九

剿灭盘踞南山的那群野猪是我叔叔任副乡长时留给夏河最深刻的记忆。据乡政府大事记记载，它们常趁着夜黑，溜到挨近山根的庄稼地里，吃几根苞谷棒子，拱几窝子洋芋。村人见它们吃得节俭，很懂珍惜的样子，便也睁一只眼闭一只眼，觉得它们也不易，它们也要活啊。谁知野猪并不领情。它们吃饱喝足了，便要搞些破坏。

第二年夏天，那群野猪忽然成了精。满山坡栽种的天麻猪苓被它们拱出来，它们咔嚓咔嚓地吃着这些可以卖钱的中药材，偶尔还得意地嚎叫着。洋芋也是它们的目标，刨出来了，吃也没个吃相，地里到处都是被它们吃了几口就扔掉的残品。好家伙，它们像一个个大碾子，从一排排苞谷上碾过去。也许它们根本不是来吃的，而是来戏耍的。人们哭哭啼啼地闹到乡政府。他们骂野猪，骂惹恼了野猪的人，骂完了野猪，骂乡政府，似乎野猪是乡政府派来的。

我叔叔当场给他们打了包票。他好说歹说，从小吃店里买了馒头，给每个哭诉的人端来一碗白开水，他们吃了喝了，听完我叔叔的承诺，才一个个抹着眼泪回了家。

我叔叔去了乡政府后沟那块金灿灿的梯田。往日里，他最爱去田边了。哇，随着风势，那一大片的油菜花或者玉米就像一水库的水在晃动着，金灿灿的，但这金灿灿的景象硬是被那群野蛮的兽类给提前收割了。这些家伙的胆子太大了，一点也不给乡政府面子，这让叔叔这个副乡长的脸往哪里搁呢？区上领导县上领导来视察检查工作，拿啥子给人家看呢？叔叔越想越觉得事态严重，他似乎看到一群野猪嘴上叼着苞谷背上扛着麦子，正呼哧呼哧上山顶呢。

天空飘着毛毛雨，叔叔就带着几个人上了坡。大黄的鼻子贴着地，荆棘丛生的小道上偶尔可见野猪清晰的脚印。渐渐接近了山顶，大黄的喘息越来越急促了，叔叔觉得野猪快要出现了。他安排三个人分别守在野猪必经的三个路口，自己则跟着大黄继续往山顶攀。躲在树丛后的野猪猛然扑了过来，尖锐的獠牙闪着凛冽的寒光。趁大黄躲闪的瞬间，我叔叔朝野猪放了一枪。野猪大吼着钻进了幽深的灌木丛，不慌不忙地往前走着，还不时回头看看跟在它身后的人和狗。它终于走不动了，身子靠着树，张大了嘴。大黄扑上去咬住了它的脖子，那被子弹击伤的脖子汩汩地喷着血。野猪任大黄咬着自己，歇息了一会儿，便咬住了大黄的腿。叔叔拿枪托狠狠砸野猪的脑袋，但野猪将大黄的腿咬得更紧了。叔叔搬一块石头砸野猪的头。不知什么时候，野猪不动了，但它嘴巴依然狠狠地咬着大黄的腿。

我叔叔背着断了一条腿的大黄，从山顶往下拉野猪的尸体。天黑透的时候，他终于看见了路边房屋里一簇摇曳的灯火。

从夏河到莽岭有十几公里，而且要翻过十几座山。我叔叔那个晚上就发烧了，一直烧到了四十多度。天亮，他被送到了镇医院，他在镇医院高烧了两天。断了一条腿的大黄一直守在他床边。那头野猪的肉分给了周围的村民。叔叔病好后又带着瘸腿大黄上了山。他在西山坳发现了那群野猪，大大小小十几头啊。那头母猪的身下还有几头吃奶的崽子。无怪乎那头年老的野猪带着一身的伤，翻了那么多山，引开了要灭掉自己家的猎狗和猎人。我叔叔看着那些猪崽，突然对那死去的野猪生起了深深的敬意。他坐在野猪窝旁，默默地抽了一支烟。他不知道拿这些野猪怎么办。杀了，还是放了？他终是没了法子。那头做母亲的野猪似乎看出了叔叔的心思，它叫了几声，带着十几头野猪爬上了山岭。直到我叔叔离开了夏河，那群野猪也再没有回来过。

后来，因这次打猎，我叔叔被一直盯着他的王乡长告到了派出所。警察来的那天，他刚从地里查看灾情回来。警察在他的床底下搜出了五发子弹，那支半自动步枪也成了他的罪证，他被警察带上了车。

爷爷去看守所，叔叔隔着铁窗，微笑地面对着他日趋苍老的父亲。

我叫你不要玩枪，你不信，这回信了吧？爷爷抓着冰冷的铁栏杆说。

我不后悔，叔叔说，我是打野猪，为老百姓除害，组织应该奖励我，举报我的人瞎眼了。

我爷爷的目光死死地盯着他，末了，说，那你就好好在里面待着吧，你也该受受教育了。

他的目光绕过铁栏杆，看着我爷爷跌跌撞撞地往出走，白花花的脑袋咚地撞在了门柱子上，似乎不觉得疼，身子趔趔趄趄的，渐渐隐到了门外。

叔叔将父亲给他的烟揉碎了，把烟丝扔进嘴里咀嚼着，几滴泪水哀伤地挂在他乱糟糟的胡子上。

快去找你爸爸，说我被人栽赃陷害了。叔叔对前来给他送衣物的婶婶说。

叔叔再回到夏河的时候，大黄已经死了一个多星期了。那天烦闷的大黄上了坡，它走到那片苞谷地边，一个铁夹子夹住了它的脖子。它试探着动了动，但夹子夹得它喘不过气。它跟着主人见识过这种铁夹子。这种夹子上经常夹着放松了警惕的兔子松鼠黄鼠狼。叔叔最看不起下夹子的人。他也三番五次地从夹子上救过那些小动物。大黄无助地喊了一声，便躺在草丛里。它看见我叔叔朝它走来，咧开没牙的嘴笑了，泪水长久地挂在了眼角。

我爷爷把大黄抱回来埋在了门口的苹果树下。

我叔叔在坟边哭了很久。

他给大黄立了一块水泥碑，上面写着：义犬大黄之墓。

十

闲置了一年多的查一冰终被组织起用，当上了洛城教育局局长。说来也是他的运气好。他的前任因贪污受贿五十万被抓，判了有期徒刑六年。这个被抓局长的前任，贪污受贿八十万，判了八年。再往前追溯，还有个局长贪污受贿一百多万，逃亡海外，至今还在被通缉。而三个重点学校的校长也不甘人后，纷纷刷新受贿贪污的先高，将从家长手里收来的择校费，毫无廉耻地装进了自己的腰包。组织上在考察教育局局长人选时分外慎重。但一些被考察者宁愿不提拔，也不愿来教育局当领导。据说在教育系统存在着一个以告状为主业的组织，这个组织里有教师、退休官员、人大代表、律师，他们善于给领导同志搜集罪证，然后精准投放，这也是教育系统纷纷出事的要因。仇恨谁，就让谁到教育局当局长。这个邪乎的传说在洛城政界曾一度流传。

我叔叔偏不信这个邪。组织上和他谈话，他答应得倒是痛快，经过若干程序，他就正式到任了。其时，他的岳丈，那个从前的张教干，已升任洛城副市长了。

在第二年的任上，叔叔大病住了一个月的医院。他的病竟然是在当副乡长时落下的。追捕那头野猪，一晚上翻越了十几座山，野猪最终毙命，而他的肺也在那持续四十度的高烧中毁坏了。自此，肺气肿和肺纤维化就伴随着他一路狂奔。

听闻我叔叔在洛城盖了一栋四层楼，我爷爷专程去找他了。我爷爷第一次来，问了好多人，才找到我叔叔的家。他咚咚砸了半天防盗门，电动门才哗啦啦地升起来，我叔叔的脑袋从门下伸出来，见是我爷爷，大惊，你咋来了？

我爷爷背着手进了客厅说，大白天人在屋子里锁上门干啥？

叔叔说，来找的人太多了，不锁门不行。

客厅沙发上竟还坐着一个人，那人站起来说，查局长，那我不打扰你了，我儿子的事情就多拜托你了。我叔叔说，你先回吧，这种事情还是要上会的。那人刚要走，我爷爷说，你不是李家学老师吗？听说你调到峡河当老师了？那人的脊背已经伸不直了，他佝偻着腰说，我调到峡河都五六年了，原先一直在咱们柳镇，我和查局长早先还是同事呢，都在上马石小学当过老师，也是有缘分，查局长现在是我们的局长了。我爷爷依稀还记得当年的事，他说，当年就转了你一个公办，一冰还叫人告了，连个民办都没当成。李家学一阵猛咳，他拍打着胸脯说，查局长是我们洛城有史以来最好的局长，我们洛城教育迎来了千载难逢的发展好时机。我爷爷还欲说时，叔叔挥挥手说，你先回去吧，有消息了我让人通知你。李家学千恩万谢地走了。我爷爷说，谈工作不到单位谈，咋还跑到家里来谈了？叔叔呼哧呼哧地喘着气说，你不晓得，办公室就不安宁，我刚坐进去，门口找我的人就排成一个长队，人来得没完没了的，烦死人了。

我爷爷的目光看着客厅里那台几乎占据着一面墙的电视机说，你一个小局长就有这么忙，那市长书记估计忙得连撒尿的时间都没有。

书记市长自然比我忙多了，叔叔递给我爷爷一根中华烟说，这个烟好，你抽吧，一根要三块多呢。我爷爷接过来扔到茶几上说，这哪里是我们老农民抽的烟啊？一根烟三块，一条烟六百，你一个月抽几条啊？叔叔没有理解我爷爷的意思，说，先前一个月也就抽五六条，现在抽得少了，肺不好，不敢多抽了。

我爷爷看着沿客厅蜿蜒而上的楼梯说，你现在还喝酒不？叔叔回答道，先前在乡镇工作，哪一天不喝啊？只要下乡，没有不喝的，啥酒都喝过；现在身体不好，不敢喝了，喝也只喝五粮液茅台。

我爷爷摸着栏杆上雕刻的花纹说，五粮液茅台好喝吗？

叔叔脸上现出了丰富的表情，当然好喝了，他说，一瓶子一千多呢。我爷爷身子靠着上二楼的扶梯说，你现在一个月挣几多钱啊？叔叔以为我爷爷是问他要钱的，便道，也就两三千块钱，根本不够花，两个娃上学，正是花钱的时候，城里的花销又大，不像农村，啥东西离了钱都不行。

那你每个月抽五六条烟的钱从哪里来的呢？我爷爷终于说出了他的心里话，你这点工资，在城里盖这么高的楼房，你们一家四个人，盖这么大的房子干啥啊？你晓得柳镇人现在咋说你吗？说你现在黑得很，手黑心黑，办大小的事情都收钱，都要拿好处，没有好处不办事，不管是老乡还是八竿子打不着的亲戚。柳镇人把你的楼房说得神乎其神，说你这个房子没有七八十万盖不起来。查一冰，我问你，凭你的工资，你能盖起这么漂亮的楼房吗？

都是贷的款，我外面欠了一屁股的账。我叔叔喘着气说，外面人冤枉我，你是我爸，你也不相信吗？柳镇人见过啥子世面，我这楼房放在洛城那算个啥子嘛。这一片领导干部盖的楼房多了，比我的气派的多的是，你们没见过，就以为我的好，我的算个啥？我都是在银行贷的款，谁嚼舌头，谁给我去还银行贷款啊。我来洛城前几年，到处租房子，像一只狗一样，没个固定住所，咋没有人说把他的房子让我们家人住呢？叔叔愤愤地说着，大口地抽着烟，大声地咳着。

我爷爷用手里的拐杖咚咚地敲打着亮闪闪的地板说，我是来提醒你的，我听到的太多了，不好听的我都说不出口。反正你心中要有数。我每次提醒你，你都不听，以为我害你呢。我看电视上经常有贪官被逮了，被抓了，被判了刑抄了家，你要注意，不要被人当了典型。我给你说过不要玩枪，你不信，结果咋样呢？

我不怕，叔叔咳着说，我做事心中有尺寸，不会犯那些低级错误的。你也不要听我们柳镇人胡传谣言，别人说我的时候，你要给我辟谣，不要听那些烂心的人胡说。有的人，你一件事没有给他办，就把他得罪了，给你捕风捉影地胡说。我给咱们柳镇人办的事情还少吗？把乡镇中学的几十个教师调到了洛城，从山沟野洼进洛城容易吗？我给咱们那里修了十几座桥，打了十几眼水井，给十几所学校维修了校舍，我这不是给乡亲们做的好事吗？

这是你当局长应该做的。你不要把应该做的当作你个人的功德,当作你给柳镇人的恩赐。我爷爷又拿拐杖咚咚地磕着地板说。

你咋和那些人的嘴脸一样的?我可以把项目资金给别的乡镇啊,为啥一定要多给柳镇呢?你以为从农村从乡镇调一个教师进城容易吗?太不容易了。你算算,全洛城有多少农村教师想调到城里来啊?我的前任、前任的前任,调一个收五万,这还要有够硬的关系介绍,不然,你拿再多的钱也没人给你办。叔叔手上的烟颤抖着,他嘴里大口大口地喷着烟,眼睛似乎冒着火。

他们不是进了监狱吗?我爷爷说,手莫伸,伸手必被捉,你自己好好想想吧。

我爷爷就要走了。

叔叔说,我派司机开车送你回去。

我又不是局长,咋能坐你的小车?我爷爷起身便走到了门口。

叔叔说,坐小车毕竟方便些,你不要老是说话带刺的,我是你儿子,不是你孙子。他将一个塑料袋子递给我爷爷说,你把这个拿上。啥东西?我爷爷盯着鼓囊囊的袋子问。两条烟两瓶酒,你拿回去喝。家里来人了,可以给人发发烟,我毕竟在城里做事了,给人发个好烟,你脸上也有光。我叔叔说。

我爷爷这次意外地收了。

我叔叔锁了门,正要去上班的时候,在门口又碰见了坐着三轮车返回来的爷爷。

没车了吗?叔叔疑惑地问。

我爷爷将我叔叔拉进屋,关上门,将塑料袋子里的东西哗啦啦地倒在茶几上。除了两条中华烟两瓶五粮液外,还有一个文件袋,里面装了一摞子崭新的人民币。

叔叔的脸色变了，他尴尬地说，哪来的钱呢？我刚才检查了，没有钱啊。

那可能是你顺手拿错了。我爷爷手里的拐杖将茶几上的烟酒和那一摞红艳艳的人民币呼啦啦扫到地上说，查一冰，我给你最后再说一遍，我可不想在临死前再到监牢里去看你。

十一

叔叔第二次住进省城医院重症监护室的时候，医生说他的肺已经严重纤维化了，几乎没得治了。

他脸上戴着氧气罩，因为缺氧，身体浮肿得厉害。他抓着我的手，似乎生怕我突然离去。

我怕是活不过今年冬天了，过不上今年的年了。他摘了氧气罩，大口地喘着气说。

我握着他面包一样发胖的手，安慰他说，冬天过去就好了，现在的医学这么发达，还能治不好你的肺吗？

他摇摇头，我看到他的眼睛闭上了，几颗泪珠绝望地从眼里渗出来，接着大颗大颗的泪珠喷涌着沿着他的脸狂乱地奔。我抽纸巾擦着他无助的泪，手上用劲握住他肿胀的手，说，会好的，坚强些，相信现代医学，总会有办法的。

他竭力平静了一会儿，睁开眼说，十年前那次打野猪发高烧，把我的肺烧坏了，从此我的肺就没有好过，每年都要住几个月的医院。北京上海广州西安的那些有名的医院我都去过，就是看不好一个肺，就这还整天吹医学如何如何发达，这不是骗人的吗？有钱都看不好，没钱还不是直接等死啊。

不过，我也没有不放心的事情。他轻轻捶着胸口说，两个娃都安排了，都是公务员，老大已经提成副科了，老二在税务局当办公室主任，两个娃比我的起点高多了。那会儿你爷爷勉强供我认得几个字，他就觉得自己不得了了，从小就看不惯我，骂我咒我；我当了副乡长，他撵到单位教训我；我当了局长，他到家里教训我；我在看守所那会儿，他到所里骂我。我都怀疑我是不是他亲生的啊。我给他的啥东西他都不要，他说怕我犯错误，你说可笑不？我会犯啥子错误啊？我每天学习，每年培训，党纪国法，我哪一项哪一条不知道啊？

最可气的是他临死时还给你爸说不要通知我，说他没有我这个儿子。你说说，你爷爷是个啥人？世上有这么狠这么硬这么毒的爸吗？我回去的时候，他的眼睛一直一直睁着，睁得圆溜溜的，好吓人啊。我合了几次，都合不拢他的眼皮。那一年，我每个晚上都能梦到他，梦到他不是骂我就是打我，吓得我几乎得了抑郁症。最后请了懂方术的查医生，他在你爷坟头钉了四根桃木橛，把你爷的灵魂封在土里面，他就无法爬出来了，他也就无法再进到我的梦里吓我了。

爷爷那么一个爱四处奔走的人，若将他封在泥土里，他会是多么孤独寂寞啊。他苦哀哀地给我托了几次梦，我就回柳镇拔了钉在他坟头的四根桃木橛。这事叔叔一直不知道。我拿棉签蘸了水润着他干裂的嘴唇说，你是我爷爷几个娃里头最有出息的，也是咱们柳镇出来的最大的官，他为你高兴还来不及呢，咋会是咒你害你呢？

不说了。叔叔呆滞的目光望着苍白的天花板说，我这一生还是不亏的。咱农民出身，没任何背景，走到这一步，我有时候想想都觉得神奇，不知道那些年是怎么一步步地走到今天的。这就行了，还要咋的啊？

我赞扬他说，你留给他们的够多了，不像我爸，供我上个中专都要借债呢。

叔叔抽回自己的手，他擦了擦泪汪汪的眼睛说，大夫讲，现在的肺移植手术很发达，只要能找到合适的肺源，就可以换肺，越快越好，不然，那个坏了的肺会影响身体其他脏器的功能。

我说，那估计得很多钱吧？

叔叔嘴角浮上一丝期望的微笑说，钱不是问题，肺源才是问题。

沉默了一会儿，我不合时宜地说，看新闻报道，洛城最近又抓了几个人，体育局和林业局的局长被抓了。

叔叔叹了一口气说，有人专门告状啊，现在的人险恶得很。

当天晚上他就安排我婶婶带着两个娃回洛城了。临走前，他还在给我婶婶一一交代，我觉得内容过于敏感，就自觉离开了病房。

想整我，门都没有！我叔叔说。

那天早上我在医院交费窗口意外地碰见了李老师的儿子李小刚。

我爸得了食道癌，怕是没治了。李小刚说，交了这两万块钱，我们就再也没钱交了。做手术、化疗，后面不知道还要花多少钱啊，关键是不管你花了多少钱，根本治不好啊。

我将身上仅有的五百块钱掏给他说，你尽最大努力给他看，钱不够了可以借啊。

李小刚接过我的钱，擦着眼泪没有说话。

我在病房把李老师的情况给叔叔讲了。叔叔的眼圈红了，他声音哽咽着给洛城教育局的办公室主任打电话，让尽快筹一笔钱打到李老师的卡上。

李家学这个人是块教书的料，多次被评为优秀教师。他在山村窝了大半辈子。他的儿子李小刚刚从师范院校毕业，也想当教师呢。我叔叔喘息着说。

两天后五万块钱打到了李老师的卡上。李老师到病房握着我叔叔的手，泪水簌簌的。

叔叔戴着面罩，吸着氧，苍白如雪的脸上竟泛起了潮红。

李家学说，我出院后一定要好好教书，不辜负你的期望。

我叔叔捏了捏他枯瘦的手。

李家学千恩万谢地走了。

我叔叔说，你知道当年那个告我黑状让我当不成民办教师的人是谁吗？

我揉着他肿胀的胳膊说，不知道，时间太长了。

是李家学，他刚才亲口给我讲的。我叔叔长长地呼出一口气说，当年他送给张教干一辆新凤凰自行车，张教干就把我弄掉，换成了他。也幸亏我没有当成民办教师，不然，哪有我查一冰的今天呢。

我说，他是良心发现了吗？

叔叔说，人永远不能昧着自己的良心啊，也许你能躲过别人的惩罚，但你永远躲不过自己内心的惩罚。

他这话说得太深奥，我一时理解不了。

他说，几个侄儿中间，叔最喜欢你了，叔是看着你长大的，就把你当作自己的儿子一样。

他突然抓住我的手说，医生跟我讲了，要抓紧换肺，只要重新换一个肺就好了。现在的医学很发达，大脑都能换，换一个肺根本不是问题。

我当时还没有想到其他问题,我说,如果能换,你就换一个好了,现在的医学这么发达,换肺应该不成问题。

叔叔的手用力地抓住我的手,似乎是溺水的人抓住了一个救命的希望。医生说了,我叔叔喘着气道,其他人的肺容易产生排异反应,成功的可能性很小,但亲属成功的可能性很大。

我仍是没有想到他会让我给他提供一个肺。我说,那就叫小强和小花给你供肺啊,他们跟你关系最近了。

小强和小花是叔叔的儿女,他们给他爸爸换一个肺自是理所当然的事。想不到,叔叔坚决地说,他们不行,他们的身体都很弱,从小一直生病,他们的肺质量不好,换到我身上也用不成。

那咋办啊?我也异常焦急。

你能给我换一个吗?他的手像钳子一样钳住了我,似乎稍一松懈,我就会突然化为乌有。

我没有想到他会让我给他换肺。我的肺给了他,我不是成了一个残缺不全的人吗?我还没有结婚,我还没有一个稳定的工作,我还像一只狗到处游荡,没有了肺,我连喘息的器官都没有了,我能应付这繁重的生活吗?

你不要害怕,叔叔安慰我说,我咨询过医生了,医生说,人其实有一个肺就可以了,一点也不影响生活质量。叔叔是看着你长大的,叔叔一直对你最好了,你就救救叔叔吧!

我像是做了丢人的事情不敢抬头看叔叔的眼睛。我觉得那眼睛里射出的光几乎要将我融化。

你难道能眼睁睁地看着我憋死吗?你难道就没有一点同情心和亲情吗?你就没有一点知恩图报的思想吗?叔叔抓住我的手,他的指甲深深陷进我的皮肉，他的目光敲打着我低垂的头颅。

你让我想想，让我想想。我还得跟我爸商量商量。我害怕，我做、做不了主。我抽回手，几乎是哭着说。

你放心，叔叔深深喘了一口气说，我不会让你吃亏的，我会给你钱，给的比其他的人要多得多。

十二

那几日我害怕再去医院了。叔叔也没再联系我。也许他找到新的肺源了，我心中甚是忐忑。但我也常常自责，我没啥能耐，就这么一次帮助他的机会，为啥不帮他呢？他有着多么强烈的求生欲望啊，他还有许多宏大的理想没有实现呢。他是官员，他活着的价值也许比我这类人活着的价值更大。他曾说，要给乡村的每所学校都配上电脑，尤其是柳镇，那个生他养他的地方，要建设高标准的校舍，配备上高素质的教师，还要让学生吃上放心早餐。他设想要招聘一批师范院校毕业的学生去乡村当教师，把那些只有初中文化水平的代课教师全部换掉。他的设想太多了，都事关我们柳镇乃至洛城未来教育发展之大计。如此而言，拯救他，就是拯救我们柳镇乃至洛城的未来啊。这样的话，我给他奉献一个肺又有啥不应该的呢？再者，他还给我钱啊，两全其美之事啊。有了二三十万，我可以自主创业啊。抓紧啊，小心被其他人捷足先登了！我决定明天就去医院，把这个天大的好消息告诉他，不能让他再担惊受怕了。我不必给我爸爸报告，他肯定同意，我自己的东西，我也应该有自主权了。

但第二天早上叔叔就从医院的十楼飞走了。

据目击者称，叔叔在空中飞翔的姿势很美，像一只展开双翅的大鸟，他好像还吹过口哨，忽而是猫头鹰的叫，忽而是狗叫，忽而是野猪的嚎叫，极其怪异。

我婶后来讲，你叔也是解脱了，肺没半点用处了，跟活死人没啥子两样。原本是等着你的肺的，那天纪委的人找他谈了十几分钟，他情绪波动得厉害，后来他接到我爸的电话，拉拉杂杂说了十几分钟，心绪才缓缓地平复了。想不到他第二天早上就跳楼了。

据目击者称，叔叔飞着飞着，全身的羽毛就脱落了，先是变成一只仰天长啸的狗，接着变成一头张着大嘴露着獠牙的野猪，最后变成一株结着穗子的玉米，后来天空传来了爆炸声，灰蒙蒙的，就啥也看不到了。

丫丫的城

一

胡致远终于哭累了，脸上挂着泪，小嘴抿得紧紧的，胸腔一抽一抽的，似乎睡梦中还在生气呢。丫丫便也获得了短暂的自由，身子摊在床上，长长地展开了自己。阳光趁机翻越窗户爬上了墙，相框里的那一对人笑吟吟的，幸福感似乎要溢出来，不管站到哪个方向看，戴着眼镜的表叔都拿暖暖的目光照着她。

这个妈妈嘴里常念叨的神秘的表叔年前突然来家里了。表叔好像对她的马尾辫感兴趣，目光一直随着她晃动的辫子而跳动。

这娃听话、勤快，忠实得跟家里的狗一样。妈妈这么着给表叔介绍她。表叔抽着烟，一直笑着。娃啥活都会，就是书念得不好，成绩上不去，但是该懂的事理都懂呢。妈妈又补充道。一支烟抽完了，但扔了冒着青烟烟头的表叔还是不表态。这娃乖呢，跟她姐不一样，她姐和你还是同学呢，你那一年考上了，她姐没考上。她姐一直想不通，脑子也出问题了，唉。妈妈唠唠叨叨地又说起了姐姐。虽然表叔和大姐曾经是同学，但人家如今是西安城里的人，早和大姐不在一个起跑线上了。这表叔在柳镇可是一个传奇人物。至今柳镇中学的老师说起表叔，都会讲起关于表叔的一段段逸闻。虽然每个老师嘴里的传闻不一样，但表叔却成了靠学习改变命运的典型。

及至见了真人，丫丫心里生出了无法言说的失落，似乎高悬于头顶的珍宝跌落了尘埃，虽没有破碎，但也沾了污渍，不似原来的神秘。是的，他跟自己想象的完全不同，脊背有点驼，鬓角白了，牙齿被烟熏得黑黄，凸出的门牙像是驻守在嘴前的卫兵。但丫丫又觉得他身上藏着一种看不见的神奇感，像磁铁，能把人远远地吸过来。丫丫正胡思乱想，表叔突然发话了。那就收拾收拾，明天跟我走吧。表叔说。

表叔在西安城里还没房子，暂时住在白庙村的出租屋里。大房子里面套着一个小房子，还没有丫丫老家的房子多。丫丫老家有三间大瓦房呢，住得比表叔家宽敞多了。表叔在西安工作十多年，还租着房子住，表叔的形象在丫丫心里又碎了大半截。阳台上堆着乱七八糟的杂物，铁丝上吊着袜子、内裤和尿布。表叔指着钢丝床说，晚上你就睡这里吧。丫丫没有表示自己的不满，好呀，她爽快地应着。表叔便坐下抽烟。表叔抽着和爸爸一个牌子的两块五的沙河烟。丫丫看表叔在老家给人发的可是中华烟啊。

丫丫先前并不知道中华烟是否金贵，只看到那红得如火的烟盒上浮着金闪闪的天安门。那个建筑丫丫当然是倾慕的，那可是世界上独一无二的天安门啊。表叔给了爸爸一支烟说，这软中华可贵哩，一支两三块，比你一盒子烟还贵呢。爸爸很恭敬地将烟放在鼻前咻咻地闻着，闻了一会儿，就架在耳朵上。他和表叔说着话，时不时摸摸架在耳朵上的中华烟，生怕那支金贵的烟悄无声息地跑了。给丫丫最好在城里找个人家。爸爸的声音极轻，丫丫还是听见了，她被这句话羞得身子都没地方放了，但仍装作没有听到的样子,眼睛望着门外那几只叽叽咕咕的鸡。她姐这辈子算是毁了,大学没考上就没考上,脑子还出了问题,嫁到二十多公里外的峡河,一连生了两个女子,婆家人还要生,不生出儿子不罢休啊。爸爸又说起了大姐,唠唠叨叨说了十几年了,说这么多顶用吗?在城里找个人家就在城里扎下了根,和她姐的命运就不一样了。表叔临走时说的话让爸妈很是兴奋了一阵子。

跟着表叔来西安的前夜,丫丫钻在妈妈的怀里哭得像个泪人。哭啥嘛,傻丫头。妈妈擦着她的泪水说,让你去城里长见识,又不是让你去遭罪,和你一样大的秀琴、水花早到城里打工去了,一天工作十五六个小时,连上厕所的时间都没有。你在表叔家里工作,总比在工厂里好呢。表叔的儿子一岁半,丫丫的工作就是照顾表叔的宝贝蛋。把表叔的娃带好了,表叔就是你的靠山,你在城里扎下根了,以后的日子就不愁了。妈妈的叮咛如枝头喜鹊的鸣叫,听得丫丫心里甚是喜悦。

城里没有报喜的喜鹊,倒是叽叽喳喳的麻雀在窗外嚷个不休。坏蛋胡致远好容易睡着了,他的眼角还挂着泪呢。这小家伙今天一点也不乖,眼泪像淅淅沥沥的雨水。他终于还是哭累了,哭累了就睡觉,似乎还生着很大的气,身子一抽一抽的。

进门的赵小玲看见丫丫躺在床上看画报,脸唰地耷拉下来。她要丫丫给她倒杯水,丫丫给她倒好了,她喝了一口嫌水烫,又斥责道,你不要光看书,那是我给小远远买的,你一个大人看那种书不嫌太幼稚吗?地板这么脏你没有看见吗?不要让小远远老是睡大觉。

呀!她手伸到胡致远的屁股下摸着说,小远远一直泡在尿水里,你都没有发现吗?丫丫慌忙抓来一块尿布,赵小玲抱起孩子说，屁股都泡红了，一点心思都不操。她亲着孩子的脸说，我娃受苦了，妈妈回来晚了。她亲吻着孩子的肚皮说，我娃受苦了，妈妈回来晚了。丫丫脸上火辣辣的，像是被赵小玲抽了一耳光。胡致远突然醒了，哇哇大哭。赵小玲哦哦地哄着，解开衣服掏出乳头往他嘴里放。但胡致远不稀罕，舌头往外顶着，眼睛盯着她红艳艳的嘴唇，哭声愈发高亢。赵小玲粗暴地将乳头塞进胡致远的嘴里，但胡致远吐了出来，脚朝她的肚子上胡乱蹬着。赵小玲盯着丫丫说，你给孩子吃啥了，咋情绪这么反常？见了我跟见了精怪一样。胡致远像鱼似的在赵小玲怀里扑腾着，但这里并没有多少可供他游的水，赵小玲几乎抱不住了。我来吧。丫丫接过赵小玲不情愿递过来的孩子，抱在怀里边走边唱。一只小蜜蜂呀，飞到花丛中呀，飞呀，飞呀。胡致远果然不哭了，非但不哭了，还咯咯笑个不停。丫丫亲着他的胖脸说，两只小耗子呀，跑到粮仓里呀，吃呀，吃呀。胡致远咯咯地笑着，噘起的嘴唇嘟嘟地亲着丫丫的脸。

赵小玲心中涌起了阵阵不适。她教导说，给娃讲故事，要用普通话，不要跟娃亲嘴，要注意个人卫生。说完，她噘起嘴亲着胡致远的脸说，乖，宝宝，妈咪上班去了，妈咪要给你挣奶粉钱去。胡致远躲着赵小玲红得像烙铁的大嘴，哇哇地哭起来。赵小玲难堪地收回嘴，正了正尴尬的脸色，交代丫丫，不要看电视，不要让娃光睡觉，要多用心多操心。丫丫频频应着，听到赵小玲扔下的摔门声碎了一地。

昏黄的灯光亮起来，烤肉啤酒小笼包砂锅等各类饮食组成的夜市隆重登场了，夜市的沸腾往往会持续到半夜一两点钟。丫丫已经习惯了窗外各种声音组成的喧闹，她收回的目光洒落在胡致远软糯的脸上。胡致远陷入了深度的睡眠，偶尔噏嚅着嘴唇发出吧唧的声响，有时也咯咯地笑着，似乎梦到了好玩的事情。他一只小手放在丫丫的胸上，有几次丫丫把那肥肥的小手挪开了，但那小手似乎长了眼睛或者认定了这是他的乐园，那手只要安放到这里了，他就显得踏实而听话，如果移开了或是丫丫背过身，他就躁动不安甚或哇哇号哭。远远不过是一个幼儿罢了。丫丫想着，就由了他，这样他安静了，自己也能好好地睡。丫丫喜欢在睡觉时演绎电影。她任由自己在奇幻的梦里变来变去。有时她变成一只五彩斑斓的凤凰，一大群叫不出名的鸟簇拥在她身边；有时她变成一个身着古装的女子，走在一望无际的水边，天空挂着金灿灿的月亮，耳边拂着如丝的柳枝；有时她变成森林里不可一世的女王，老虎野猪猎豹都匍匐于她的脚下。梦一个接一个，有时是彩色的，有时是黑白的。她一边幻想一边制造，慢慢就聋了般听不到窗外聒耳的喧闹了。

可今晚的声音让她无法入梦。阳台与卧室的墙上有一扇窗子，而窗子已牢牢地关上了，阳台的门也锁了，但那声音仍是冲破道道阻隔进入她耳中。

怪了，赵小玲说，致远竟然不叫我抱，我一抱就像被蝎子蜇了似的，他该不会不知道谁是他妈了吧？赵小玲口气里含着明显的醋意，表露出无法掩饰的嫉妒，这个丫丫不知道给孩子施了啥魔法，致远和我生疏得很。

我没用啥子魔法啊！丫丫委屈得几乎要流出泪来。一只飞来飞去的蚊子为没有找到下嘴的地方嗡嗡叹息，丫丫的手在空中挥舞着，蚊子被搮得飞上了窗户。她竖起耳朵，听见表叔嘎吱嘎吱地翻着身说，你想多了，任何时候致远都是你的娃，丫丫看娃还是很尽心的。赵小玲咕哝了几声，渐渐就没了声息。床响了几声。表叔说，丫丫可能还没有睡着呢。赵小玲道，那丫头睡得死，像个死猪。丫丫的身子一阵痉挛。蚊子趁机爬上丫丫的脸，丫丫手掌按下去，就把那只得意忘形的蚊子压死了。掌心发出臭烘烘的血腥味，想不到蚊子竟这么臭。丫丫闻着想着，就听见隔壁的撕纸声掺杂着赵小玲斥责的声音，你越来越没用了。表叔尴尬的笑声从暗夜里传来，丫丫就把头捂进被褥里。

　　静了片刻，丫丫把头伸出来，几乎屏着呼吸，这时又听到赵小玲说买房子的事，说九天宫阙的一个停车位要十多万呢，房子每个月都在涨，一天一个价呢。表叔似乎不感兴趣，嘴里哦哦地应承着。啪，赵小玲似乎给了表叔脊背一巴掌。表叔翻过身，床跟着嘎吱嘎吱一阵乱喊。表叔说，睡吧，明晚我还要去凤城路给学生补课呢，一天忙得跟疯狗一样。赵小玲道，你就知道睡觉，一回家就睡觉，你是猪变的啊？都在出租屋住了八年了，你要在这里住一辈子啊？表叔拉亮了电灯，靠着床头坐起来说，买房子是大事，慢慢来。那么多钱我们一时半会儿也拿不出来，先把娃养大再说吧。奶粉一个月就喝掉两千多呢，疫苗费保姆费，幼儿园小学中学大学，你算算，哪一项支出不入啊？你羞死人了，赵小玲道，按着你这样算，咱们一辈子都买不起房，那还养娃干啥啊？可怜人才这样算账呢，这样算账，还不把人算死啊？反正那房子我看好了，两万块钱定金都交了，下个周就要交首付，你抓紧准备吧。表叔叹了一口气，抓烟的手被赵小玲打了一下，烟啪地掉落到地上。表叔说，我吸烟你也管，我打呼噜你也管，我放屁你也管，你把我当成胡致远了？你要是我儿还好了呢，我操心还有个盼头，省得跟着你窝窝囊囊的，张嘴闭嘴就是上班，好像谁没有上过班！赵小玲嘟囔着，拉灭了电灯。表叔似乎下了楼，丫丫瞪大着眼，看见一缕缕光在屋顶飘来飘去。

二

　　天快亮的时候胡致远一声接着一声地咳起来，像是嗓子眼里塞了一个辣椒或是点燃了一串鞭炮。丫丫，丫丫。赵小玲一连声地叫喊着。丫丫把奶瓶里的水滴在手背上试了试，觉得甚好，就将奶瓶递给了赵小玲。哇的一声，胡致远吐出奶嘴喷出一口水。赵小玲擦了擦脸上的水，噙着奶嘴吸了一口责怪道，这么烫，他那么嫩的小嘴能受得了吗？丫丫就又往奶瓶里加了点凉开水，胡致远嘴巴闭得紧紧的，头来回摆着，好像对伸到唇边的奶嘴充满了仇恨。他的咳嗽一声赶着一声，偶尔还停滞着，似乎窒息了一般。丫丫开了一瓶止咳糖浆。赵小玲的目光在她脸上深刻地剜了一眼，又深刻地剜了一眼，不知是嫌她迟钝了还是觉得孩子的咳嗽是因为她的不尽责。喝了几口糖浆，胡致远渐趋平缓，咳嗽不似刚才那么严重了。

　　你去把衣服换好。赵小玲看着丫丫几乎敞开的睡衣道。丫丫即刻就羞红了脸。她在老家就光身子睡觉，谁还穿着衣服睡啊。赵小玲自然看不惯她白乎乎的身子，就将自己淘汰的睡衣给了她。晚上睡觉穿着睡衣。赵小玲的口气里携带着明显的憎恶。丫丫拢了拢睡衣，遮蔽住要溢出来的胸，逃也似的奔到了阳台上逼仄的空间。她拉上用床单改制的窗帘，关了阳台的门，换上了自己的衣服。再出来时，赵小玲已在专注地化妆。她对着镜子，噘着嘴唇，把两瓣唇抹得红艳艳的，然后往脸上扑粉，粉扑扑的。丫丫不小心在镜子里闪了一下头，赵小玲不满地瞥了一眼，把镜子换个方向说，记着止咳糖浆不能给娃喝多了，那个东西副作用太大了，有依赖性呢，要给娃多喝白开水,不要叫烟熏着了,楼底下那些摊贩的烟雾太大,毒气全飘到了咱们家里,阳台上的窗子要关严实,不要叫脏空气进来了。丫丫一一应承。赵小玲化好了妆,目光深情地注视着镜子里装修一新的面孔说,不要和娃亲嘴,人嘴里的病菌太多了,小孩子最容易感染。丫丫抿了抿嘴,似乎自己嘴里藏着许多见不得人的东西。赵小玲又对躺在床上看书的表叔说,我今天忙得很,单位要开几个会,你和丫丫带着孩子去医院看看,都咳了十几天了。表叔揉了揉眼睛说,你总是日理万机的,你在单位当领导了啊?赵小玲穿着高跟鞋在房子里噔噔地走着说,那你把我调到一个清闲的单位嘛,每个月轻轻松松地挣高工资。表叔接不上话,便咳了一声,目光像一张网罩在赵小玲身上。

丫丫给胡致远穿好了衣服,喂他喝了一瓶奶,拿餐巾纸擦净他嘴上残留的奶液说,你小人咳得吓死人了。我小时候咳得厉害,我妈就给我熬竹叶子鱼腥草水喝,虽然难喝死了,但几大缸子就喝好了。可惜城里没有鱼腥草和竹叶子,要是有我就给你熬了喝,说不定你喝了就会好,不过你妈妈心疼你娇惯你,肯定不让你喝,去医院就要给你扎针啊,你不要怕疼啊。丫丫啰啰唆唆地说着,不知道胡致远听懂了没有,反正他安静地躺在丫丫的怀抱里,眼睛瞪得大大的,间或咯咯地笑。吃了早点再去吧。表叔看了看手机说,才七点,咱们走十几分钟就到医院了。丫丫就抱着孩子,两个人在楼下的早点摊前坐下。丫丫喝了一碗豆浆吃了一根油条,表叔吃了一个肉夹馍喝了一碗糊辣汤。表叔吧唧着嘴巴说,舒服,我好长时间都没有吃早点了。丫丫抢着要付钱。二十块钱对丫丫来说是一笔不小的开支,但和表叔第一次吃早点,应该自己付。为啥会有这样的念头,丫丫也说不清,只觉得该自己付。在这个家里,除了不会说话的胡致远，表叔就是自己唯一的亲人和靠山了。收我的吧。表叔推辞一番，到底是丫丫抢了先。付了账的丫丫甚觉畅快，她抱着胡致远，和表叔并着肩，很幸福地走在城市的林荫道上。胡致远的眼睛好奇地看着路边的风景，他的脑袋在丫丫的怀里来回摆动着。表叔抽完了烟说，让我抱抱吧。丫丫说不累。表叔就不再强求了。两个人沿着人行道慢慢走着。表叔说，你来几个月了？丫丫说，我正月十六来的，到今天应该是四个月零一周。表叔笑着道，你倒是记得很清楚，有零有整的。丫丫说，我每天都算日子呢，除了带孩子就是带孩子，小玲姐不让看电视，说是看电视影响孩子的发育。表叔哦了一声说，孩子睡了你也可以看看电视，不需要非得像她说的那般教条。丫丫的胳膊有些酸了，麻麻的。她说，我不敢，我姐太严了，跟领导一样。表叔就长长地哦了一声。两个人又走了一会儿。表叔说，过段时间给你加点钱吧，你现在的工资还是有点低。丫丫说，不低了，要是在家里我一分钱也不挣呢。表叔又哦了一声，说，该涨还得涨嘛，你不要给赵小玲说。其实在老家表叔和爸爸说好的，丫丫每个月工资三百块，一年给买两身衣服，这钱比正儿八经的保姆的确是少了许多，但丫丫毕竟才十七岁呢，还是小孩子，又不是真正的保姆。我不觉得工钱少啊。丫丫轻轻拍着胡致远的身子说。表叔这回又要求抱孩子了，丫丫确实累了，便不再坚持。表叔抱着孩子，丫丫顿觉轻松了许多。快到医院的时候，胡致远突然尿了，尿得表叔身上都是水。表叔说，你还会寻时间呢，早不尿晚不尿，偏偏我抱的时候你就尿。胡致远咯咯笑着，脸上挂着得意的表情。

　　候诊室坐满了抱着孩子的家长，孩子们的咳嗽声此起彼伏，比赛似的。胡致远勇敢地加入了咳嗽的队伍，他的声音迅猛得像一头小豹,其他婴儿的声音都被他压下去了。你这个当妈的一点也不会经管孩子,身边一个抱着孩子的家长说,看孩子咳成啥了,搞不好会咳成肺炎,多长时间了?丫丫拿奶瓶给胡致远喂着水说,快两个星期了。那人挪了挪身子,离她远了些说,你也太没有经验了,能拖半个月,我宝宝都治疗了一个多月了,时好时坏的,搞成慢性气管炎就麻烦了。丫丫想着是不是要解释一下,听到广播里喊胡致远的名字,就抱着孩子和表叔进了诊室。大夫草草看了看,就开了处方。表叔看着单子上龙飞凤舞的字说,等了几个小时,就看几秒钟,孩子到底啥原因咳嗽?大夫说,最近小孩的咳嗽很奇怪,原因不明,医学上光咳嗽就有几百种原因呢,支原体衣原体感染、肺部感染、支气管炎、哮喘、过敏、环境污染等。先去化验吧。表叔还想和大夫争辩,门口的人已经不耐烦地抱着孩子闯进来了。

　　挂了三天点滴,胡致远的咳嗽仍不见明显好转,到了夜晚还是发作得厉害。赵小玲的脸色就愈发不好看了,言辞间流露出对丫丫的诸多不满,诸如不讲卫生啦,娃娃晚上着凉了啦,丫丫看电视任孩子在地上爬啦,等等。丫丫借上卫生间的空隙,放开声哭着,她还怕别人听见,拉下了抽水马桶的绳子。哗啦啦的流水里,丫丫看着自己的鼻涕眼泪一股脑儿流进了下水道。丫丫的眼睛红肿肿的,表叔在楼道晾尿布看见了。丫丫说一只虫钻进了眼里,表叔宽容地拍拍丫丫的肩。似乎得到了诸多的理解,丫丫的心里又温暖了许多。

　　丫丫忽地觉得身体发生了隐秘的变化,似乎那里住进了一群魔鬼,那大大小小的鬼魂控制了自己的躯体,喜怒哀乐都由不得自己。这一切的巨变都是在她当保姆的半年之内发生的。许是西安城的水土养人吧。丫丫看着镜子里的那个俊俊的女子,发现她已经不是原来那个扎着马尾辫,有时候辫梢上还麦穗样结满了虱子虮子的臭丫头了。丫丫在给胡致远读童话时，惊恐地发现一条血水沿着自己的大腿透迤流淌。胡致远也发现了这惊人的血河，手狂舞着嘴里哇哇乱叫着。丫丫在卫生间里探寻着血水的秘密。想不到自己会在这个时候突然来潮，她一点准备也没有。妈妈曾说过，女人都要流血的。丫丫记得妈妈来血水的时候，往往夹一大团棉花。窘迫的丫丫恐惧极了。那个东西她曾见赵小玲用过。赵小玲给自己的东西都做了标记，尤其是那些瓶瓶罐罐，她宝贝得很。如果丫丫打扫卫生动了位置，赵小玲都要盯着那些瓶瓶罐罐盘算良久。这些东西贵着呢，你表叔抠门，都是我自己掏钱买的。丫丫听着赵小玲说话，脸上挂着傻傻的呆呆的笑。赵小玲说话的时候并不需要丫丫搭话，她只需要一个忠实的听众而已。丫丫只需要扮演好自己的角色，角色以外的事情她是不能发表看法的。血在腿上伤感地流淌着，泪水突然溢出了丫丫的眼。她撕了一团卫生纸暂时应付着。听见胡致远哇哇喊叫，她冲进屋，胡致远已从床上下了地，他自顾自抓着屎，脸被涂抹成一幅古怪的图画。

　　好吃吗？丫丫边洗边问胡致远。胡致远的舌头吧唧吧唧地舔着嘴，他已经开始学习说话了。妈妈！他喊着，他第一次开口叫妈妈了。丫丫心中升腾起绵绵不尽的甜蜜。我是第一个被他叫妈妈的人，我多么幸运啊！妈妈。胡致远稚嫩的嗓音发出了第一声呼唤后，就如小鸟般一声接着一声叫开了。丫丫哦哦地应着，在胡致远的脸上印下一个个吻。

　　表叔今日回来得早，塑料袋里提着青菜、豆芽、豆腐。吃米饭吧。表叔说，你姐今晚不回家吃饭了。赵小玲叫丫丫给她叫姐，叫姐亲热，况且我也没有妹子。赵小玲说得多么亲热啊。姐，丫丫喊着道，你和我亲姐的名字一模一样，我们真是太有缘了。赵小玲的目光就在丫丫的脸上盘旋着说，我这个名字太普通了，全中国有成千上万的人叫赵小玲呢。哦。丫丫点点头。赵小玲和赵小玲是不一样的啊，无端地想起自己时疯时清醒的姐姐，丫丫心头苦涩不已。

房子里就剩自己和表叔了，丫丫莫名地觉得兴奋。丫丫抱着胡致远看表叔淘米。妈妈——胡致远的嘴吻着丫丫的脸，稚嫩的嗓音像一只学语的羊羔。远远会叫妈妈了。表叔兴奋地接过儿子，他的手上还粘着米粒。叫爸爸。丫丫说。爸——爸——胡致远学说了一句，嘴贴在表叔的脸上。哎！表叔应着，嘴唇贴着胡致远的脸。似是被胡子扎疼了，胡致远扭过头，冲着丫丫妈妈妈妈地喊。丫丫脸羞了，要不是表叔在场，她早就应了，但自己毕竟不是胡致远的妈妈，那声妈妈是属于赵小玲的，自己怎么敢厚着脸皮应声呢？

表叔把胡致远递给丫丫说，会说话就好了，别的孩子过一岁就会叫爸爸妈妈了，我还怕这孩子是个哑巴呢。

丫丫抱着学舌的胡致远说，远远聪明着呢，咱们老家人说话说得迟的娃都是聪明娃，我妈说聪明娃常常不想早早说话，一旦说了话就不得了了，就啥都会说了。

你妈懂得还真多呢。表叔把白灿灿的米倒进锅里，按了电源，电饭锅就吱吱地开始工作了。

丫丫拍着胡致远的胳膊说，我妈哪有你懂得多。我们老家蒸米饭都是直接在大铁锅里蒸，水要是掌握得不好，要么成了稀饭，要么就是夹生饭。我爸常骂我妈不会蒸米饭。要是有了电饭锅，谁不会蒸米饭啊？

表叔坐下抽着烟道，当然了，机器改变了人的生活方式。我们老家太落后了，与城市的差距几乎是一个世纪啊。表叔也许觉得自己说得太深奥了，他以为丫丫听不懂，便又换了通俗的方式说，人工智能改变了人类的生活方式,极大地解放了人类,但同时人也变得懒惰,动手能力大大下降了,人慢慢变成了机器的俘虏。表叔原想说得简单些,不料一张嘴又说起了人工智能啊,纳米啊,3D打印啊,AI技术啊。你太厉害了!丫丫对表叔佩服得不得了。远远,你爸爸的学识真是太渊博了,所有在柳镇中学上过学的,谁没有听说过你爸爸的光辉事迹啊。给爸爸鼓掌。丫丫抓着胡致远的手,啪啪地拍起来。胡致远咧着嘴,爸爸爸爸地叫着。表叔感慨道,我上学那阵家里太穷了,住的是大通铺,顿顿吃的是苞谷糊汤,一年四季不见油星子,晚上点的是煤油灯,每晚学到十一二点,鼻子窟窿黑乎乎的,像两个黑洞。当时没有发育好,最后长得又丑又矮。丫丫说,是的啊,我听说了。我上学的时候,条件就好多了,住校生每顿饭都有肉,早上还有鸡蛋和牛奶,几乎和县城学生吃的一模一样,但这么好的条件就是没有人学,上学的人越来越少。表叔目光凝重地望着窗外,严肃地说,这真的是一个大问题啊,长此以往,农村越来越落后,与城市的差距越来越大,民族堪忧国家堪忧啊!丫丫见表叔突然严肃庄重了,像是做报告的领导,就不敢胡乱说了,怔怔地摸着胡致远胖乎乎的小手。

想不到表叔发现了她裤子上的血迹。你来例假了?表叔轻声问。丫丫不好意思地点着头。表叔再次回屋时,提了一包卫生巾。表叔说,不要着凉,不要用凉水。嗯。丫丫应着,那一瞬间,她的泪水又不争气地爬了出来。

三

天热得人像蒸在笼里的馒头,丫丫忍不住穿了赵小玲的裙子。

赵小玲裙子多得可以开服装店，但她总抱怨裙子太少，每天为没有新衣可换而不快。丫丫看着镜子里的女子，一时间竟认不出是自己。索性不管了，她将赵小玲的裙子一一试穿，学着电视里那些模特的样子，收腹提臀，倒也走得有模有样的。胡致远已经学会走路了，他冲着丫丫不停地拍手，嘴里妈妈妈妈地嚷着。

下班时间快到了，丫丫赶紧穿上自己的衣服，把赵小玲的裙子整理好，一件件挂进衣柜里。像是突然被打回了原形，丫丫盯着镜子里的自己，惊叹衣服的作用竟然这么神奇，无怪乎女人都爱疯狂地置办衣服了，衣服之于女人，犹如羽毛之于鸟儿啊。该做饭了。丫丫在烧开水的锅里撒了几把苞谷糁子，放了碱，煮了几块土豆。苞谷糊汤发出咕嘟咕嘟的声响，土豆在锅里欢快地翻滚着。表叔今天回家早，他看着铁锅里冒着热气的苞谷糊汤，拿勺子搅着说，我今天可要放开吃了。丫丫说，你放开吃能吃几碗？表叔的目光掠过丫丫说，我小时候要吃三大碗，那时候肚子里没油水，吃得多，现在最多能吃两碗。丫丫说，现在的碗多小啊，过去一个大老碗抵得上现在四五碗吧。表叔的目光浮在咕嘟咕嘟似乎在说话的糊汤上，他慨叹道，也是哩，再也吃不到过去的那个味儿了。丫丫不忍看表叔失落的表情，安慰道，你回老家了让我妈给你做，大铁锅柴火熬的糊汤最香了，配上我妈做的酱辣子和酸菜，那味道才是真正的家乡味道。表叔笑了笑，表扬她说，丫丫你讲话越来越有文采了。

看着锅里咕嘟翻涌着热气的苞谷糊汤，赵小玲的脸色马上变得不好看了，她将包扔到床上说，这做的啥饭嘛，还叫人吃吗？我一吃苞谷糊汤就胃反酸，能恶心好几天。

表叔有些讨好地说，好吃呢，我小时候每顿都吃，都吃了十几年了。这个饭好，绿色营养无公害，对身体有好处。

赵小玲沉着脸说，你吃了十几年都没有吃厌烦啊？你那么爱吃，为啥还要出来呢？你一直待在农村，每天都可以吃，那比丫丫做的好吃多了。

表叔的脾气好，没有生气，他说，那我给你重做吧，你想吃啥啊？赵小玲把身子摊在床上说，你能做啥好吃的，给我泡一桶方便面算了。表叔讪讪的，他从阳台上取了一桶方便面，用水泡了，又拿了一包榨菜，还问，要不要火腿肠？我才买的鸡肉火腿肠。赵小玲踢掉了脚上的高跟鞋道，火腿肠有啥好吃的，都是肉末加工的，全是化学添加剂。丫丫看着表叔给赵小玲捶腿，心里道，那方便面里化学添加剂最多了，电视上说方便面是垃圾食品呢。表叔在赵小玲的腿上咚咚地捶着。

那就不是个好东西，赵小玲趴在床上说，我想进副高呢，他就是不让我进，说我的资历不够，王丹丹够吗？王丹丹不就是他的相好吗？

表叔的胳膊似乎麻木了，毕竟他捶得时间长了。他活动着胳膊说，今年评不上明年评也可以嘛，你还年轻，也不在乎这一年两年的。

你懂个屁！想不到表叔安慰的话激怒了赵小玲，她一个翻身坐起来，差点打掉了表叔的眼镜，一年和一年的要求不一样，将来涨工资晋升职务都有很大差别，我今年必须报。你要活动活动给我评上。表叔把泡好的方便面端给她说，你们张院长和你的关系不是还不错吗？你逢年过节的不是都给他送了礼，今年过年不是还送了他一条苏烟和一瓶茅台酒吗？赵小玲的筷子上挂了一绺面，她看着那扭得乱七八糟的细面说，我送的那点东西算啥啊，也就是维持维持感情而已。副高本来名额就少，你连报名的资格都没有，那还评啥呢？

表叔似乎对这个问题很关心，他端来凳子，坐在赵小玲对面说，你不是说王丹丹去年还没有论文吗？难道她今年的论文都在核心期刊发了？你懂个屁！赵小玲喝着汤说，人家王丹丹和张院长好了几年了，张院长不会帮着她发表文章吗？表叔看着赵小玲被方便面汤染得油乎乎的嘴唇说，论文有那么好发的吗？你的论文可费了我好大功夫。找人代写，写完了花钱发，一篇论文一万块，你算算，光发论文就花了三万多。职称英语你还没有考呢，好多人就是被英语挡住的。赵小玲舔了舔粘在嘴唇上的菜末说，花了那点钱你就心疼了，你太幼稚了，你是教书教傻了吧你？

苞谷糊汤已在锅里团成了一疙瘩，丫丫几次想说，可是看着表叔和赵小玲在认真地商量大事，就没敢提醒，便关了煤气灶的火，带着致远在地板上玩青蛙。上了发条的玩具青蛙在地上一蹦一蹦的。致远看着跳跃的青蛙，也跟着在地上挪步子。苞谷糊汤已经没有想象中那么好吃了，顽劣得如一团糨糊。赵小玲看着表叔的饭碗说，好吃吧？你们把那一锅吃完。

丫丫收拾碗筷的时候，赵小玲逗弄着胡致远又说起评职称的事，说要请张院长吃个饭，再好好说说，看给人家买个啥礼物。

你把正常事弄得不正常了。你要是条件都够了，他凭啥不允许你报？表叔喝着茶，开始翻看八年级的数学全解。你懂个屁！人家是院长，人家说名额有限，第一关就卡住你，你还想评上啊？你这个死性子，难怪只能一直当老师。赵小玲亲着胡致远的脸蛋说，请他吃个饭，再送点礼，说不定就可以让我报，人家还是省上高评委会的委员呢。表叔在草稿纸上做着题说，要请你就请吧，我和他不熟，去了反而不好。赵小玲亲着胡致远的脸蛋说，你爸就知道死教书，关键时候屁用都不顶，陪人吃个饭他都不敢去，你长大了千万不敢成了他那个样子，否则妈妈就是白养你了。胡致远咯咯地笑着，不知道他是不是听懂了他妈的话。

表叔那日很给力，在赵小玲挑衅的目光下一连吃了三大碗，他拍着微微隆起的肚皮说，还是家乡的味道啊。

赵小玲哼了哼，听着表叔制造的一连串的饱嗝说，恶心，让你每顿都吃三大碗，看还有家乡的味道不。

表叔却在屋内走着，拿书扇着风，并不接话。看他摇头晃脑的样子，胡致远觉得有趣，跟在他的身后，手里拿了一本画报，一只手背在身后，嘴里哦哦地叫着。

丫丫在楼道拐角的水池里洗碗，耳朵捕捉着他们的对话，却突然听到赵小玲喊，谁动了我的衣服？我的裙子都是按顺序挂的，这会儿明显不对了。她从衣柜里扭出头问逗弄孩子的表叔，你动我衣服了？表叔在地上学青蛙叫，他趴在地上呱呱地叫着，说，没有啊，我从来都不翻你的衣柜。赵小玲不满地跺了跺脚，头钻进了衣柜，身子却像一块大花布飘在柜门外。不要在我的衣柜里翻，我最讨厌别人翻我的衣柜了。一句句厌烦的话嘎嘣嘎嘣地钻进耳朵，丫丫蓦然觉得自己犯了大错，赵小玲可不像表叔，对她还是多长个心眼为好。看地板脏得还不如公共厕所。赵小玲说着，换了一件紫色的裙子，高跟鞋在地上发出清亮的响声。丫丫便把孩子交给表叔，一遍又一遍地拖着地板。

姐，你穿这件裙子好看极了，跟明星一样。丫丫拖着地也不忘赞美赵小玲。真的吗？赵小玲似乎对丫丫的赞美不领情，抑或觉得丫丫的审美很低级，鼻子轻蔑地哼了哼。她像蝴蝶一样飞到表叔面前问，远远，妈妈好看吗？胡致远正专心地跟表叔玩游戏。赵小玲抖了抖裙子，露出一双颀长雪白的腿。她又重复地问道，妈妈好看吗？胡致远这回听见了，他抬头愣愣地看着穿得跟花蝴蝶一样的赵小玲，突然将头钻进表叔的怀里，惊恐地哭了。表叔唯恐赵小玲变脸，忙道，妈妈好漂亮，远远说妈妈比天上的仙女还漂亮呢。赵小玲沉醉地看着镜子里的自己，鼓着红艳艳的嘴唇说，我约了张院长晚上到水晶岛吃饭。咋选那么远的地方？在高新区呢。表叔站起来说，那你打个车吧，你给张院长带啥礼物？先带两条中华烟吧。赵小玲提着纸袋，征求意见似的问表叔，你去吗？你要是想去，咱们一块儿去。表叔捏着胡致远的鼻子给他擤鼻涕，轰，胡致远的鼻涕像一条黏糊糊的虫子卧到了表叔的手上，表叔惊叹地说，好家伙，小鼻子里面装了这么多脏东西。表叔擦着说，晚上我还要去另一个学生家上课呢，那家挺远的，路上得一个多小时呢。赵小玲走到门口了他又叮嘱道，少喝点酒啊，路上注意安全啊，早去早回。

表叔认真地看完新闻联播后，丫丫给表叔重沏了一杯绿茶。丫丫问表叔，张院长是男的还是女的？表叔觉得丫丫的问题很奇怪，说，男的啊，有问题吗？丫丫说，我随便问问。表叔看着丫丫，丫丫便不好藏匿自己的小心思了，说，我在电视上看到，一个女的约她的老板吃饭，最后两个人都喝醉了。丫丫看着表叔的神情便不再往下讲了。表叔却被勾起了好奇心，问道，喝醉了怎么了？最后呢？丫丫说，最后老板就把女的带到了酒店，他们进了房间就拉上了窗帘，最后光是看到窗帘飘来荡去的，然后天就亮了，他们开着车在高速路上兜风。表叔吹着水面上浮着身子的茶叶说，你想告诉我啥啊？你姐是个好人，她就是想评个职称，但是张院长故意为难她呢。哦，丫丫说，我也没有啥意思，我就是看到电视上有同样的事情，忍不住想告诉你。最后表叔叫住丫丫说，赵小玲的东西你不要动,她的东西她心里都有数,她的衣服啊化妆品啊卫生巾啊包包啊,你要是需要啥,我给你买,但是你不要动她的东西。我给学生补课去了。说完表叔就提了一袋子书,从过道推出自行车,丫丫看他像一只螃蟹趔趔趄趄地往楼下走。

火辣辣的,丫丫觉着一只手抽在了脸上。

四

赵小玲给表叔列举丫丫的一项项罪状。

她把远远抱到四楼那些学生租住的房子里。工大那个留着大胡子的男生你见过吧?打扮得像一个流浪艺术家,常常背着一把吉他。他坐在天台上弹吉他,飞扬的长发发出呼呼的声响,丫丫像个傻学生手撑着下巴。她能听得懂吗?她在想啥呢?丫丫把远远的玩具都搬到了四楼,小黄鸭、电动青蛙、积木、智力拼图、喷水枪,远远一个人孤独地玩着。青蛙的腿被掰断了,小黄鸭身子染成了黑色,孩子在报纸上画着乌七八糟的线条。丫丫说远远在学画画呢,远远有画画的天分,搞不好是当代中国的毕加索。丫丫会知道毕加索吗?她当然不知道。这肯定是那个大胡子艺术家说的。那些学生的屋里你就不敢看,你都怀疑自己进了猪圈呢。地上到处是鞋,拖鞋高跟鞋凉鞋运动鞋帆布鞋皮鞋,还有烟头瓜子壳烟盒啤酒瓶易拉罐方便面袋录像带。你都想不到当今的大学生是这样生活的。我上楼晒被褥的时候,他们的房门大敞着,一个男生在睡觉,另一张床上一个男生和一个女生搂着。他们一点也不避人。瞧瞧,都堕落到啥地步了。远远呢?我发现远远在另一个房子,一个女生在给远远化妆。我的妈呀,她们硬是把远远化成了女孩。柳叶眉、红嘴唇，还打了腮红，画了眼线，一个浓妆的小美人啊。我差点认不出来了。叫妈妈。那几个女生在远远的脸上亲着。远远咯咯笑着，脸上布满了红唇印。远远竟不恼，比见了亲妈还兴奋呢。妈妈，妈妈。他叫着那些女生。你说，现在这些女生咋那么不要脸啊？想当妈也是想疯了。要不是我早进去一步，说不定还会让远远吃她们的奶呢。啥，我编造的？我能编造出这么稀奇的事吗？要不是亲眼所见，我也认为这是杜撰的呢。那些女生母性大发，把远远当成了自己的娃，给远远吃他不能吃的东西，果冻、锅巴、话梅、巧克力、糖果，还让远远喝酒呢，你说离奇不离奇啊？我当时简直气炸了，从她们手里夺过了远远。而丫丫呢，她像一个傻子，在隔壁的屋子里听那些男生聊天，把她笑得啊，三魂七魄都飞了。更离奇的是，远远竟不要我，像见了怪物一样，吱哇哇乱叫。我那个气啊，他的手求救似的伸向那些不要脸的女生，似乎她们才是他的亲娘。我那个气啊，对着他屁股就是一巴掌，啥东西嘛！远远如被蝎子蜇了一样，歇斯底里地哭起来。丫丫跑过来，他扑进丫丫的怀里却不哭了。我骂丫丫，你从二楼跑到四楼，你是急得想干啥啊？门都来不及锁，四楼啥东西抓了你的魂啊？丫丫拍着抽泣的远远说四楼空气好，她带远远透透气。

丫丫被我像押囚犯一样抓回了屋。我指着案上的电饭锅说，你这是透透气吗？丫丫倒很镇静，解释道，大学生房子的电路有故障，他们在这里蒸米饭，费不了多少电的。丫丫假装正经的姿态惹恼了我，我拔了电饭锅的插座说，我的电就不掏钱了？听房东讲，她经常让楼上的大学生在这里烧开水、蒸米饭、充电，他们的电路每天都有故障吗？丫丫有些吃惊，想不到我掌握了她这么多劣迹，她软着声说，就这一次，他们的电路真的有故障了，以前从来就没有过。真的吗?我盯着丫丫发窘的脸蛋说,撒一个谎需要一百个谎来圆,你能一直撒下去吗?丫丫低下头不再吭声了。

你说,这个丫头才来几天啊,就变成了这样子,真的是吃谁家的饭砸谁家的锅啊。你要好好教训教训,再这样,我们怕是不敢用她了。要是出了事,你咋给你大表哥交代?

不会的。表叔听了也是暗暗吃惊,他说道,丫丫就是太善良,想着做好事呢,她可没有你想得那么多,我给她讲讲吧。

丫丫似乎知道自己犯错了,早早起来就做了早点,熬了小米稀饭,在蒸锅里蒸了赵小玲爱吃的紫薯、鸡蛋和苞谷棒,明显带着讨好的意思。赵小玲那天早餐吃得很多,临走时她对表叔说,你菩萨心肠,将来害人害己,到时候后悔都来不及。赵小玲说话完全不避人了,她故意大声说。在水池里洗碗的丫丫目送着赵小玲扭着身子下了楼,她知道她那丰盛的早餐并没有温暖赵小玲仇恨的心。

表叔见丫丫一直噘着嘴,知道她心里还记挂着赵小玲的话。表叔便说道,丫丫,你还生你姐的气呢?你姐是为你好,不是怕费几度电,电也值不了几个钱。丫丫把洗好的尿布晾在门口的铁丝上,尿布还在滴着水,水好像也有心思,发着滴滴答答的声响。丫丫说,我不敢生我姐的气,我姐是为我好呢,多用的电费就从我的工资里扣吧。

表叔走到门口,看着铁丝上滴水的尿布说,致远这么能尿啊,用了这么多尿布。丫丫拿拖把拖着楼道的水说,我姐说尿不湿对孩子身体不好,添了大量的化学制剂,这些毛巾做的尿布,娃的屁股垫着舒服。

表叔的目光越过铁丝上摇晃的尿布,飘到了楼顶上方狭窄的天空。他说,你姐是为你好呢,现在的男生胆大得很,你要注意哩。

丫丫解了身上的围裙，抖着手上的水说，人家大学生都是有知识的人，和他们在一起，感觉世界一下子变得很大很宽，我从他们那里长了很多见识呢。

唉，表叔不经意地叹了一口气，他实在不好意思说得再直白了。小心叫那几个男生把你诱奸了，这样的话他能讲吗？但这个缺心眼的丫头就是听不懂他的话，要是真的发生了，他给老家的表哥咋交代啊？那个大胡子男生有女朋友呢。她留着男生一样的短发，一年四季穿着破了膝盖的牛仔裤。表叔给胡致远买药，碰到女生在那个隔着白布的帘子后挂针。小诊所的大夫像泄露天机似的对他说，都打了两次了，再打就怀不了娃了。大夫讲这事的时候，口气显得莫名的兴奋。表叔朝帘子后看去，那个大胡子背着吉他，他拥着那个身子颤抖得不能自已的女生，后来当两张嘴巴贴在一起的时候，表叔惶惶地收回了尴尬的目光。

真的吗？丫丫颇为不安，那个女生为啥以后当不成妈了？

要是当妈了她还能安心上学吗？表叔笑着问丫丫。

我不懂。丫丫的手指无措地绞在一起。

以后少到楼上去。表叔换了一副很严肃的表情说，这些学生复杂得很，不是你能想象的，你出了事我咋给你爸交代啊？

我能出啥事？丫丫小声嘀咕着，就开始择菜，准备做晚饭了。

我老做梦呢，不停地重复做一个梦。丫丫憋了好几天，终于把她经常做梦的事给表叔说了。我经常梦见那个留着一圈胡子的男生，他唱着歌，弹着吉他，我们走到一片向日葵地里。满地的向日葵金灿灿的，它们转着脑袋看我呢。那男生身上的衣服后来像鸟的羽毛飞走了。我问，你咋变得这么难看呢？他说，我本来就是这个样子啊，向日葵难看吗？我就认真地看他。天呀，他真的变成了向日葵。他打出一声呼哨,向日葵都转过金黄的脑袋,齐刷刷地看着他,地上黄灿灿的,那黄无边无际的,我们躺在金色的花上,无数的蜜蜂和蝴蝶在我们身边翩翩起舞,美死了。

表叔,我这是怎么了?我一连几个晚上都做这个梦呢。

你的梦境很美,像一个童话。

美吗?我在梦里有时候也没穿衣服,我妈说做梦光溜溜的没穿衣服,一般预示着家里要死人,这个梦太不好了,但我就是不停地梦,我晚上都不敢闭眼了。我怕我一做梦,家里真有人死了。我奶今年七十五岁,我爷一直住院,我爸在柳镇给人修庙,我妈在韩城给人摘花椒,我那时疯时清醒的姐姐逢人就说她考上医学院了,她九月就报名去呀。他们会不会出啥事啊?我该不是像我姐一样有病了吧?

你这是春梦。看着丫丫焦灼的样子,表叔只好给她说,不是家里出啥事情了,而是你的身体发生了变化。

春梦?难道还有夏梦吗?丫丫第一次听见这个词,她问,表叔你做的春梦啥样子?

表叔脸上不经意间掠过一丝羞涩,他说,我第一次做春梦的时候梦见了我们的语文老师。

你们语文老师一定很漂亮吧?

非常漂亮,像仙女一样,而且自带一种忧郁的气质。她在课堂上朗读我的作文,我晚上就在梦里见到了她。一年后她调到县城中学了,我还能经常梦到她。

你们在梦里做啥?

她鼓励我好好读书,一定要从这偏僻的柳镇走出去,翻秦岭,过西安,到更广阔的地方去。

丫丫明显很失望,她没想到表叔做的梦这么平淡,没有一点故事。其实，表叔隐瞒了他真正的梦境。表叔十八岁在梦里见到语文老师的时候，她穿着白色的牛仔裤，像一朵忧郁感伤的花。她拉着他的手，他闻着她的头发，身体像过电一样惊醒了。那段时间他每次做梦都梦到语文老师。但有些隐秘的事能给丫丫说吗？

  玩累的胡致远在床上发出轻微的鼾声，偶尔蹬蹬腿，舌头舔舔嘴唇，嘴角绽出无声的笑意。做啥好梦了？丫丫摩挲着他蚕蛹一样肥胖的脚趾，似乎在问胡致远，又似乎在问深陷回忆沼泽里的表叔。该不是梦见吃奶了吧？丫丫吻着远远竹笋样白嫩的脚丫子说。三个月大远远就没有吃奶了，一直喝奶粉，估计都忘了人乳的滋味了。表叔抚摸着远远另一只胖乎乎的脚说。咯咯。胡致远似乎听到了他们的对话，竟然笑出了声。他打了一个响亮的喷嚏，抽回脚，顺便放了一个极响的屁。臭蛋。脸贴着胡致远屁股的表叔仰起身，脚底下被丫丫的腿一绊，身子不由自主地倒在丫丫身上。表叔赶紧用双手支撑着，看着摊在床上的丫丫如深泉般的大眼睛，一缕缕气息缭绕着他的身体，他的胳膊快要撑不住了，感觉身子变成了沸沸扬扬的铁屑，被丫丫这块强有力的磁铁紧紧吸引着。丫丫像一潭幽深的湖水，似要将他变成一条鱼或者别的生物。

  亏得电话铃声响了。接完电话，表叔逃进了厕所。他的心咚咚地狂跳不已。他啪啪地扇着自己的脸，撒了一泡长长的尿水。表叔从卫生间出来时，还感念着那个救命的电话，不然，天知道会发生什么啊。

五

  听赵小玲说房子已经盖到十层了，就在城北的经济开发区。逢周日，表叔便带着大家去看房。原以为必然是雄伟的门楼，内置亭台楼阁、潺潺流水，殊不知却是一个嘈杂的工地，机器轰鸣间，塔吊长臂上悬挂的水泥板从他们头顶上空徐徐掠过。丫丫仰着脑袋看那悬于高空的建筑，胡致远却指着拴在铁柱上的狼狗哇哇乱叫。狼狗嘴里吊着殷红的长舌，它朝这四个人看了看，懒洋洋地转过屁股，无趣地卧下身。赵小玲指着那栋被脚手架遮挡的高楼说，咱们在十楼，南北通透呢。表叔的目光盯着那绿色的围挡说，说是明年六月交房，你看这小区的绿化啊道路啊各种设施啊，还都不见影儿呢，到时候能如期交房吗？赵小玲却对表叔的担忧表示了不屑，把你操心的，房产商比我们还着急呢，早竣工早交房，人家也有钱赚。再说了，买的人这么多，有人替咱们盯着呢。表叔便不再言语。

胡致远嚷着饿了，丫丫便在附近的便利店给他买了一瓶娃哈哈。赵小玲亲着胡致远的脸说，远远，咱们明年就可以搬到新房里过年了，住了七八年的民房，我实在住够了。胡致远似乎受不了赵小玲的亲热，扑哧一声把嘴里的液体喷到赵小玲的脸上，吸管也不小心戳到了赵小玲的眼睛。赵小玲的脸顿时布满了星星点点的汁液，一些汁液趁势钻入了她眼里。啪。她给胡致远脸上来了一巴掌，愤愤地将胡致远扔在地上。胡致远不知道惹了祸，但脸上火辣辣的疼让他很快就发作起来，先是呜呜咽咽，接着便扯开嗓子声嘶力竭地号。赵小玲揉着眼睛，她揉得专心，似乎要把眼珠挤出来。我看不清了。赵小玲流着眼泪说。她像一只无头的苍蝇在地上扑腾着身子。胡致远嘴巴张得像一个敞开的黑洞，他几乎哭不出声了，他的脑袋钻到丫丫的怀里，小手揪着丫丫的腿，身子痉挛得像一根随风扭摆的柳枝。表叔埋怨道，小孩嘛，喷点水算啥嘛，你下得了那么重的手，看把孩子吓成啥了。赵小玲揉着眼睛说，你儿子拿管子差点把我的眼睛戳瞎了，把我弄成瞎子你就舒服了，我瞎了就啥都看不见了，你想弄啥就弄啥。表叔说，我看看。他把赵小玲的脑袋拢到怀里，掰开赵小玲的眼皮，往里吹着气说，吹吹就好了，小娃跟小动物一样，你还跟他一般见识啊？他又不是故意的。赵小玲就势抱着表叔的腰说，我看你是有了儿子就不喜欢生儿子的那个人了，我腰粗了，皮肤也不细腻了，成了老妇女了，当然没有年轻女子好看了。表叔摸着赵小玲头上黑发里夹杂的白发说，你越来越多疑。咱们明年就可以入住新房了，你还有啥可伤心的啊？这可是咱们人生中的一件大事呢。赵小玲却伏在表叔的肩上呜呜地哭着。

　　她哭啥呢？丫丫轻轻拍着胡致远的背，他已经在丫丫的怀里睡着了，偶尔伤心地抽抽鼻子。赵小玲你有啥委屈的呢？你儿子手里的管子不小心戳了一下你的眼睛，你就像是被马蜂蜇了；我呢，你家胡致远在我身上不知道撒了多少尿水，拉了多少大便，我说过吗？给你说了一次，你还骂我矫情，说我没有管好孩子，说我身上老是一股尿臊味。哼！你儿子的手指头最爱往人脸上有窟窿的地方戳，不是戳人眼睛，就是朝人鼻孔里钻，或是插进人嘴里。我都遭了多少回这样的劫难了，你当妈的，尝一次你就受不来了，该让你多品尝几次啊。看着赵小玲狗一样依偎在表叔的怀里，丫丫心里似乎爬过了无数只蚂蚁。表叔倒在自己身上时，他血液流动的哗哗声她都听到了，她听到了他身上千军万马的呐喊，但他最终还是艰难地爬了起来，最后见他在过道上凶狠地抽烟。

　　赵小玲还在哭着，她哭啥呢？

　　好几次看见那个男人了，丫丫一直没有给表叔说。带孩子出去玩一会儿吧。赵小玲说，这是我表哥，我们商量个事。后来表哥每周都要来家里。表哥来家里的时候，常常给丫丫带些小东西，像发卡、头绳、口香糖什么的。赵小玲说，表哥的心比女人的心还细啊。表叔知不知道赵小玲的表哥呢？丫丫有回悄悄躲在窗子下听。赵小玲说，你以后少到家里来，我怕那个鬼丫头发现了。表哥说，这个地方安全啊，外面到处都是监控。赵小玲似乎敲着表哥的脸说，你倒会打算，既占了便宜又省了房费，好事都让你占全了。表哥说，我还不是为了你啊，职称英语考试的人我已给你找好了，人家大学生考个A级一点问题都没有，你就等着拿证吧。床咯吱咯吱地叫着。赵小玲问，保险吗？不敢叫人发现了，要是叫人发现了，通报到单位多丢人！表哥在赵小玲身上拍了一下，不知道拍到了哪个部位，丫丫听到了清脆的声响。表哥说，放心好了，人家现在是一条龙作业呢，又不在西安考，全部在外地呢，你给人家把钱准备好就行了。八千？赵小玲好像坐了起来，太高了吧？考一次我两个月的工资就打水漂了。发论文花了三万多，评这个职称花费也太大了。赵小玲的声音萎靡了许多，我还要还房贷呢，娃马上就要上幼儿园了，压力山大啊。表哥说，你傻啊，关系不熟的人家还不敢给你代呢，人家还怕你是记者卧底呢，人家担的啥风险啊？你自己考，能考得过吗？好多人都是被英语挡住了，你要是评上了高级职称，将来就有资格当科主任了，这哪是几万块钱能比得了的呢？赵小玲笑了笑，你说话可得算话啊，我为了你，脸也不顾了，要是叫我家老胡知道了，我们的婚姻就完蛋了。你还保守得很，表哥说，现在都啥年代了，不要说得可怜兮兮的，像是我强迫你似的，这都是自愿的。赵小玲似乎拍了拍他的秃头说道，你要是再这么说，我就不要了。表哥说，要呀，我知道你早想要了。赵小玲说，不许耍赖，也不要叫我掏钱。不耍赖，表哥喘着说，代考费我给你出一半,剩下的一半你自己出或者让你们家老胡出。赵小玲嗔怒道,你抠死了,你算一算,这多少年来你该付我多少钱?表哥说,那我出五千算了,剩下三千让你们家老胡出,这够公平的吧?公平个屁!赵小玲喘着粗气说,你们男人没有一个好东西,口是心非的。这次你一定要给我考上,考不上我跟你算总账啊。

丫丫听得莫名其妙的,搞不懂他们到底在说甚,后来更听不到他们说话的声音了,便踮着脚,猫一样溜到楼下,从卖菜的阿姨身边抱起了远远。

你妈妈在搞啥名堂啊?丫丫对啃着西红柿把脸弄得像花脸猫一样的胡致远说。

胡致远就把那伤痕累累的西红柿砸在丫丫的腿上。

你这个小坏蛋。丫丫说着,就看见赵小玲走出了大门,表哥走了吗?丫丫擦着胡致远脸上的污渍问。

还没呢。赵小玲拢了拢散到额前的头发说,他想喝红牛,还想抽烟。

他是来抽烟喝红牛的啊?丫丫擦着胡致远的嘴说。

赵小玲递给丫丫一张一百元的人民币说,你带远远去麦当劳吃汉堡吧,那里凉快,剩下的钱算你的奖励。

丫丫接过那张红艳艳的纸,看着赵小玲的眼睛说,我就带远远在菜市场玩,表叔回来了,我就在楼下喊,你一定听得见。

赵小玲冷笑道,你还想得挺周到,你想到哪儿去了?

赵小玲买了红牛和烟,丫丫盯着她的屁股,看见她好看的臀部扭进了门。

现如今她还委屈了,她委屈啥呢?

丫丫看着赵小玲,她仍伏在表叔的肩上呜呜地哭着。

醒来的胡致远睁开眼就呜咽着，赵小玲揪了揪他的脸蛋说，你还好意思哭呢，你差点把你妈的眼睛戳瞎了。

胡致远不哭了，盯着赵小玲的眼睛，咯咯地笑起来。

往回走的时候，赵小玲说，丫丫把远远带得像个农村娃，蛮里蛮气的，没一点城市娃的气质。

城市娃是啥气质？

让你学说普通话，你说的那个醋熘普通话啊，人听了身上起鸡皮疙瘩。远远跟着你，说话也南腔北调土里土气的。赵小玲边走边数落丫丫。

丫丫的泪水扑簌簌地淋在胡致远带着笑意的脸上。

六

丫丫醒了听见赵小玲和表叔在商议大事。

九月份远远就要上幼儿园了，赵小玲压着声说，这个丫头不能再留了，我怕会出问题。

表叔不同意，远远上幼儿园还要接送啊，叫丫丫再留一段时间吧，既能给咱们接娃，还能帮着收拾家务呢。

哎哟！表叔似乎被赵小玲踢了一脚或掐了一把。赵小玲怒道，我看那个丫头不正常，尤其看你的目光不正常，有时候能偷偷盯着你看半天。远远上了幼儿园，就打发她回去，万一出事了，你能负责？

会出啥事啊？表叔说，你想多了，她才十九岁，要是城里孩子，还是上大学的年龄。

赵小玲鼻子哼了哼冷笑道，我怕你和她会出事，你看她的眼睛屁股胸脯，哪一样不是危险的炸弹啊？那丫头虽然年龄小，可是脑子鬼精着呢，万一哪天我不在家，你被她勾引了，到时候是我走啊还是她走啊？要是这个丑闻传到老家，还不把你爸的人丢尽，把你表兄的脸丢死？她毕竟比我小十多岁呢，正是女人最好的年龄。万一那丫头勾引你，而你又把持不住，出了丑闻还不是我遭殃倒霉？

你胡说啥啊！表叔恼了，斥责道，你一个大人和一个小丫头争风吃醋，你对你男人就那么没有信心吗？丫丫会干那种事吗？简直是胡闹，越说越离谱了。

赵小玲冷笑道，男人哪有一个好东西，吃着碗里的看着锅里的，只要条件许可，就没有啥不可能的。你看丫丫原来对楼上那个大胡子多上心，把咱家的电让人家免费用，给人家擀面条蒸包子蒸馍，让人家在咱们家里打麻将看碟片，恨不得把自己送给人家，亏得大学生有节操，不然啊，早就叫人搞大了肚子。

表叔心里暗暗吃惊，觉得女人在某些方面真是天才呢，想着自己压在丫丫身上的那一幕，至今还是心跳不已，丫丫柔软得像一蓬棉花，若不是自己的定力好、品德高尚，说不定就要犯错了。表叔又寻思，赵小玲也许是忌妒丫丫呢，丫丫来西安两年多，真是越长越漂亮了，皮肤白得赛雪。那次他回家，撞见丫丫正试穿赵小玲的裙子，他看了一眼，就感觉自己的心差点蹦出来了。她似乎并不羞涩，颤颤地提着裙摆说，我姐的衣服好多啊，我试试，你看我穿得好看吗？他吓得一连说好看好看，慌着就退出了房间。赵小玲不在家的时候，丫丫就给他讲自己做的梦。她梦见了表叔，表叔给她补课，表叔送她上大学，她在大学里成了万众瞩目的明星。有时候，她傻乎乎地问，你梦见过我吗？我在你的梦里是啥样子呢？在你梦里干啥呢？表叔就很幸福地笑着。不过，表叔真的做过一个梦，他和丫丫牵着远远的手，他们高兴地在公园里游玩呢。丫丫真的会如小玲分析的那样，长久地谋划意欲夺取这个家庭吗？她才十九岁呢。不可能。表叔一连说了几个不可能。赵小玲冷笑着，她的冷笑在夜里发着冰冷的寒光，你们男人哪，没有一个好东西，你心里就没有想过吗？朝夕相处两年多，你又是一个怜香惜玉的人，你心里真没想过吗？赵小玲的手冷不防抓住了表叔，呵，嘴上还装高尚呢，这个东西骗不了人，看把你兴奋的，臭流氓！表叔推开她的手，夹紧了双腿说，你才流氓呢！

丫丫打开耳朵，听得见赵小玲骂道，阳痿，太监，臭流氓！表叔幽幽的叹息声像一条蛇飞舞着。夜渐渐陷入了深渊般的静寂。

丫丫想着，明年九月后自己该去哪里呢？回老家吗？自己出了柳镇就再也不想回了。那离开了表叔家，再去给其他人做保姆吗？想着想着，丫丫就看见了姐姐。姐姐手里挥着一张纸喊道，我考上了我考上了我考上大学了，九月份我就去报到啊，毕业后我要当一个医生啊，我要给咱们老家所有的穷人免费看病。丫丫，你也要好好念书，将来和姐姐联手攻克疑难杂症啊。丫丫哦哦地应承着，姐姐身后跟着两个扎着马尾辫的女孩。她们拖着鼻涕，辫子上结满了雪粒般的虱虮。姐姐摇晃着核桃树问，你看见我的通知书了吗？我学得那么好，咋会考不上呢？谁都可以考不上，我不可能考不上。姐姐数落着地上大规模运动的蚂蚁问，我的通知书呢？你们把我的通知书搞到哪儿去了？你们藏起来了吗？你们吃了吗？你们贪污了吗？你们咋这么坏啊这么无耻啊？姐姐嘴里像牛一样哞哞地叫着。丫丫，姐姐尖厉地喊道，你一定要给姐找到通知书，姐要上大学啊！姐要上医学院啊！姐要带着你，姐也要你上大学。姐姐推开衰朽的木门，手里挥着一张发黄的报纸说，我中了！我中了！你早中了，丫丫说，你都大学毕业了。姐姐一件件脱着衣服，一会儿就脱光了自己。她卸下自己的胳膊说，这个做高速公路，从咱们老家一直通到北京。她卸下自己的双腿说，这个做梯子，让我的娃们爬到月亮上玩。她摘下自己干瘪的乳房说，这个变成奶牛，让我们的孩子每天都可以喝牛奶。最后她摘下自己发亮的眼睛说，丫丫，这个送给你，无论你走到哪里，哪里都是亮堂堂的。姐姐最后只剩下一颗孤独的头。姐姐说，我变啊。那个头就呼喊着变成了一座巍峨的医院。

姐呀，我的姐呀！丫丫哭喊着从梦中醒来。

七

丫丫难得有了半天假，赵小玲和表叔带远远去城堡大酒店参加同学聚会了。这个赵小玲命真好，大学毕业就分到了五环医院，从而和柳镇那个赵小玲有着天上地下之别。说起和赵小玲的相识，表叔曾讲过，在一次同学聚会上，表叔的女友和赵小玲都醉了，她们搭伴回到了表叔租住在白庙村的房子。两个醉酒的女人胡乱滚在床上后，表叔就睡到了阳台的沙发上。表叔也是喝得太多了，他迷迷糊糊地感到一个人爬上了自己的床。表叔当时还以为是他的女友呢。表叔禁不住丫丫的再三询问，只好讲述了自己和赵小玲的事。毕竟年轻，两个人恨不得融化了对方的身体。天亮时分，表叔才发现躺在身旁的竟然不是自己的女友。表叔吓得不敢吭声，想想自己曾多次求过女友，无奈女友把贞操看得比命还金贵，只许他在衣服里摸摸，进一步的行动只能是妄想。赵小玲吻着他的耳朵说，你好坏，趁着人家酒醉非礼人家，我要告你强暴啊。表叔吓得一个劲求饶，幸亏赵小玲并不深究。见赵小玲没向女友告发，表叔心里暗暗高兴。从此以后，赵小玲经常给表叔买东西，有时候就躺在表叔的床上不走了。一次，表叔的女友来出租屋，撞上了他们的好事，女友赏了表叔几个响亮的耳光，宣告了他们五年恋情的结束。办结婚证的时候，表叔才知道赵小玲比自己大六岁。

你是被我小玲姐勾引的啊？丫丫听完表叔的讲述，总结道，你们男人太贪，吃了碗里的还看着锅里的。不过，表叔你是一个好人，是一个负责任的男人，没有抛弃我小玲姐。

你爱我小玲姐吗？丫丫当时问陷入了回忆的表叔。

不知道。表叔托着下巴说，无所谓爱不爱的，现在都有孩子了，男女搭伙过日子而已。

那你是不爱了？丫丫进一步问道。

也不能说不爱，也不能说爱。现在回想起来，每一步都是赵小玲设计好的。我是一步步走入了赵小玲的陷阱。表叔失神地看着窗外。

不爱你们还在一起干啥呢？丫丫质疑道。

表叔警惕起来，不再谈论这个话题。最后他总结说，爱情不能当饭吃，生活中还是实际一点好。我们明年房子装修好了就可以搬入新家了，说起来，我还是托了赵小玲的福。我进的那个单位，还靠着赵小玲她表哥呢。

哦。丫丫像是突然明白了，长久地吐了一口气。

小玲姐的表哥是不是很厉害啊？丫丫好奇地问。

他表哥在市教育局，是个老处长。表叔说，那个人我一点也不喜欢，太阴了，看着就让人不舒服。

处长是个啥官呢？丫丫对赵小玲的表哥产生了兴趣。

可能和县长平级吧。表叔道，小玲她表哥的活动能量大，我和小玲的工作都是她表哥帮助解决的，他是我们家的大恩人呢。

哦，丫丫说，他好厉害啊，神通广大。小玲姐的英语是不是学得不好啊？

你咋知道的？表叔奇怪地问，赵小玲那点英语水平也就认得 ABC。

不可能吧？人家也是大学毕业呢。丫丫发出了一阵惊叹。

唉。表叔长叹着，不再言语。

丫丫说，我听小玲姐表哥说，他给小玲姐找了代考呢，代考费八千块，他们为八千块还争论了好半天呢，最后小玲姐表哥说他出五千，你应该出三千，不能让你占便宜。但小玲姐说他表哥占了大便宜，你吃了大亏。我不知道他们说的啥意思。

丫丫原想着若表叔进一步发问，她会趁势分析一番，孰料，表叔抽着烟，让烟雾笼罩着自己，并没有深究。

小玲姐的表哥每次来都要喝红牛呢。丫丫说，红牛好喝吗？叔，咋不见你喝？

表叔便凶猛地吸着烟，偶尔抬头看窗外凝滞的天空。

远远他舅姓张，为啥我姐姓赵啊？丫丫觉得很奇怪。

赵小玲原来叫张小花，算命先生说她命不好，她便认了一个姓赵的做干爸，就跟了人家姓。表叔解释道。

她和我姐的名字一模一样，我常把她当作我亲姐呢。丫丫很认真地说。

表叔遗憾地盯着丫丫说，你姐当年学习可好了，当年我们两家的父母说，要是我们都考上了，就让我娶你姐做媳妇。

你要是我姐夫就好了。丫丫惋惜地说，我姐当年因为没考上，脑子坏掉了，人时好时坏的。她要是考上了大学，现在也该是医院的一位名大夫了，凭着姐姐的努力，各方面肯定比赵小玲强，这样我和表叔就是一家人了。

表叔叹息道，穷人的孩子只能靠考学改变命运，没有考上的，大多沦落到社会底层了。

丫丫伤感地说，我姐她学习成绩那么优秀，但没有考上大学，命运对她太不公了。

不要凡事都责怪命不好。表叔纠正了丫丫的错误观点，命运是由自己书写的，没有谁天生命好。

丫丫想着赵小玲和姐姐的事，感到困惑像阳光一样炙烤着自己，她沿菜市场往前走着，突然一股力量从身后袭来，她的身子重重地摔了出去。

哎哟！丫丫叫了一声，她趴在地上看着那个骑自行车的人，那人染了一撮红发，脖子上挂着一串金链子，手腕上缠着黑色的手串。丫丫认出来了，这人是房东的儿子柱子。

哦，这不是我们楼上的小保姆吗？那人嘟囔着支好车子抓住了丫丫的手。丫丫借着那人的力气站起来。骑车子也不看路，这么多人你骑那么快要赶着吃酒席啊？丫丫嘴上说着，手还被柱子牢牢抓着。放开！丫丫看人们都意味深长地看着他们俩，就奋力地抽回自己的手。

走，我带你回去吧。柱子说。

我自己有腿。丫丫说。

你在想啥呢？我打了几遍车铃你都没听见？柱子用力将那一撮红发朝左边一甩。

看你疯的，好像这个街道是你家开的，我都来不及让，你就直接往人身上骑。丫丫瘸着腿，她觉得一深一浅地走路很有意思。

你今天不带娃了？你表叔舍得给你放假啊？柱子说，坐上来吧，我带你回家。

丫丫想了想，就跨上了自行车的后座。

抱住我的腰。柱子的声音吹到了丫丫的耳朵里，丫丫就牢牢抓紧了车后座，柱子的头发被风吹得呼啦啦地叫。

你在哪里上班？丫丫问车子蹬得飞快的柱子。

毛家湘菜馆。想上就上，不想上就不上。

还有这么好的事？那么自由啊，你是饭店的老板啊？

你看我像当老板的人吗？高兴了干，不高兴了就不干。这家干不成了，就在那家干，总之是随性子呢。我又不指望打工挣钱。

我以后要是能像你这么自由就好了。我明年九月份就不当保姆了。

不当保姆你干啥啊？你还回你们农村老家吗？

不想回去了，但我又不知道我能干啥，明年再说吧。

有空来我屋里看碟啊。我有好多碟片呢。

还没到门口，丫丫就下了车，她怕叫柱子父母看见了。房东阿姨是家里的主人，凡收水电费、房租费一类的事，都是她一手操办的。房东大叔每天嘴上叼着烟，手里端着紫砂壶，抽一口烟，就把壶嘴对着自己的嘴，美滋滋地吸一口。中午他就睡在躺椅里。他庞大的身躯填满了躺椅，不仔细看，还以为是一堆烂衣服呢。这男人大抵是不管事情的，如果离开了躺椅，就去村子东头的麻将馆。十块五块的彩头，能玩上大半天。村子开了十几家麻将馆，去打麻将的大多是白庙村的村民，以中老年人居多，年轻人也有，他们把宝马或者奥迪停在麻将馆门口,就吆五喝六地开战了。他们不缺钱啊。就像柱子说的,不是为了钱,而是为了岔心慌。每家每户都有房屋出租着,加上村上的福利分配,家家都过上了优哉游哉的日子。丫丫上公共厕所的时候,经常见房东大叔围观打扑克。叔叔好。丫丫有时候对四处张望的柱子他爸说。嗯。柱子他爸冲丫丫笑笑,露出黑黄的牙。丫丫出了厕所,看见柱子他爸踅进了红玫瑰大舞厅。丫丫听人说那是远近闻名的黑舞厅,灯一关黑漆漆的。卖菜大嫂炫耀道,晚上化了妆穿得暴露点就去红玫瑰跳舞,一晚上能挣一百多呢,你要去会挣得更多!为啥啊?丫丫天真地问。你漂亮啊,卖菜大嫂羡慕地说,你漂亮,找你跳舞的人要排队呢,我带你去挣快钱吧。不去,丫丫想到黑乎乎的,男人和女人搂在一起,就觉得太可怕了。

柱子是房东家的老二,他大哥叫刚子,今年才结婚,老婆是本村人,生的孩子先天性耳聋。活该!表叔对这一现象评价道,本村的姑娘不外嫁,结婚的男男女女全是一个村子的,长此下去,人种能够得到优化吗?白庙村的残疾儿童越来越多,许多都是近亲结婚造成的。为啥啊?丫丫好奇地问。还不是利益吗?表叔说,本村男女成婚,原则上男女都不吃亏,要是男方找了一个非本村的女子,那么这个村上的福利就没有这个女子的份。

哦。丫丫似懂非懂地点了点头。

五月十五那天,楼上那些租住的大学生陆陆续续搬走了。丫丫上楼去的时候,大胡子正在往箱子里装东西。

你不在这里住了吗?丫丫站在门口问。

我毕业了,该去找工作了。大胡子把一个影集装进箱子里说。工作好找吗?丫丫进了乱糟糟的房子,她想给大胡子帮忙,却不知该如何下手。大胡子一屁股坐在箱子上说，难找死了，有的人毕业几年了都没找到啥正经工作，只好在路边发发宣传单，有的还被骗去搞传销，几年都脱不了身。还这样啊？丫丫惊叫道，你们是大学生啊，找工作有这么难吗？你打算干啥啊？我嘛，大胡子抽了一根烟说，我也不想搞我的专业，建筑设计我本身也不喜欢，我想去唱歌，在钟楼地下通道唱，在街头唱，等我唱出了名气，我就组建一个乐队，到全国去唱。这样能唱出名吗？丫丫质疑道，你唱得那么好，为啥要在街头唱呢？你可以上电视台的好歌声大赛啊，我估计那些导师都会为你转身。大胡子深深吸了一口烟说，比我唱得好的人多得是，我就不凑那个热闹了，我就喜欢在街头唱歌的那个感觉，那是比在电视上唱歌更爽的一种感觉。丫丫不会唱歌，自然不懂那种滋味。她顿了顿问，你那个留着平头的女朋友呢？你们一起去唱歌吗？她早飞了。大胡子的声音突然哽咽了，她在银行实习，就跟银行的部门经理好上了，那个人把她安排在他们银行了。哦，这样的人不值得你爱，丫丫突然说，她和你就不是一条路上的人。大胡子愣了愣，说，你不懂。大胡子揭下墙上女友的照片，说，你不懂，你还懵懂无知呢。你一直当保姆，有啥出息啊？现在没有知识不行，没有学历更不行。你上一个网络大学，在网上就可以学习，不受时间地点的限制，先上专科，再上本科，以后你就可以找到更好的工作了。网络大学，丫丫还是第一次听说，她问道，我可以吗？我才初中毕业。当然可以了，网络大学没有任何限制。大胡子说，一定要有知识，有了知识你就可以主宰自己的命运了。丫丫点了点头，她塞给大胡子五百块钱说，你要找工作，这个你拿着先用吧，以后我还要去听你唱歌呢。大胡子推辞着，丫丫说，你拿着吧，我好歹还有个工作呢，我又不需要钱。大胡子便收了，他抓着丫丫的手说,谢谢你。不用。丫丫哽咽着,说不出话来。大胡子临走时将自己的笔记本电脑送给了丫丫。他最后叮嘱道,一定要学知识啊,有了知识,你就有了自己的人生方向。

嗯,丫丫眼里含着泪说,周依伦,你记得我的名字吗?

赵小丫,我当然记得啊,我会一直记得的。这个叫周依伦的歌手说,丫丫,不要一直当保姆,要做自己喜欢做的事。

八

六月底,表叔在九天宫阙买的房子交钥匙了,金灿灿的钥匙在掌心发出悦耳的声音,表叔高兴得像是喝醉了酒,走路身子像在风里飘着呢。今天去饭店吃饭。表叔豪气地发布了命令。

去了小容和,他们点了两个热菜两个凉菜,表叔给每个人杯子里倒上啤酒,然后举着洋溢着泡沫的酒杯说,祝贺吧,结束了八年租房的日子,我们终于有了属于自己的房子,苦尽甘来不容易啊!

表叔咣咣地和赵小玲还有丫丫碰着杯,几乎要将杯子吞下肚,淡黄色的液体沿着嘴角脖子哗哗地流进了他衣服里。赵小玲抓起几张餐巾纸塞给他说,看把你激动的,就一套房子,要是像我表哥有好几套房,那你还不疯了啊?表叔又给自己杯子倒满了啤酒说,我能和你表哥比吗?你表哥今天分房,明天分房,拿的都是最低价,我们买一套的钱,你表哥可以买两套,人跟人能比吗?我们这房子可都是自己的血汗钱,一分一分地攒,干干净净的,每个月还四千多的房贷,要还十八年啊,你说,我们容易吗?

赵小玲看着两杯酒下肚就脸色酱红的表叔说,这能说明啥啊,只能说明你底子薄,起点低,太穷了。

表叔不吃菜，自个儿一口一口地喝着啤酒。丫丫受了感染，似乎也看到了自己的希望，她端着酒杯说，表叔，你们终于苦尽甘来了，远远也长大了，可以上幼儿园了，我敬你们。丫丫站起来，仰着脖子喝尽了杯中的啤酒。

坐下，坐下。表叔的手往下压了压说，我们还要感谢丫丫呢，丫丫不仅帮我们带致远，还给我们操持家务，功不可没啊。表叔很诚恳，说得极真切，自个儿就喝光了一瓶酒。

赵小玲瞪着表叔说，看你说得那么伤感，好像生离死别似的。丫丫到了西安变化也很大啊，不说你是农村来的，谁敢不把你当城市人？

丫丫单独敬了赵小玲一杯酒说，姐，我应该感谢你啊，我从你身上学到了好多东西，我表叔娶了你真的是上辈子修来的福分。

赵小玲往胡致远嘴里塞了一片黄瓜说，丫丫越来越会说话了，你表叔要是真的这么想我就知足了。

表叔闷闷地喝着啤酒，桌子上已经放了五个空酒瓶了，他没有接赵小玲的话，目光盯着胡致远嚅动的嘴，不知道思绪飘到了哪里。赵小玲问丫丫，远远上幼儿园后，我们也要搬到新家住，你咋打算的啊？丫丫叹了一口气说，反正不当保姆了，反正不回老家了，我也要向我表叔学习，在西安发展，在西安生根发芽。赵小玲扑哧笑出声，嘴里的菜也跟着她的笑声喷到了丫丫的脸上。

赵小玲是有理由讥笑自己的啊。丫丫在心里说。

你丫丫无非是做了两年保姆，最多也就知道西安一些地名而已，还想着要留在西安，你凭啥留啊？就因为你长得还算漂亮吗？你能和你表叔比吗？你表叔从小学中学乃至大学一路走来，成绩都是杠杠的，毕业还做了三年瓷砖销售员呢，要不是我表哥扶持，说不定他还在祖国的大地上东奔西走地卖瓷砖呢。呵呵，他能在经济开发区买一百多平方米的豪宅吗？你丫丫看着今天这个家长请他吃饭，明天那个家长给他红包，还不是因为他在重点学校当老师啊，今天这个辅导班请他去上课，明天那个培训班请他去辅导。噢，忙得和我连说话的机会都没有，上了床就想睡觉。你问他幸福不，他说他怀念东奔西走风餐露宿卖瓷砖的日子，这个话你也信吗？皇帝喜欢乞丐的日子，这不是纯粹和穷人过不去吗？

这有啥好笑的？表叔说了赵小玲一句，已经喝第六瓶啤酒了。

我笑还要给你打个报告请示，还得请你胡老师批准吗？赵小玲不耐烦地在桌子底下踢了表叔一脚。

你踢我干吗啊？神经病。表叔往后挪了挪椅子，咕咚咕咚地喝着酒。

你才神经病呢你精神病！赵小玲抱着胡致远站起来说，你别喝了一点马尿就不知道东南西北了。咱们走。

爸爸！胡致远挣扎着向表叔伸着手。

神经病！看着赵小玲走到了酒店的门口，表叔喝光了杯里的酒说，这个女人越来越胡搅蛮缠了，对农村来的总带有一种蔑视，她忘了她也是从农村深山里来的，虚荣心太强了，总说自己老家是大城市的，哈哈，说到底，我们都是乌鸦，谁也不要笑话谁黑。

咱们也回吧。丫丫看着有些醉了的表叔说，我小玲姐讲得对呢，我就是一个做保姆的，我凭啥能留在城里啊？我没有学历没有一技之长没有人帮我没有关系没有背景，我能靠啥啊？但我真的不想回去了，表叔，你说咱们老家那么落后，几十年间几乎就没有变过，我回去干啥啊？

慢慢来吧，没有谁一下子就能过上好日子的，凡事总有一个过程嘛。表叔摇晃着身子站起来,一只手撑着桌子,一只手在空中摆着喊,服务员,买单。

一百八十五。服务员拿着账单看着表叔红通通的脸说。

表叔要过账单,细细核对着说,没有点几个硬菜嘛,咋就这么多钱!你们最近涨价了吗?

没有,我们一直是这个价。女服务员笑眯眯地说,你喝的这个啤酒贵,一瓶十五块,六瓶就九十块钱呢。

我点的是九度啊。表叔把滑到鼻尖的眼镜挪到鼻梁上说,我没有点纯生啤酒啊。

是你亲自点的,我们不会给你上错的。服务员以为表叔要赖账,脸色都不好看了。

不是钱的问题。有些服务员故意给客人上贵酒,好多拿提成。服务员鬼精着呢。表叔喷着酒气讲着自己的道理,手伸进了裤兜里。

不会的,老板,我们不会的。服务员沉着脸,面无表情地看着表叔掏钱的手。

你该不会是没有现金吧?服务员的目光盯着表叔一直在裤兜里摸索的手说,我们店里可以刷卡的,我带你到前台刷卡吧。

打折吗?表叔喷着酒气问。

打折。服务员转过脸,避开表叔嘴里污浊的气体。

打几折?表叔的手还在黑暗的裤兜里摸索着,他似乎并不急于往出掏钱。

一千以上打八折。这时候服务员的脸上堆满了一层层的笑。

丫丫实在看不下去了,她将二百块钱递给了服务员。

咋能让你付钱!我有钱呢。表叔挡着服务员接钱的手。

谁付都一样，我也该请。丫丫硬是把钱塞到了服务员的手上。

往回走的路上，表叔骂道，那个死婆娘，每回把我口袋里的钱掏个精光，只给我二三十块零用钱。说我在单位食堂吃饭不花钱，说我上班骑自行车不花钱，我光会挣钱不会花钱那不成傻子了！裤兜里藏着单位发的三百块钱也不知道被她啥时候掏走了，要不是你，我还真的被服务员当成吃白食的了。

她是关心你呢，怕你钱装多了犯错误。丫丫搀着表叔，两个人在午后的街道上趔趔趄趄地走着。

表叔冷笑着，极不文明地放了一个响屁。

九

表哥那天中午来的时候，丫丫正在给胡致远洗衣服。小玲姐还没有回来呢，丫丫给他泡了杯茶说，叔，你长得好帅啊，真像一个大明星。表哥喝了一口茶说，丫丫，你真会讲话，我都老了。丫丫坐在他对面说，男人到了你这个年龄最有魅力了，为啥现在的女孩喜欢大叔啊，就是因为大叔有魅力啊。表哥的目光惊奇地看着丫丫，上上下下地打量她。

听说你的官和我们老家的县长一样大呢，丫丫大胆地看着表哥说，我好幸运啊，我今天见县长了，我们村上人有的一辈子连镇长都没见过呢。

表哥觉得丫丫越来越有意思了。他说，你蛮会讲话的，一直当个小保姆都吃亏了。

不当保姆干啥啊？丫丫嘟着粉嘟嘟的嘴唇说，我又不像我小玲姐，有你这个好表哥。我要是有你这个好表哥，我肯定不当保姆了，我早晚都跟着你。

表哥喝着茶，得意地笑着。

赵小玲走到门口，见丫丫眉飞色舞的，便沉了脸，冷冷地走进屋，咚地一屁股坐在沙发上。

丫丫便知趣地退了出去。

你和那个小妖精聊得很兴奋啊！赵小玲对她表哥说。

那个小丫头很有意思，表哥的目光盯着门口说，鬼灵精怪的，要是有机会，多帮帮她。你急着约我来家里干啥啊？

你是见了漂亮女子都想帮，最后就帮到床上了。赵小玲说，最近单位核查档案，我有些信息对不上，你要帮我。

啥东西对不上？表哥说，当年都是做好了的，绝对不会有问题。你有赵小玲的全套资料，从大学录取通知书到单位的派遣证，天衣无缝。

档案里咋没有了高中的学籍档案？赵小玲说，一些时间点对不上，人事部要我回原毕业中学开证明，我敢去开吗？

表哥想了想说，只能通过那边的关系给你另做一套了。

表哥你是好人，赵小玲捶着表哥的肩膀说，我这一段时间吓得每晚上睡不着，生怕那个赵小玲来找我，这种事又不敢给老胡说，那个人只会帮倒忙。表哥，你真是我的大恩人，我会感激你一辈子。

丫丫像壁虎一样贴在窗子下，没发出一点声响。

十

周五下午，丫丫对五点就回家的表叔说，我明天想请半天假。

干啥啊？表叔笑呵呵地拉着胡致远的小手问。我想出去玩，来西安两年了，哪里都没有去过。丫丫给表叔的杯子里泡上茶说，我们几个老乡约着去南山，说那里的农家乐好。表叔看着在地上玩电动汽车的胡致远说，在山里长大的，还要到山里去玩，南山有我们老家的山好吗？那里面人山人海的，都是人看人。丫丫见表叔不同意，忙说，我就请半天假，我们几个都约好了，耽误的半天你就扣我的工资吧。表叔嘴里嚼着茶叶说，想去就去吧，早去早回。我明天可啥事都干不成了，还要去看装修呢。丫丫觉得不好意思，说，那就算了，你们去看装修吧，我在家里带孩子。算了，表叔拍打着胡致远身上的尘土说，你去吧，注意安全。丫丫兴奋得像是得到了天大的奖励，她殷勤地说，我早点回来，你不要给小玲姐讲我去南山啊。没问题，表叔说，我帮你撒谎。

直到天黑了，丫丫才丢魂失魄地回到家。赵小玲把积攒了一天的怒气顿时撒出来，说是半天，这是半天吗？我们原准备去看装修的，都是因为你，装修没看成。那些搞装修的鬼精着呢，你人不去现场监督，他们就偷工减料，这么大的事，害得我们去不成！丫丫连连赔不是，说是进南山的车太多了，发生了车祸，他们在路上堵了五六个小时呢，农家乐都没去成。赵小玲盯着丫丫的眼睛，似乎想从里面找出破绽来。丫丫说，真的，我没有撒谎，我要是骗你了，叫车轧死。

不要赌咒发誓了，赵小玲说，事情就这么巧啊，你进了山，就发生车祸了，路就堵车了，堵了一整天？做人能不能诚实一点？

丫丫不再说话，就去水龙头上放了水，哗哗地洗着脸。这个丫头子越来越不像话了，满嘴的谎言，我都不敢叫她带孩子了。赵小玲对哗哗地翻着报纸的表叔说。

没有你说的这么严重，说不定真的发生车祸了呢，进南山的那条路有问题，经常发生车祸，有时候一堵就是大半天。表叔到底同情丫丫，给她打着掩护。你好好包庇她吧，哪天她把你卖了你还要给她数钱呢，这个丫头我越来越不放心了。赵小玲在房里走着说，我们搬家后，就让她赶快滚吧，这个家里不敢再留她了。表叔用商量的口气说，叫她到哪里去啊？丫丫说过她不愿意回老家的。她要留在城里。我看她最近在网上学习呢。赵小玲生气地跺着脚说，你讲得轻巧，留在城里干啥啊？继续给人做保姆吗？谁敢要啊？你看她的眼睛越来越会勾人了，万一把哪家的男主人勾引了，你怎么给她父母交代啊？你能负得起责任吗？听赵小玲说得越来越难听，表叔忍着声说，你能不能小点声，叫丫丫听见了，多伤人家自尊啊。丫丫和远远的感情深，远远上幼儿园了，让她接送上幼儿园。你上班忙，我后面的工作也忙，让丫丫再干几年吧。你脑子进水了啊？赵小玲说，你要是对她有感情了，那就让她给远远做后妈，你一直占着她，你们两个在新房子住，我和远远另外租房子吧！表叔想不到赵小玲会这么理解问题，他想驳斥几句，但又怕丫丫听见了，便恨恨地在心里骂道，真的是有病啊，跟一个小丫头吃醋，这女人不讲理了麻胡了，简直比糨糊还要糨糊。

待屋里安静了，丫丫进了房，远远已经睡了，赵小玲躺在床上玩手机，表叔在灯下看书。丫丫像流浪猫一样逃进阳台上自己的巢穴。我该去哪里呢？丫丫看着窗子上闪烁的灯光，突然想起了大胡子，她摸着那台黑色的笔记本电脑，泪水哗哗地流出来。

表叔搬家那天选了个好日子，放了一长串鞭炮。丫丫第一次走进这个豪宅，眼前一亮，路都不会走了。房子里绿色植物长得茂盛，像是把山里的树搬到了家里，电视墙旁立着一个水族箱，不知道在那些漂荡着水草的缸里游来游去的是什么种类的鱼。远远也拥有了自己的独立房间,丫丫在这个被阳光照耀的房里默默看着,天花板上贴着蓝色的壁纸,像是给屋顶镶嵌了辽阔恢宏的天幕,一弯皎洁的月亮旁漂着一只小船,一个孩子在船上望着丫丫。不要看我!丫丫挪开目光,看着远处一栋栋不停长高的楼房。胡致远特别高兴,他光着脚丫子在房里跑来跑去,地板上摆满了玩具,篮球足球电动汽车魔方拼图童话书,胡致远的人生掀开了新的一页。

丫丫擦净阳台上那面大落地窗,擦了四间房子的玻璃窗,擦了客厅卧室书房家具上的灰尘,把地板拖得几乎可以照见人影了。一整天在忙碌中就过去了。赵小玲似乎被丫丫的勤劳所感动,她指着门口堆积的纸箱子对丫丫说,这些废品你叫收破烂的拿去卖了吧,卖多少钱都是你的。丫丫解了系在身上的围裙说,小玲姐,你自己卖吧,我走了。赵小玲说,你卖了还能挣十几块钱呢。丫丫说,这钱是你的,这破烂也是你的,我不能拿。丫丫走到电梯门口被表叔叫住了。表叔说,丫丫你去哪里啊?这么晚了,都十点了,今晚就住在这里吧。丫丫说,我回白庙村啊,我认得路。表叔说,白庙村的房子乱糟糟的,没法住了,你今晚就住在这里吧。胡致远跑出来拉着丫丫的手说,姐姐,你就住我们家吧,这里多好啊,房子多大啊,你还要送我上幼儿园呢。丫丫抓着胡致远的手说,姐姐要回去了,姐姐有时间再来看你。上幼儿园要乖啊,乖了老师会给你奖励好多好多玩具的。胡致远说,姐姐你不要走,晚上你要给我讲故事呢,我的房子你看多么漂亮啊。不了,姐姐要走了,姐姐还要找工作呢。丫丫摁了电梯上的按键。表叔对站在门口的赵小玲说,就不要让丫丫回白庙村了,那么远,她又不知道路,先住下再说吧。赵小玲似乎没有听见,她走到电梯前拉着胡致远的手说,远远乖,姐姐要回去呢,远远明天要上幼儿园呢。胡致远拉着丫丫的手说,姐姐陪我睡觉,姐姐给我讲故事。电梯的门开了,丫丫的手被胡致远紧紧拉着。姐姐要回去呢,姐姐明天来看你。丫丫摸着胡致远的头说。赵小玲掰开胡致远的手说,放开,姐姐要回去呢,回去晚了,姐姐会害怕的。赵小玲扯着胡致远的手,丫丫看胡致远挥着另一只手,呜呜地哭着。电梯门砰地张开了,丫丫的身子被吞进去,电梯呼呼喘着一路下行,丫丫看着玻璃上映出的自己的脸,脸上还有夺眶而出的泪水。

十一

丫丫在村口见柱子和几个人裸着上身在夜市吃烤肉,地上东倒西歪地躺着十几个啤酒瓶。柱子也看见了趔趔趄趄的丫丫,他手里举起一瓶啤酒叫道,小丫,来喝一杯吧。丫丫说,我要回呀,不早了。柱子往嘴里灌着啤酒说,回家也是你一个人,吃点烤肉吧。空气里荡漾着烧烤的气味,一股股青烟游荡在巷子里。来吧。柱子扯过丫丫的手,将丫丫按在自己身旁的凳子上。喝!柱子给丫丫倒了一塑料杯啤酒。丫丫看着咕嘟咕嘟泛起的泡沫,一仰脖子将它们灌进了口腔。

你叔的房子阔气吧?柱子给丫丫的杯子里又倒满了啤酒。

四室两厅两卫,一百四十多平方米。丫丫漠然地说。

你叔很有钱嘛,给他送礼的人多得很吧?柱子偏着脑袋问坐在身边的丫丫。他的小伙伴也跟着起哄,争相说着道听途说的秘闻,什么点钞烧坏了十几台点钞机啦,茅台酒倒进下水道啦,金条冷冻在密封的鱼肚里啦,豪宅多得数不清啦。

我叔干净得很,他要是豪宅多得数不清,还用租你家的房子住吗？丫丫望着空气里飘浮的黑色颗粒，竭力替表叔辩解着。

贪官狡猾得很，越贪装得越廉洁，演得比我们穷人还穷呢。柱子和他的小伙伴碰着杯，空气里荡漾着刺鼻的气味。

不觉间到了凌晨，小伙伴们打着酒嗝，勾肩搭背地穿行在暧昧的夜色里。柱子拉着丫丫的手说，我们也回家吧。小伙伴们一个个奸笑着。那光头道，柱子要上战场了，要是打不过，喊我们过来帮忙啊。其他人笑得身子像是被风吹乱的青烟。丫丫抽了抽自己的手，柱子攥得很紧，如同抓住了一把急于逃走的钱币。

丫丫醒来见身边躺着光溜溜的柱子。她记不得夜里的事了。她晕乎乎地被柱子拉到二楼的房间。柱子脱她衣服的时候，她似乎连反抗的表示都没有。她记得这是第二次了。最早那次是在南山的农家乐。柱子开着车，带着她和自己的老乡。那个老乡和柱子在同一个饭店打工。那天他们爬上山，在茅屋边铺开一张塑料布，摆上了啤酒火腿肠锅巴榨菜和面包。老乡的酒量太惊人了。两瓶啤酒下肚，她就满嘴的脏话。老乡骂男人、骂女人。丫丫觉得羞，老乡嘴里迸出的话太脏了，脏得人都怀疑她是不是女人。丫丫喝了两杯啤酒，觉得身子如蝴蝶般飘飘然的。她采了一把野花回来，见老乡抱着柱子在草地上翻滚。丫丫不明白他们滚来滚去有啥意思，她在阳台自己的小巢里，听见表叔和赵小玲常在夜间吵闹。起初她不知道他们到底为啥，后来听的次数多了，渐渐有些明白了。每次表叔的表现都不好，赵小玲最高也就给他打三十分。你赶紧找吧，烦死我了。表叔居然支持赵小玲尽快找一个。但赵小玲到底找没找，丫丫并不知晓。丫丫觉得生活似乎有了危险的苗头，就暗暗期盼表叔能好好表现表现。但丫丫的心思表叔一点也不配合。他经常睡在客厅的沙发里。现在目睹着柱子和老乡在草地上嬉戏，丫丫的心情突然糟糕到了极点。她望着湛蓝的天幕上游荡的白云，一瞬间觉得自己像失去了天空的鸟儿，茫然间不知该飞往何处。

老乡也许是酒喝多了，不一会儿就鼾声大作。柱子将编织的花环戴在丫丫的头上说，我喜欢你，做我女朋友吧。丫丫说，我老乡不是你女朋友吗？柱子在背后紧紧搂着她说，不是的，她男朋友有一打啤酒那么多。丫丫躲着说，我不是随便的女孩，我不会像我老乡一样。柱子的手已经伸进了丫丫的衣服里。丫丫挣脱着，逃出了身子。柱子说，你好保守啊，现在都啥年代了，你咋还这么保守呢？

丫丫哭哭啼啼的，柱子就醒了。

柱子说，不要哭嘛，我是真的喜欢你。

丫丫说，你是个流氓，我要告你！

柱子说，你情我愿的，你告我啥啊？

丫丫看着床上的血迹说，我要告你。

柱子抽着烟，目光停留在花瓣样的鲜血上说，我真的要娶你做老婆，我家这么多的房子，哪一样都比你们农村强。

丫丫穿好衣服，将沾着柱子体液的内裤装进了包里。

十二

抱着吉他在钟楼地下盘道自弹自唱的大胡子睁开眼，看见丫丫痴痴地站在他面前。周依伦，丫丫说，你弹得真好，可惜这些人不会听，连脚步都不舍得停。周依伦拨动着琴弦说，你看这涌动的人群，像是被一股力量裹挟着，谁有时间停下脚步听一个疯子唱歌啊？丫丫看着琴盒里凌乱的几张钞票说，不要弹了，我们去麦当劳坐坐吧。周依伦便收了琴，将琴盒里的钞票归拢了，放进他身旁跪着的乞丐的破碗里。那年老的乞丐咚咚磕着头，慌慌地将钱收进了衣袋里。丫丫不由得多看了他几眼。出了人潮汹涌的地下盘道，两个人进了开元商场一楼的麦当劳餐厅。丫丫给他点了一份巨无霸麦当劳套餐，给自己点了一杯可乐。看周依伦贪婪地啃着鸡腿，丫丫问，你知道上大学还有冒名顶替的吗？周依伦被噎着了，喝了几大口可乐说，这种事在过去多了去了，拿着别人的通知书顶着别人的名义去上学，但现在都在网上录取，没人敢弄了。丫丫问，这种事情违法吗？有人管吗？周依伦擦了擦嘴说，当然违法了，你没有考上，你顶替人家考上的上了大学，然后国家给你安排工作，从此后两人的命运就产生了天壤之别。怎么了，你被人顶替了？哪里啊，我哪能考得上啊？丫丫又给他点了一份套餐说，我是真的没有考上。丫丫看了看周围，便悄声说了自己的姐姐赵小玲的事。我怀疑我姐姐被人顶替了，而那个人就是我现在的雇主，我表叔的老婆。丫丫愤愤地说着。你确定吗？周依伦问。起码有百分之八九十的把握。接着丫丫便讲了赵小玲和她表哥之间的对话。那些杂种太可恶了！周依伦说，这件事包在我身上吧，我有几个同学当记者，他们正愁没有猛料呢。丫丫想着疯疯癫癫的姐姐，抽泣着说，你一定要帮帮我姐，我姐太冤了，我们太可怜了。周依伦递给丫丫一张餐巾纸说，他们会得到惩罚的，那个假冒你姐的人享受了十几年，也到了该偿还的时候了。

  丫丫将一千块钱塞给周依伦说，全靠你了，我在城里就你一个朋友。周依伦推辞着说，咋能要你的钱？我肯定帮你，你也是我唯一的好朋友。丫丫将钱塞进周依伦的琴盒里说，你唱歌又挣不了钱，这就当作我的一点心意吧。

周依伦抓着丫丫的手,他的眼睛湿润了。

十三

真的是我的吗?柱子摸着丫丫的肚子问。

滚开!丫丫打掉柱子不安分的手说,不是你的还是谁的啊?就你一个人强迫过我,在南山上你摸了我,九月二十五日你欺负了我,九月三十日你又欺负了我,十月二日你欺负了我三次,十月九日早上你欺负了我一次,中午在你房间又欺负了我一次,你可真够流氓无赖的,你都忘了吗?

你把时间记得这么牢,还有年月日啊?柱子说,丫丫你太可怕了,我都怕你了。

我不记时间能行吗?我怕你不认账了。丫丫摸着柱子卷曲的头发说。

你说咋办吧?丫丫扯了扯柱子的头发说。

流了吧。顿了半晌,柱子说,我给你买个药,吃,就流了。

我害怕。我不敢。听说有些女孩吃了药不停地流血,最后流死了。丫丫像拔草一样薅着柱子卷曲的头发。

不会的,药一吃就好了。柱子的头发在丫丫胸前晃动着,像是一蓬乱糟糟的干草。

你经验丰富得很嘛,你欺负了多少女孩?丫丫的拳头敲打着柱子的脑袋。

你是第一个。柱子说。

你以为我是一岁小孩啊?我老乡你没欺负过?你哪一个月没有换人?丫丫说。

她们是看上我的钱了。她们都往我身上扑。咱们俩好了后,我就再也没有找过别的女娃。柱子老老实实地交代。

我要生下来。丫丫的话惊得柱子坐了起来。

生下来咋办?你一个人能养大吗?柱子眼里发出惊讶的光。

咱们一起养啊。丫丫说,我早想要个孩子了,我特别喜欢孩子,不管是男孩还是女孩。

你自己还是个孩子呢。柱子说,我可不想这么早就养孩子,我还没有玩够呢。

你还玩啊?你都二十五了,你以为你还小啊?不要孩子,你一直都长不大。丫丫像个大人一样教训柱子。

关键时候还得靠表叔哩。

那天,双方父母在柱子家一楼的客厅见了面。

房东也就是柱子爸强调说,柱子还小呢,犯了错误,给丫丫几个钱打掉算了,生下来干啥啊?名不正言不顺的。

柱子妈强调,我们村的男娃很少找村子以外的女娃做媳妇。找了个外地的农村的,平白无故地比别家少好多钱呢,村里的福利啊分红啊,都是按照本村人口算,外来的村上根本不给算。

柱子爸严肃地指出,男女这种事情你情我愿的,又不能怪哪一个,女方不愿意,男方能弄成吗?再说了,还不一定就是我们家柱子的呢。

柱子妈严肃地表示,我们不会娶外地农村女子做儿媳妇,那样还不叫人笑话死啊!

待柱子的爸妈讲完了他们的道理,表叔开讲了。

表叔强调道,丫丫第一次就是被你家柱子强暴的,丫丫没有报警,就是对柱子的宽容。如果不信,可以做 DNA 鉴定啊,如果定性为强奸,事情就不好办了,强奸犯是要判刑的,最低三年。

表叔郑重地强调说,我最看不得你们这种陋习了,本村的男子只娶本村的女子。你们知道为啥你们村的傻瓜痴呆儿多吗?就是因为长期在一个狭小的圈内循环通婚。

表叔最后指出,柱子比丫丫大六岁,丫丫漂亮又能干,善良又孝顺,如果做了你们的儿媳妇,你们这辈子算是有享不尽的福了。现在政府已经发了规定,嫁到城中村的女子,享受本地村民的一切待遇。其他事情我就不说了,你们自己斟酌吧。总之,我不允许丫丫遭受别人的欺负。这是绝对不允许的。

表叔发表完重要讲话,重重地拍了拍桌子。

表叔到底是长期看新闻联播的人啊。

那天的谈判丫丫的爸爸妈妈也在场。妈妈搂着丫丫,脸阴得能滴出水来。爸爸一个劲抽烟,自始至终只说了一次话,我女子还愁嫁不出去吗?镇长的儿子都托人提了几次亲了,人家一张嘴就是十万块钱彩礼,我稀罕把女子嫁到你们村里吗?但你们家娃欺负了我女子,得给我们一个交代。

柱子爸和柱子妈再强辩的时候,柱子奶奶出现了。她用拐杖捣着地板说,丫丫这么好的女子你们到哪里去找啊?我便秘一个星期上不了厕所,要不是丫丫我都憋死了。她拿手给我掏,掏了好多回,我的儿子孙子谁给我掏过啊?她给我捶背,给我洗脚,听我唠叨,你们哪一个有丫丫这么好?奶奶拿拐杖指着柱子爸说,你一天光知道打麻将、跳舞,你管过柱子吗?丫丫嫁给柱子,丫丫都亏了。她又对柱子妈说,你嫁过来的时候还不是农村的吗?咋你现在还看不起农村人了?

柱子，你愿意叫丫丫给你做媳妇吗？奶奶问靠着门框吸烟的柱子。

愿意，我一万个愿意！柱子跳着说。

国庆节这天丫丫和柱子结了婚。

表叔那天很给力，请了几个重要领导在婚宴上讲了话。其中一个还是派出所的领导。这些领导一讲话，大大提高了丫丫的地位。村人都知道丫丫在市上有几个当官的亲戚，那些街坊邻居也对丫丫客气多了。丫丫的肚子不经意间挺了起来。后来，丫丫生下了一个男孩。柱子的爸妈很高兴。倒是丫丫懂事理，从不以功臣自居。

在表叔的帮助下，丫丫的户口从老家迁到了西安。看着自己的西安市居民身份证，丫丫的眼睛湿漉漉的。

十四

在丫丫不抱指望的时候，周依伦打来了电话。他说，经过多路记者的秘密调查，事情搞清楚了，你姐当年确实被人顶替了，那个假赵小玲很快就会被处理的，而操办此事的一系列官员估计都会被处分。

丫丫激动得连连说着谢谢。周依伦说，不要谢我，要感谢你自己。丫丫问，你在哪里呢？大半年没有动静，我还以为你也骗我呢。周依伦说，我一直没有暴露你，也不让你介入，是怕那些人报复你呢，记者他们就不敢了。你在哪里啊！我要见你，丫丫急切地说。你还可以代你姐去法院告张小花，让她赔偿你姐的损失。周依伦最后说，我在北京，我要去唱歌了。在一阵嘈乱中周依伦挂了电话。

丫丫在幼儿园门口等到了接孩子的表叔。表叔说，昨天的报纸你看了吧？丫丫说，看了，我也是才知道的。表叔说，单位要处理你小玲姐，她也许将来啥都没有了。丫丫冷笑着说，她不是还有你吗？你好歹毒啊，表叔盯着丫丫说，你来我这里做保姆就是为了调查你姐被假冒的事吧？你小小年纪太可怕了，你这次害了多少人啊！丫丫愤然说道，表叔，你把我想得太厉害了，我是看了报纸才知道的。如果我姐当年不是被张小花顶替，我姐现在不是也过着她理想的生活吗？丫丫把毛绒玩具递给远远说，远远长帅了，远远长高了，远远想姐姐吗？远远将毛绒玩具扔在地上，拿脚狠狠踩着说，谁稀罕，你这个坏女人！上大班的远远突然冲着丫丫骂起来。这段时间那个张小花每天都在咒自己吧，不然，胡致远会说出这样的话吗？丫丫说，表叔，你们每天在家里都这样骂我吧？表叔说，没有呀，远远从来没有说过脏话，今天不知道是咋了。丫丫躲着胡致远水枪朝自己喷射的水柱说，你们摸着自己的良心想想，你们做得对吗？张小花假冒我姐上了大学，我姐才是最大的受害者，我姐疯了，你们凭啥还这么理直气壮呢？丫丫抹着脸上的水珠说，表叔，你的良心也叫狗吃了，人在做，天在看。我可怜你们。

柱子开着车，丫丫抱着儿子康安，车辆朝着老家的方向狂奔。车子驶入终南山隧道时，丫丫接到了张小花打来的电话。

她想干什么呢？

被背叛的遗嘱

前 言

你给我写个传记吧。

张石磊对我说的时候满脸充溢着憧憬。有啥写啥，正面的写，反面的也要写，不溢美，不隐恶，你只管放开写就是了，一定要写得像我，不能把我写成了另一个人，变成四不像了。他说这话的时候，我以为他开玩笑呢，他们这类人的话哪能句句当真。不料几天后，我银行卡上就收到了他预支的稿费。这个人啊，还真当真了呢。

那段时间，关于他的传说沸沸扬扬。有的说他被有关部门叫去谈话了，涉及一桩官员的腐败案；有的说他已移民加拿大，过着花天酒地的生活；有的说他在五台山出家了，法号悟空；有的说他得了绝症，一个人逃遁到了秦岭深山；有的说他被人谋杀了，尸体被灌进了桥墩；更有甚者，说他把自己冷冻了，待下一个世纪醒来。

张石磊突然从世界上消失了。

他曾给我列过一个长长的名单，我一个个去寻访他们吧。

一、你做的都将是你的墓志铭

讲述人：张学有

身份：张石磊的同学

你找我还真找对了。我一生下来我爹妈就给我取名叫张学有，意思是啥都有啥都浑全，他们老农民哪知道那个唱歌的张学友啊。再说了，这个名字谁都可以叫，又不是谁的专利呢，我还有一个同学和国家领导人同名呢。

这房子当然不是我买的。我能买得起吗？亏你敢提这个问题。要是十年前我二十五岁的时候买了就好了，那个时候房价才每平方米一千多元，现在，我的妈呀，六千多了，你说我能买得起吗？我这一辈子都买不起了。不过我也不用买房子了，房子对我而言没有一点用处了。你看我租的这个地方，十平方米，进屋子就得开灯，楼上没有厕所，楼下倒是有个厕所，但是房东不让上，那是人家一家人的专用厕所，每天锁着门，钥匙挂在人家屁股上。有时候拉肚子实在来不及了，我就在房子里解决，装到塑料袋里，或者夹在报纸里。要是心情不好了，就从五楼直接扔到对面的楼顶上，或者扔到楼下的菜市场，反正又没有人看见。我当然不愿意在自己屋子里拉屎撒尿了，但我也是被逼得没有办法啊。村子口倒是有公厕，上一次一块钱，办个卡的话一次五毛钱。你说说，我把肥料贡献给人家，人家反而向我收费呢，真的一点道理都没有。就这样一个烂地方，房租费一个月就得三百多块钱。房东还老叫嚷着要涨价呢。

谢谢你能听我讲一大段题外话。现在开始切入正题讲张石磊吧。

呸！我为有张石磊这样的同学深感耻辱！如果你了解张石磊的发家史、成长史、暴发史、爱情史、腐败史、堕落史、犯罪史，也许就会改变你狭隘的看法和不与时俱进的观点。张石磊和我一个村，我们曾是同班同学，小学初中高中大学都是，他上初中成绩一直不如我，到了高中，他一直徘徊在班级二十名以后，而我，一直是班级前三名。他经常抄我的卷子，有时候抄得都忘了改名字，直接把我的名字就写上了，我都不好意思。你评评理，就这个智商，人家后来成了杰出企业家、政协委员、商会主席、杰出青年、慈善家，这还有天理吗？我原来相信善有善报，恶有恶报，不是不报，时候未到，现在我不相信了，他妈的，纯粹是骗人呢！

高考的前一天他请我在镇上吃了一顿烤肉喝了几瓶啤酒，也许是我长时间没有吃烤肉喝啤酒的缘故，那晚上我吃得太多了。又也许是我们神经绷得太紧的缘故，据张石磊说，那个刮着大风风中还飘洒着黄沙的傍晚，我们吃了一百二十串烤羊肉、二十串烤牛肉、五十串烤牛鞭，喝了四瓶子黄河啤酒，结果当天晚上我回到家就拉肚子。第二天我进考场就想上厕所，到了厕所却拉不出也尿不出，但是一到教室，就又想拉屎撒尿，但是到了厕所却又一点屎尿也没有。邪门了，我怀疑张某人给我下了毒，不然能出现这么怪异的事情吗？我就不管了。我不信会拉到裤裆里。我就想认真地答题。谁知道憋不住了，哗啦啦地拉到了裤裆里。你想啊，呼啦啦的，就跟放开了闸门似的，屎尿顺着裤腿往出流，就像我身体里流出了一条汹涌的河流，似乎要流出教室，流过楼梯，流到学校的操场上。那个阵势啊，像是黄河决了大堤，屎尿咆哮着，席卷了树木牛羊庄稼房屋人群，浩浩荡荡地、一直不停歇地往前流，太壮观了，黄河之水天上来，奔流到海不复回。

你认为我在编故事吗？

你这个人一点想象力也没有，一点艺术性思维都没有，你这么呆板教条僵化呆滞，难怪写不出名。你老是把手在脸上搓，搓得那么响亮，你不怕把脸皮搓掉吗？你把本来就不聚光的眼睛瞪得那么圆那么亮，不怕眼珠子跑出来吗？那次高考我创造了奇迹，创造了一条可以跟黄河相媲美的河流，我给它取名叫黑河。此后的光辉岁月里，这条臭名昭著的黑河一直跟着我，它越来越混浊，越来越阔达，简直可以用波澜壮阔来形容了。我郁闷的时候、不得志的时候、被人侮辱的时候，那条河就出现了，它咆哮着怒吼着狂奔着，从我的身体里倾泻而出，摧毁一切阻碍它的事物，席卷着汽车楼房大礼堂大广场大银行。呵呵，我身体里永远奔腾着一条河流，一条携带着屎尿及愤怒的河流。

你不要认为我的脑子有毛病。我的脑子好得很，一点问题都没有。我能背诵李白大部分的诗，辛弃疾的词我基本都背过，鲁迅的《野草》我能全文一个标点符号都不错地背下来，你行吗？所以，请不要说我是疯子，说我的脑子坏掉了，谁这样说就是侮辱我的智商。谁见过疯子精神病会背诵鲁迅先生的文章？我估计你连鲁迅都没有读过，一个连鲁迅都没有读过的人有啥资格审问我呢？笑话，天大的笑话！

当我沉默着的时候，我觉得充实；我将开口，同时感到空虚。过去的生命已经死亡，我对于这死亡有大欢喜，因为我借此知道它曾经存活。死亡的生命已经腐朽。我对于这腐朽有大欢喜，因为我借此知道它还非空虚。中国一向就少有失败的英雄，少有韧性的反抗，少有敢单身鏖战的武人，少有敢抚哭叛徒的吊客；见胜兆则纷纷聚集，见败兆则纷纷逃亡。战具比我们精利的欧美人，战具未必比我们精利的匈奴蒙古满洲人，都如入无人之境。"土崩瓦解"这四个字，真是形容得有自知之明。心事浩茫连广宇，于无声处听惊雷。

你们这些耍笔杆子的听过吗？傻眼了吧！你们以为我是疯掉了，其实，在我的眼里，大多数人都是疯子，一群疯子而已。这个张石磊还给你们报社捐过钱，听说有七位数呢，还给你们送过锦旗，上面写着"铁肩担道义"。我的天，你以为我不知道啊。他那个厂子生产的东西你们敢吃吗？你到我们村上的那条河去看看，水里还有一条鱼吗？河边的庄稼地里连草都不长了。那可是我们柳镇的母亲河啊。我和他小时候还经常在河里游泳呢。我们放学回来总要先在河里洗洗澡，他可怜得只会把头扎进水里，像一头顾头不顾屁股的猪。我有时候嘲笑他，给他的屁股上美美踢一脚，有时候就把他的裤子踢烂了。他的裤子当然容易烂了，屁股在板凳上磨得光溜溜的，裤子就磨出了两个洞，像是屁股上长了两只眼睛呢，他走路你能看到他的屁股蛋子一晃一晃的，他那个时候老穿着一条花内裤，嘿嘿，我们家里穷，我们就不穿内裤。唉，我们家乡的小河就叫那个忘恩负义的杂种给糟蹋了，就像有人朝水里撒了一泡尿拉了一泡屎，那水就永远不是水了。我的父亲母亲大伯二伯都没水吃了，他们只好到深山里背水吃，家家户户弄了一个大水缸，把从山里背回来的水装进大缸里。那山里的水好啊，跟矿泉水一样，生喝最好了。张石磊把我们祖祖辈辈赖以为生的水源给污染和破坏了，你们说，他该当何罪？查一冰在网上发了几个帖子和几张图片，张石磊就告人家诽谤，说查一冰破坏了他企业的声誉。他一报案，派出所就受理了，他们不辞劳苦地在张某人公司人员的陪同下去了广州长沙，还去了黄山华山九华山，最后到了南京中山陵，又到了福建的普陀山、三亚的天涯海角、苏州的园林，最后他们不知道在哪里抓住了查一冰，网上的帖子被他们删得干干净净。查一冰关了几天写了一封道歉信给放了。嘿嘿，既然查一冰的罪名不存在，你们错了，并且错得非常离谱，就应该给人家道歉吧？就应该追究相关责任人的责任吧？但至今都没有给人家查一冰一个明确的说法。

那件事将张石磊永远钉在了历史的耻辱柱上。

他至今都藏着掖着呢，至今都没有给组织坦白交代，这种人组织怎么能相信呢？这件事比他的企业污染我们水源还要可怕还要严重得多，但这件事就是没有人追究。我本来也不想追究，可如今到了这个地步，我决定不放过他，彻底地向你们揭露他卑鄙无耻的嘴脸。你要认真记录啊，要给组织如实汇报啊，一定不能让这种投机分子的阴谋得逞。好，你认真听着，我开始讲了。

你年龄小，估计那年你还没有出生呢，估计你连听都没有听说过呢。那天的风大得能把人吹上天，幸亏我们人多，风才没有敢把我们吹起来，我们手里举着小旗子，风把旗子吹得呼啦啦响。我们咬着冷冷的牙，像是一群走在无人旷野上的狼。班长走在队伍的最前列，他手里的旗帜举得最高了，哗啦啦的，像是一支呼啸的燃烧的火把。班长说我们要保持队形保持良好形象，张石磊昨天中午至今都没有吃饭呢，他是我们团支部的宣传委员，我们班上的小旗子都是他亲自去外面定做的，不像别的班级，每个人手里的旗帜不统一，乱糟糟的，我们班上的旗帜都是一模一样的，我们像一支训练有素纪律严明的部队。班长为此表扬了张石磊。但事情偏偏出在张石磊身上，张石磊说他饿了，说他从昨天中午忙碌到今天中午还没有吃个饱饭呢，说他肚子里面叽里咕噜地响呢。班长说，你忍忍吧，我们都没吃呢，谁能想起来要吃饭呢？我们到街上走一圈就回来了，忍忍吧，坚持坚持吧。但张石磊说他实在坚持不住了，再坚持再忍受就会死人的，他的肠胃就会饿得自己爬出来找吃的，那个时候出啥事情谁也料不到谁也控制不了。班长是个深谋远虑的人，自然没有答应张石磊的无理要求。队伍缓缓向前行进着，路过一家面包店时，张石磊突然挥着小旗冲进了店里，他抓了几个面包就往嘴里塞，店主不干了，和他撕扯起来。队伍里很快就冲出几个人，他们将店老板打翻，将一袋袋面包纷纷抛向街面。你能想象到天上落面包的情形吗？路人像抢钞票一样争抢着天上掉下来的面包。我们的队伍彻底乱了，路人也加入了抢面包的行列，有的迫不及待地冲进了店里。是啊，胸中的气已憋得太久了，肚里的火已实在忍不住了，谁能冷静得下来呢？谁能无动于衷呢？平时那么多规矩束缚着，现在好了，有人带头去除了盔甲，干啊，好好干一场。队伍彻底散了，我们像一群乱糟糟的蜂，像一团乱哄哄的蚂蚁，班长拼命挥动着旗帜，他的嗓子喊哑了，但是这时候还有谁能听进去？人变成了丛林里逃出来的狼和虎，你想想，它们能受控制吗？过后，我们的班长被几个穿制服的人带走了。那年，我们有写不完的检查，写不完的自我证明，再过后，我们的班长就不见了，毕业也没见他，不知道他到哪儿去了。后来听说，我们的班长被放到一个偏僻的村庄当老师去了。听说他一直独身，一直独身。后来听说他养了几头野猪，做野猪和家猪的杂交实验呢。我一直想去看望他，但实在抽不出时间，今天拖到明天，明天拖到后天，总以为时间多得是，想不到没有时间了。

这怎么和张石磊没有关系呢？

他是第一个带头冲进商店里的，他是第一个搞破坏的，如果定为犯罪，他就是第一个实施犯罪暴行的。他起了一个很坏的头。那个局面和阵势我们的班长当时确实控制不了。事实证明，那些冲进商店搞破坏的都是社会上的闲散分子，都是社会上的无业游民，他们混进了我们的队伍，我们的确是幼稚的，加之张石磊起了一个很恶劣的头，事情的发展就无法控制了。

你们说没关系，就没有关系吗？我是见证人啊，这么多年过去了，我一直没有忘。张石磊要给班长道歉，但他一直没有做。事后班长主动承担了所有的责任。即使这样，张石磊还给学校和有关组织报告，详细列举了我们班长所谓的种种罪行，诸如班长过激的言行、班长不符合主流的思想，诸如班长与某些人来往密切，诸如班长如何策划如何搞事，等等。他把所有的事情都赖到了班长的头上，班长一一认了。班长原本是有个好前程的啊，他连续四年被评为优秀班干部。按规定，毕业分配可以优先选择好单位啊，机关事业单位，随便选啊。班长要是进了机关，按照他的智慧他的智商，现在估计最低也是厅级干部了吧，呵呵，这一切因为张石磊，便化为乌有了。你说，这没有关系吗？张石磊还将班长的十几本日记偷出来，交给了组织；还将班长与一些人的来信也偷出来，交给了组织；还将班长看的一些书，书上某些重点文字画了线做了眉批，交给了组织。你说，张石磊这样陷害同学也算前无古人后无来者了吧？他当然得了好处，毕业分配进了洛城一家中字头的企业。

张石磊到企业一年后就当了团委书记，这进步够神速的吧？也该这小子运气好，企业那几年正倡导能者上、庸者下、劣者汰。企业面向全厂，拿出几个职位进行公开竞聘，这其中就有团委书记一职。张某人到底在学校当过宣传委员，嘴皮子上的功夫还是一套一套的。他在竞聘大会上慷慨激昂抑扬顿挫，讲自己如果当选为团委书记，将如何如何，一要二要三要四要，列举了五六条举措，现如今我都不清楚他那些骗人的鬼话是如何赢得厂领导一班人的信任的。他没有任何悬念地成为建厂三十年来最年轻的团委书记。当了团委书记，张石磊就经常到车间检查工作。不久，他就与车间一个爱写诗的女工陶建芳好上了。一米七五，披肩发，细腰，臀部圆鼓鼓的，胸很大，走起路来一颤一颤的，每天专门有人等在厂门口，就是为了看那个陶建芳一扭一扭地走出来。

陶建芳和张石磊好上了，我是很久以后才知道的。那个时候陶建芳的肚子已经很大了。那时团委书记还住在集体宿舍里，一个宿舍住了三个人，他的办公室也是集体办公室，很多事情很不方便，他只好去车间寻找幽暗的角落。陶建芳的肚子越来越大了，但是据说团委书记还没有最后下定决心。你想想啊，陶建芳是个临时工，临时工要转为正式工，太难了，厂里同意了还不行，还必须报上级单位批准，在上级单位里没有强硬关系，能得到批准吗？我相信那个时候张石磊的内心是矛盾着的，极端地矛盾。他经常喝酒，一个人在夜市摊上喝啤酒，经常把自己喝得醉醺醺的。有时候他在录像厅通宵看录像，一张票两块钱，都是香港的武打片、凶杀片、黑帮片，20世纪90年代流行的就是这种片子。你走到街上，满街道都是打打杀杀的声响。张石磊好多夜晚都是在录像厅里度过的。他看完了片子就去找陶建芳。有时候陶建芳在上夜班，有时候陶建芳下了班之后在宿舍睡觉。出身农村的陶建芳已经单方面把订婚的日子敲定了，他也见了陶建芳的父母，那一对老农啊，亲自给他泡茶，给他点烟，完全把他当作一个大官对待了。他们当然不知道团委书记是多大的官员，还以为是县委书记呢。我们厂是县团级，团委书记是正科级，石磊的级别和市上的各局局长一般大。陶建芳这样介绍自己的未婚夫。乖乖！陶建芳的父母吓坏了。他们见过的最大的官也就是村主任，并且村主任也不是想见就能见的，何况局长县长市长书记啊。他们看张石磊的眼神就像看着大慈大悲救苦救难的观世音菩萨。

唉。

啊，那个张书记啊，你想办法把芳芳的户口转到市上，再想办法把芳芳转成正式工，你们厂子大，每年都有转正指标，这对你来说简单得很，芳芳都是你的人了，你看芳芳肚子越来越大了，赶紧把婚一订，就算把这事明确了，把关系明朗化了，再挑个日子赶紧结婚吧，最好在国庆节，这个日子好呢，普天同庆，不敢再拖了。

你听听，陶建芳的爸爸虽然和张石磊的爸爸一样都是老农，都是修理地球的高级工程师，但人家这个老农讲出的话就很不一般啊。可你知道张石磊是怎么想的吗？张石磊想到如果陶建芳不能转正，自己就要和这个临时工女人过一辈子，他当然不甘心。可是陶建芳已经为他打了几次胎了，连见钱眼开的小诊所的大夫都忍不住劝说，这个留下吧，不敢再打了，再打你老婆一辈子就怀不上了。张石磊听了这话，却觉得人家在骗自己，还责怪说是陶建芳勾引自己，觉得如果陶建芳转不了正，自己娶了她，将来会限制自己的发展。

但是陶建芳这个傻女人却不这么认为。她说，转不了正也没啥啊，我还有手艺呢，我学过理发，我在街上开个理发店，那不是也很好吗？那比每天上夜班过着黑白颠倒的日子好呢。再说了，干个临时工有啥意思嘛，发福利正式工有，我们临时工没有，干一样的活，拿的工资比正式工少一大半，还经常被人歧视，干这个临时工有啥意思呢？

张石磊才不这么想，他一想到自己的老婆开个理发店，手每天在别的男人头上摸来摸去的，就突然觉得生活没有了意思，一点意思都没有，没了趣味，无聊，无聊极了啊。

这个时候，张石磊生命中另一个重要的女人出现了，她的出现将彻底改变我们年轻团委书记的命运。

漂亮？呸！这个女人能比陶建芳漂亮吗？我们村里李黑记养的母猪都比她漂亮。不是我贬低她，女人长成这个样子也是够可怕的，但就是这样的女人，被张石磊疯狂地爱上了。

她还是技校的一名学生，来车间实习的时候，碰上了经常以检查工作为名去车间和陶建芳幽会的张石磊。

就在她走神，手指差点被传送带夹伤的时候，张石磊在车间主任的陪同下懒洋洋地走过来了。

张书记，她对即将走过身边的张石磊说，我想入党，申请书交给你行吗？

张石磊的目光在她方方正正的脸盘上倏忽划过，交给车间党支部就行了。张石磊边说边走。

张书记，你好官僚，她说，你这个书记和青年的距离就那么远那么远吗？

张石磊便停下了急匆匆的脚步，目光再次划过她爬着几颗黑痣的脸。他刚要张嘴，旁边有人拉拉他的衣袖对他耳语了几句，他便瞬间换了温和的脸色，走到她的机台边，走到她身边说，当然可以了，你随时可以把申请书交给我，党组织的大门任何时候都对先进青年敞开着，我们是党的后备军，我们是党的先锋队。

张石磊当然永远不会忘记这一天。他记住了他生命中这个值得永远铭记的日子。因为这个女人后来改变了他的命运。与这个女人相关的另一个日子张石磊也永远不会忘记。一周后的某个晚上，他就爬上了这个女人大平原般宽阔的躯体。

那天中午，挺着大肚子的陶建芳看到张石磊像一只饿极了的气急败坏的狗伏在李新丽的裙子里。陶建芳抚摸着自己挺起来的肚子，她感到肚子里的婴儿在用力地踹她，狗，狗狗，混蛋，一群狗，她跌跌撞撞地从五楼下楼，在四楼跌了一跤，身子从四楼的十三级台阶滚到了三楼。她爬起来，脚下流出了一条血河，像是一条血红血红的蛇，她走到哪里，这条蛇就跟到哪里。

陶建芳被送到医院就死了。失血过多，死了。两条活生生的人命就这样没了。你说，张石磊难道不是刽子手吗？张石磊曾经答应过要和陶建芳订婚结婚的，订婚的日子都选好了，酒店都选好了，但因为李新丽的出现，一切都被打碎了。在这场男女的战争中，陶建芳失败了，败得一塌糊涂。

后来的事实证明，我们张书记的选择是英明的、正确的、光荣的、伟大的。要是我，我也会这么选择啊，我也喜欢亲爱的李新丽啊，我们都喜欢。我们喜欢李新丽，不是因为李新丽长得天姿国色啊，而是因为李新丽的爸爸啊。他爸爸是谁啊？我们厂的厂长啊。从此，张石磊的发展走上了快车道。你是不是觉得很俗啊？我也觉得很俗，但这样大俗大雅的故事每天在我们的身边，在我们的土地上乐此不疲地上演着，像是恶俗的肥皂剧，一集连着一集，永远不会落幕。

我们的厂子是倒闭了，但倒闭的原因你根本不知道啊。为啥倒的啊？还得说李新丽的爸爸。李新丽的爸爸很快就调到了省公司。省公司的权力可大了，下属企业的人财物产供销全归他们管理。他们每年给企业下达生产计划，叫你生产三千大箱，你超一箱子都不行。李总对我们这个厂子很有感情，他毕竟是从这里出去的嘛，他对厂子的一举一动都非常关注，就像关心自己的子女一样关心着厂子的发展。张石磊很快就转岗了，从团委书记到了厂办主任，一般情况下，厂办主任最后都会提拔的，最低提个副厂长，副处级嘛。李新丽的爸爸就是从厂办主任的位置上提起来的。张石磊干了一年厂办主任，李总就提议让他干副厂长。你想想嘛，他要学历有学历，要年龄有年龄，各样都符合干部政策。但是在公示的时候出事了。厂里收到了几十封匿名信，据说省公司人事处也收到了十几封匿名信。更可怕的是，一张大字报直接贴在了厂区的公告栏上。那里从早上到下午都有一大批好事者在围观，一传十、十传百，几乎整个厂子都知道了。匿名信嘛，当不得真，要是收拾你，匿名信就是砍你脑袋的利剑；要是保护你，匿名信就是子虚乌有不值一提。那封信给张石磊罗列了八个方面的事项。男女作风当然是主要的了，说他乱搞男女关系，私生活混乱，经常勾搭车间女工，导致一人流产一人大出血死亡。说他品行败坏，当年上大学的时候就诬陷班长，将自己作的恶全部推到班长头上，致使班长替他背了十几年黑锅，至今得不到平反昭雪，说这样的人我们的党能用吗？这样的人能提拔到领导干部的岗位上吗？匿名信还说他经常将车间领导送他的烟拿到黑市上卖，他不仅倒卖白皮烟，就是处在试制阶段还没有上市的烟，而且还倒卖烟丝，这样不是严重破坏了卷烟市场秩序吗？据说厂里失窃的五箱子二百多条烟就是他伙同他的老婆干的，保卫科也调查了，据说情况很复杂，也就不了了之了。诸如此类的问题还有很多，我就不一一列举了。匿名信最后强调指出，这样的干部我们能用吗？这样的败类怎么能混迹于我们的干部行列呢？这样的人早该绳之以法了，还能让他长期逍遥于法外吗？最后匿名信几乎是以威胁的口吻强调说，如果你们处处包庇这样的流氓渣滓和社会败类，那么，心怀正义的人民必将像夸父一样决心上访到底、举报到底，厂里不行就向市里反映，市里不行就向省上反映，省上不行就向国家局反映，国家局不行就向国务院中共中央全国人大中纪委最高检最高院反映，我们就不相信他的能力能有那么大，手臂有那么长，保护伞有那么辽阔那么宽广。同志们啊，亲爱的组织啊，考验你们党性的时候到了，让我们拭目以待吧！

你们听听，这个匿名信够义正词严的吧？够光明磊落的吧？够有不把张石磊掀翻誓不罢休的劲头吧？你问发挥作用了吗？也不能说完全没有发挥作用。对张石磊的任命到底还是产生了一些意料不到的影响。他这个副厂长虽然没有提拔成，却成了工会主席。你们说，是不是很有点意思啊？于是，这个建厂以来最年轻的工会主席诞生了。不管如何给他解决了副处级。这个台阶很重要啊，上了副外级，张石磊便会一级级地上升啊。

我写的？

呸！我才不会写这种玩意儿呢。我要写，我就光明正大地署上我张学有的大名。署了名的举报信按规定一般都要给写信的人回复的。既然敢署名，我所反映的一定是真实的，起码是我的眼睛看到的心里思考的，绝不是道听途说凭空杜撰或者利用文学手法进行的所谓创作。

当然，张石磊也曾怀疑举报信是我写的。他说，学校的事情都过去十多年了，班长也一直安静地在一个偏僻的村庄教书，他自己也许都忘记了自己曾经犯过的错，而你是知情人之一，当年你也是参与者之一啊，还是重要的见证者呢。其他人怎么可能知道这些内情呢？十有八九是你干的。张石磊在办公室里抖着举报信责问我。奇怪，举报信怎么会这么快就到了他的手上呢？我当然矢口否认了。我说，我不会干这种事，这种事情我是绝对不会干的，我确实对你很有意见，对你的某些所作所为也很反感。比如陶建芳因为发现你和李新丽的好事，她还怀着身孕，从楼梯上摔下去大出血死了，你一点悔恨都没有，凭这点，我就对你有意见，并且是像江水一样咆哮的怒吼的意见。你当然也不配和我继续做朋友，我已经将你驱逐出了我朋友的行列，但是我不会给你写大字报，不会在你人生的关键时刻给你漫天散发匿名信，那不是我做事的风格。我要是告你，我就给上级部门实名举报，绝不搞偷偷摸摸的行为。

张石磊的手指头叩着桌子说，你对我有看法我理解，毕竟咱们一同毕业，我很快就当了工会主席，副处级了，而你还在车间里当机修工，虽然你业余时间写写诗，但是十个诗人有九点九个是疯子，我希望你不要也成为疯子。咱们既然当不了朋友，但也不要成为水火不容的敌人，咱们没有根本利益上的冲突和对立。咱们都是从柳镇出来的，从柳镇出来一两个人才容易吗？咱们要珍惜啊。我当了工会主席，自然有机会就关照你啊，咱们既是同学，又在一个宿舍住了四年，曾经是推心置腹肝胆相照的朋友。作为朋友，我曾经给你讲过许多有关我的事情，光彩的不光彩的、伟大的不伟大的、光明的不够光明的，这些都请你忘掉，不要给第三者讲，你掌握了我的秘密，但请你不要在关键时刻出卖我，看在我们曾经情同手足患难与共的分上。

我对忐忑不安的张石磊说，你放心好了，虽然我们做不成朋友了，但我不会拿你的血染红我前进的路途，即使乌云遮蔽了天空，任何时候我也坚信，光明一定会来临。

张石磊听了我的话，哈哈大笑起来。他对我说，我会想办法把你调出车间的，老是待在车间有啥前途啊，连个对象都找不到，到了机关就好了，好女子抢着往你身上扑呢。

不用你帮忙，我就喜欢待在车间，我喜欢闻车间的烟草味。我冷冷地拒绝了张石磊对我的慈悲和怜悯。

我还是有点骨气的。现在的人有几个有骨气有风骨有傲骨的呢？大部分都变得像你们这样趋炎附势八面玲珑口蜜腹剑笑里藏刀不学无术欺上瞒下好大喜功，我这样的人根本就是稀有动物。

张石磊说帮我，他其实是给我打麻药，想麻醉我，让我彻底忘掉他肮脏的过去。你说，他肮脏的过去我能忘掉吗？他拿这些跟我做交易，他真是认错了人。我想不通我们当初为何成了无话不谈推心置腹的好朋友的？在省公司当了常务副总的他岳父，一心想把他推上厂长或是书记的宝座，无奈他的举报信太多，组织一来考察，他的举报信就满天飞。领导和组织的意图难以实现，这让李总极为恼火，恰好省上要求关停小型企业，我们的厂子自然首当其冲。其实也可以不关，挂个分厂的名义照样可以生产。但是我们的老厂长不愿意了。省公司多次要调他走，他就是不走。老厂长毕竟在厂里时间长，对厂子有感情，他可是从车间技术员到车间主任、动力科科长、质检科科长、副厂长、厂长一步步干上去的。他打心里也不喜欢张石磊。但张石磊的岳父是省公司的常务副总，主管工业生产这块，他只好在心里忍着，表面上对张还是很客气的。但要提拔张接替自己当一把手，他自然很不乐意。僵了两年，国家产业政策调整，我们厂就被省公司列入了关停的行列。老厂长带着人去省公司求情，说他愿意把厂长的位置让给张石磊，只要允许企业生产，只要给企业生产计划，但是这个请求遭到了李总的坚决拒绝。李总说，这是国家局的要求，也是大力响应国家产业政策的积极举措，就是要关掉生产能力低下的技术装备落后的小企业，就是要组建大型企业集团，组建行业航母舰队，岂能因为你一个企业的局部利益影响整个行业的改革进程？老厂长怏怏地从省城回来了。其间，我们组织了两百人的队伍到省公司去上访，我们在省公司门口坐着，我们坐了一天，便坐不成了，老厂长跪在大家的面前，乞求大家回去。老厂长的职务很快被免掉了，他的罪名是煽动职工闹事，影响国家机关正常工作秩序。省公司派了一个工作组，主要任务是查老厂长的问题。省公司收到了有关老厂长的几十封举报信。省公司当然分外重视了。老厂长被调查了近一年。我最后一次见到他的时候，他的身子悬挂在工厂门口的旗杆上。我没有想到他会那么瘦，像是一块风干的腊肉。

一年后，工厂彻底关了，我们每个月发放二百多块钱的生活费。洛城街头随处可见我们的工人。蹬三轮车的、擦皮鞋的、摆小摊子的、卖凉皮的、卖菜的、开小吃店的，都是我们厂里的男工或者女工。那一段时间洛城的抢劫犯多了，经常听到某某被抓了，某某跳水了，某某发生车祸了。后来听闻张石磊带着我们厂几个技术顶尖的师傅，去了福建一家黑烟厂。他们啥都造，红中华、红塔山、云烟，市场上啥牌子畅销，他们就造啥牌子，因为技术好，造得跟真的一样。黑烟厂的老板给他们开很高的工资。许多人待在黑烟厂不想离开了。但张石磊挣了三年大钱后，辞掉了副厂长的职务，果断地回来了。事实证明，上帝总是在关键时刻眷顾他。黑烟厂在一年后的打假专项斗争中被剿灭了，当时去的几个工人被关进了监狱，而他，安然地脱身了。

是啊，人家善于抓住机会。我们工厂关闭后，厂房就闲置下来。大门每天上着锁子，厂区里面长满了荒草，野狗野猫及一些叫不出名的动物在这里找到了栖息的家园。好家伙，你一个人走到厂区的后院，高大的厂房像是废墟一般，树枝长得自私蛮横，将林荫道遮蔽得如暗夜里的荒芜小径。你似乎走进了光影斑驳的丛林，突然两只野狗从你身边一跃而过，一条蛇鬼魅般地滑过你的脚尖，那只跟你走了很久的猫懒洋洋地叫着，爬上了那株纠缠着藤蔓的梧桐树。你看到了那眼井，井口哗哗地吐着白气，几只麻雀在井沿上散步，不时伸着脑壳将目光投向幽深的井。那井里曾经死过一个女工，具体因何而死，也说不清了。据说是投了井，肚子里还有几个月的婴儿，造孽啊，这年纪轻轻的。你对黑乎乎的井生了愤怒，向井口扔了一块石头，哗，那群麻雀飞起来，身子就落到了街边的那家也跟着企业倒闭了的招待所。那曾是我们厂的招待所。因为全部的墙壁都刷成了红色，所以也被洛城人称作红楼。红楼最辉煌的时候曾经接待过国家局的领导，省公司的领导来我们企业视察的时候也经常下榻此楼，招待所门口常是车水马龙一派繁荣景象。红楼在关停一年之后重新开张了，那天的鞭炮声轰隆隆地响了好半天。自企业倒闭后，许久都没有这么热闹了。张石磊在新店开张仪式上讲了话，招待所改了名，叫金叶国际大酒店，号称四星级，意欲做洛城酒店业的老大。开张那天，省公司的李总也来了，陪李总视察的还有洛城的各级党政领导。我们看热闹的不关心哪个领导出席了讲话，我们只寻思是不是有机会在这里谋一份差事。大酒店啊，需要的人当然多了，保安、清洁工、服务员，我们统统都能干啊。张石磊不愧当过企业的领导，政治觉悟还是很高的，他聘用了我们企业大量的下岗职工。用《洛城日报》记者报道中的话说，他用的职工全部是下岗职工，他对下岗职工总是带着深厚的感情。五楼是歌城，卡拉OK才刚刚兴起，张石磊断定这种新的娱乐业态一定会风靡洛城，他便果断地做了引进工作，事实证明张某人的眼光确实超前而富有谋略和战略。金帝歌城有二十多个包间，服务小姐都是严格按标准配备的，那里最值得称道的是富豪可以消费，平民也可以消费。叫服务员陪你唱歌要花二十元小费。到了夜晚，金帝歌城金碧辉煌，像一颗闪闪发光的明珠，很多洛城人即使不爱唱歌，也爱到这个神秘而诡谲的地方看看，贫穷限制了他们的想象力，他们永远无法想象出这家宫殿般的酒店每天上演着怎样的故事。据说张某人这家酒店每天的营业额都在五位数以上。他很快就赚取了人生的第二桶金。

那个招待所就跟白送给他的一样。企业倒闭后，招待所也关停了。五万元，招待所以每年五万元的价格对外租赁经营。张石磊做了洛城第一个吃螃蟹的人，据说银行也给他贷了一大笔钱。省公司的李总是见过大世面的，他去过北上广，也去过美国日本英国等资本主义国家，经过长时间的深入考察，他自然对资本主义国家发达的娱乐业有着自己独到的见解。张石磊也带回了大量资料及光碟，这些自然令他脑洞大开。创造是艰难的，但模仿却是容易的，金帝歌城突然之间成了人们茶余饭后酒醉饭饱的思慕之地。张某人的确聪明，他虽然从事了娱乐业，却从不放弃对政治的关注，他每天下午七点必看中央电视台的新闻联播及本省的新闻联播，坚持每天阅读《人民日报》还有省报，以及《洛城日报》。

他在公司的高层会议上讲，一定要了解国家政策的走向，了解国家的大政方针，了解一个区域的政治经济文化，我们的眼光不能仅仅局限于洛城，要跳出洛城，站在本省乃至全国的高度看待问题和决策问题。

他将我们厂那片废弃的厂房买了。很多人认为他傻了，那片破败的厂房有啥用啊？莫不是钱挣多了脑子烧坏了？但他并不对众人的讥讽和不解进行解释，他只是淡淡地说，我毕竟是从厂子出来的，我对那个厂子有感情，这个烂厂房凝聚了我们的青春和血汗，我毕竟在那里干了八年，工厂倒闭前我还是工会主席啊。我没能维护职工的利益，许多职工生活无着，看到曾经光荣而富有尊严的工人兄弟们在街头蹬三轮车、擦皮鞋、摆烟酒摊、开小饭馆，看到几代人因为工厂倒闭了，一家子人的生活陷入了困境，我的心里真的很难过。我不是唱高调，也不是说大话官话，我真是这样想的。我把厂房买了，是不想这个厂房被其他人买去，我就是存着这点私心啊。

我们都信以为真了。那占地五十多亩的厂区便被他买到了个人公司的名下。那楼房一直闲置着。闲置了十多年之后，洛城的地皮价格突然上涨，几十倍地上涨，我们厂所在的区域又成了洛城的黄金地段，这回不得了了，那里规划了洛城最大的城市综合体和商业街区。但张石磊并不直接开发，他只是把那片土地卖了，赚了多少钱，许多有心人曾经算过，但是计算出来的数字让人吃惊。在洛城其他老板纷纷效仿他开歌城的时候，金帝歌城突然停业了，停业的时候很低调，只是发了一则公告，说是要转型做食品业，做绿色食品有机食品之类的。人们又骂他的脑子坏掉了，现在娱乐业多么赚钱啊，就跟造币厂一样，谁进去不消费个千儿八百的，简直就是印钱啊。其时，洛城的娱乐业迎来了历史上最好的发展时期，东一路一条街开了五十多家歌城会所。你说，他这个曾经的洛城娱乐业的开拓者突然金盆洗手了，这让那些后来者多么难堪和不解啊。面对着大众的质疑，他却只是带有深意地一笑。年底，国家突然开始整顿娱乐业了。人们从报纸上获悉，洛城将开展为期一年的整顿娱乐场所的利剑行动。晚报上登了整版照片，被抓的袒胸露乳的小姐装了几卡车。至此，人们方恍然大悟。张石磊，这个狗东西，你确实看得长远，真的是高瞻远瞩啊！

当然没人提前给张石磊泄密，但人家有这种敏锐性啊。张石磊每天都研究国家政策，他能早早洞察，这也得益于他灵敏的嗅觉和智慧。泄密，谁能提前一年知道国家政策？再说，他的老丈人早就退休了，他的资源也使用殆尽了。你说，张石磊这个狗东西够可怕的吧？

你说错了，我不是仇富。我们原先在一个起跑线上，后来我们一起上大学，毕业后进了同一家企业，但是他与时代一同在成长进步，而我与时代逆着方向奔跑，这是我们分裂的根本原因。

既然我选择了诗歌，就无怨无悔。

二、翅膀断了也能飞啊

讲述人：李新丽

身份：张石磊的妻子

嗯。我就是石磊的妻子。他的情况你们应该很熟悉了吧？那我再讲讲他的其他情况。他今年国庆节就满四十五岁了，柳镇人，大学主修的专业是经济管理，后来还辅修了财务会计及金融学，再后来还进修过MBA（工商管理硕士），算得上复合型人才了。

我也不清楚张学有为啥老是和我们家石磊过不去，他就像一个幽灵，一直纠缠着石磊。他们先前的情况我听石磊讲过，虽然不是很清楚，但断断续续也是知道一些的。

他们俩都出生在柳镇，家里世代都是农民。石磊唯一比他强一点的是他的父亲当过十多年的村主任、村党支部书记。放在农村他也算个官二代吧。村上的党支部书记就是很大的官了，有的农民一辈子见的最大的官也就是村上的领导了吧。他们一同上的小学初中高中乃至大学，还有几次是同桌呢。张学有的成绩的确好。因为家里条件不好，他上初中了还没穿过内裤呢，板凳经常把屁股蛋子都磨出来了。他的成绩虽然好，但智商不高，都是下苦功夫笨功夫死记硬背得来的分数。石磊要是像张学有那样下功夫，都不知道考到哪儿去了呢，还能和他一直在一个班啊？石磊说他经常都睡了几个小时了，张学有还在教室点着煤油灯做题呢。傻瓜。题能做得完吗？常见张学有顶着两个黑鼻窟窿，像是一个大猩猩。他每天不到六点就起床了，这哪是学习啊，是在玩命啊。石磊说他的确是经常抄张学有的作业，有时候考试也抄张学有的卷子，他们的分数每次就差那么几分。有时候，我家石磊比张学有考得还高，把张学有气得要死啊。结果他考上了大学，我家石磊也考上了大学，他们考的还是同一所大学。其实，我知道，张学有从内心里一直是鄙视我家石磊的。他认为石磊每一步走的都不是正道，都是投机得来的。他这是胡说呢，我家石磊咋能是搞投机呢？只能说石磊每次都抓住了机会，而他没有抓住命运赐予他机会的能力罢了。

我知道张学有一直在坚持不懈地举报我家石磊啊。

上大学的时候他就和石磊过不去，他的思想一直很偏激，爱钻牛角尖。石磊多次劝他他都不听。他大学毕业本来要发放到洛城偏僻地方当老师的。他们班长就是在柳镇的峡河村当了一个小学老师，二十二岁大学毕业，一直在那个穷山沟待了二十多年，听说背驼得头几乎要贴地了，还染上了肺结核。四十多岁才和当地一个寡妇结了婚，一辈子就窝在那个穷山沟。听说那个地方现在还不通公路，要靠步行才能到达二十多公里外的柳镇。他一直住在学校的宿舍里，把自己的工资全部资助了当地几个贫困的学生。他资助了很多学生呢。他的日子过得很紧巴，还不如当地的农民呢。当年他可是叱咤风云的人物，在学校里办油印小报，办通讯社，办读书会，是一个活跃分子，可惜他太过激进了，跟张学有一样。结果呢，他出事了，把一生毁了。

纯粹是胡扯呢，怎么能说是我家石磊告的密呢？他们的班长注定是失败的，注定了要为自己鲁莽的行为付出沉重的代价。石磊不过是对组织实事求是地交代，对组织很忠诚罢了。我们作为组织的人，身体和灵魂都是组织的，怎么能对组织藏有私心呢？

张学有当年和他们班长是一伙的，他对班长佩服得五体投地，简直就是他们班长的跟屁虫，是班长形影不离的影子。张学有跟着班长搞社团、办报、搞通讯社，一度也是活跃分子呢。还好，张学有没他们班长那么固执和冥顽不化，他关键时候还是听石磊的劝的。在石磊的帮助下，他最后和石磊分到了同一个单位。不然，他和他们班长的结局是一样的，也是要回到偏僻的农村接受灵魂和身体的改造的。要是那样，他就不会时时处处和石磊过不去了。

我和石磊曾经去柳镇的峡河村看望过班长。班长对当年的事情已经很漠然，石磊虽然多次挑起了话头，但是班长都不愿意多讲，也不愿意回忆。他说过去已经结成了一颗珍珠，凝固在他的体内了。岁月已经将它尘封了，成了一个世外桃源，谁也走不进去了。石磊给班长任教的学校建了一栋教学楼，捐了一批桌椅电脑图书。石磊请他去大医院看病，但是他不去。他说，死不了，那么多人得了肺结核，都没有死，我怎么会死呢？瞧，这人顽固到了连命都不要的程度了。

去年我和石磊再去看望他的时候，他所在的小学已经被撤了，合并到十几公里外的柳镇小学了。那栋崭新的教学楼空荡荡的，他亲手栽的十几棵核桃树已经挂满了果实，风一吹，就有核桃哗哗地掉下来。几个核桃砸在我头上，很痛，我觉得是他们的老班长在教训我们呢。学校被周围的农户当作了羊圈，我听到了羊咩咩的叫声。许多人都不知道王老师到哪儿去了。柳镇小学也没有他的消息。他会到哪里去了呢？你们要是知道他的消息，一定要告诉我啊。

关于我和石磊的婚姻生活也没啥可讲的。当年企业举行演讲比赛的时候，我得了第一名。那时候我是一个实习生。我从技校马上就毕业了，学的是烟草工艺。我得第一名应该说和我爸爸没关系。我确实讲得好，我也没有说我是李厂长的女儿。石磊还是车间的一名普通干部，他虽然学的是经济管理，但在车间干的是维修工的活。他戴着眼镜，目光永远都是带着忧伤的样子。他代表三车间参赛，得了第二名，我的成绩比他高了0.1分。后来他便给我写情书，写了十几封啊。那些情书太肉麻了，我至今都珍藏着呢。我经常晚上一个人的时候拿出来读呢，读着读着就仿佛回到了从前的青春岁月。我心动了。那时候我已经知道他和一个叫陶建芳的女工好上了。在我来之前，他们已经处了一年多了。

陶建芳的死当然和我没有一毛钱的关系。不过，我心里还是觉得对不起那个女人的。陶建芳确实长得漂亮，我要是男生，我也会喜欢上她的。那天石磊带我去他的宿舍，他们宿舍住了三个人，其他两个人都上夜班，刚好中午宿舍空闲。他吻了我后，就把我的裙子从下面撩起来，像是撑开了一把大花伞。我现在想起来都觉得十分不可思议，就在那个时候，陶建芳进来了。

我现在都不明白陶建芳进来的时机咋那么凑巧呢？也许是石磊故意没锁门，也许石磊想让陶建芳死心。总之，陶建芳看见了那惊心动魄的一幕。

我清楚地记得，陶建芳在床边站了片刻，然后装作没有看见似的，走到窗户边，她在窗户边呆立了片刻，就轻轻拉上门，走出去了，然后就听见楼道响起了杂乱的脚步声。后来听说陶建芳从四楼的楼梯滚到了三楼，血洒满了楼道。

唉，不想说了，我眼前老是浮现起陶建芳带血的面孔。唉，建芳，不是我害你的啊！

三、我和他没有关系

讲述人：王小静

身份：张石磊的红颜知己

你的神通太大了，我住得这么隐秘，你都找到了。其实，我也没有啥说的了。人恐怕都不在了，你让我说啥呢？是的，我就是你们感兴趣的张石磊的红颜知己。

我们的认识源于他得了急性黄疸型肝炎。我见他的时候，他的脸色发黄，像是一张黄表纸。我当时是一个实习护士，我给他打针的时候，出了意外。平常我扎针的技术可是顶呱呱的啊，只一下，就能准确地将针尖刺入血管。而那天，我竟然在他的胳膊上扎了十针。十针啊，你想想是个啥概念。要是别的病人，扎第二针的时候，可能早都把我骂惨了，而他平静地伸着胳膊说，你扎吧，不要怕，胆子放大，你在我身上把手艺练熟了，在其他病人身上才不会出事。我说，你不怕疼吗？他说这有啥疼的，还没有蜂蜇的疼呢，你只管扎好了。

　　看他不像是开玩笑的样子，我也就不管了。在真人身上练手，总比在模型上强啊。每一次注射，都要扎上七八针。即使有时候扎进去了，也要拔出来，换个位置重新扎。如此这般，他住院的这一个星期，我在他的两条胳膊上扎了上百个针眼。在他的无私奉献下，我终于熟练地掌握了静脉注射技术。

　　我在医院见到了他老婆。我没想到世上还有这么难看的女人。那张脸啊，像一个圆鼓鼓的皮球；那个屁股啊，像是两扇大磨盘。人常说，好白菜都叫猪拱了。我想不通他这么英俊潇洒帅气的男人咋娶了这么一个女人。莫非这个女人真的有啥子过人之处吗？

　　我笑话他，你有些变态吧，喜欢丑的东西。

　　他却没有责怪我，反而讲起了一个名叫陶建芳的女人。他说他最对不起这个女人了，这也许是他一生最愧对的人，他害了她。

　　接下来，他给我讲述了他们的故事：

　　芳芳是我的初恋。我给她写了一百多封情书，我像一个激情澎湃的诗人，每天都忍不住倾诉，一写就是十几页。虽然我们在一个厂子，但她在制丝车间，我在卷包车间，我们见一次面其实很不容易。我和她认识，还颇有缘呢。那天下班，我鬼迷心窍，在饭盒里装了五盒白皮烟，这些烟拿到厂门口的黑市上，一盒可以卖到两块钱。我知道很多工人都这么干，有的把散装烟丝偷出去卖，有的把试制烟偷出去卖，胆小的，装一两盒，胆大的，装十几盒。有的装在饭盒里，有的装在裤裆里，大裆裤里套着一个袋，冬天里，可以装二十多盒。那天我第一次装了五盒烟，原想着大家都拿，自己不拿白不拿，有的人每月靠这个挣的比工资多多了。谁知道我走到厂门口的时候，保安挡住了我。他们将我全身搜了，连裤裆都没放过。身上没有搜到，他们便要看我的饭盒。我吓坏了，要是被发现了，保卫处的那帮孙子还不把我整死啊。李厂长在会上讲了，抓住偷盗者，情节严重的，立即开除；非常严重的，送公安机关处理。我把饭盒紧紧抱在怀里，形势非常危急啊。这个时候，我生命中的女神出现了。她一把抢过我的饭盒说，你呀，咋把我的饭盒拿走了呢？以后把自己的东西认准了。我愣愣地站在原地，她抢过饭盒，冲着保安一笑，身子飞快地越出了铁大门。还没检查呢！保安挥着手喊。她给保安抛过一个媚笑说，查啥呀？我的饭盒你查啥呀？你查查他为啥拿走了我的饭盒。保安被她的笑容迷倒了，傻呆呆地盯着陶建芳裹在牛仔裤里浑圆的臀部及修长的双腿消失在暮色中。

  自此，我们就相识了。她的家在柳镇一个深山里，吃水也非常不易，要到五公里外的沟里担水。那天一大早我和他们村上的人一起担着两只铁桶，去五公里外的沟里担水。排了好半天的队，终于担回了两桶水。我们在路上的苞谷地里乘凉，她折苞谷秆给我吃，那汁液太甜了。我趁机吻了她。我们在苞谷地里紧紧抱在一起。我们虽然抱得很紧，但啥事情也没做。天快黑的时候，我们才担着水，像两只归巢的鸟儿回了家。晚上趁着她父母熟睡的时候，我钻到了她床上。临走的时候，我把身上仅有的一百二十块钱给了他爸爸。那是我一个月的工资。他爸接受了，他说，你这个小伙子很实诚，我这几天也在观察你，你和芳芳，我放心啊，我就喜欢老实人。天啊，我第一次被人称作老实人。他爸说，听说你在厂里干得不错，好好干啊，将来可以挣大钱，我家芳芳还是临时工，你要想办法把她转为正式工。你看，他爸已经把我当作他的女婿了，已经给我安排任务了。我嘴里胡乱地应承着。那段时间也许是我人生最快乐的时候。直到李新丽的出现，我的人生便拐了一个大弯。

我挡不住李新丽的进攻啊。陶建芳死后,他的爸爸找到了我。他坐在我的对面,一个劲地抽烟。我觉得内疚惭愧极了。我把厂里发的一套棉衣送给了他,我将参加工作三年攒的将近一万块钱给了他。那个时候我已经是团委书记了。芳芳没福气啊。他爸抹着眼泪说。我送他爸到车站,我给他说,你以后有了困难就找我,我会像你的儿子一样照顾你的。但芳芳的爸爸再也没有找过我。我后来有钱了,给他送过几次钱,他都坚决不要。他说,你现在不是我的女婿了,我拿你的钱就没有意思了。

张石磊和陶建芳的故事深深感动了我。我有空就去他的病房,听他讲他的故事。我突然发现我喜欢上这个男人了。

我后来当然结婚了。我们虽然彼此喜欢,但注定不能永远在一起。我们在一起谈诗歌,谈人生,谈虚无,一个月或者几个月总能见一次。我从来不关注他生意上的事,他挣大钱的事。我们之间有约定,如果谈生意谈金钱,我不是他理想的谈话对象,不是他理想的倾诉者,他应该找其他女人。我们就这样不咸不淡地交往着。我们从来没有发生过肉体关系,也许你不信,但事实就是这样。他说,男女之间一旦有了肉体关系,再神秘的心灵之交,也会变得浅薄庸俗乏味无聊。我们就是彼此拥抱而已。他知道我爱看书,市面上的畅销书流行书,他总是早早带给我。我以为我们的关系很纯洁、很纯粹。我最不喜欢情妇这个词,我觉得这是对我们情感的玷污和侮辱。想不到他的老婆发现了。她到了我的单位,她警告我,若不断绝跟她丈夫的来往,她就要告诉我的丈夫我的单位及我的孩子。她把一摞子照片拍在我面前。我不知道她啥时候派人跟踪了我,并拍下了那么多的照片。呵呵,其实我跟张石磊啥关系都没有，我们仅仅止步于拉拉手和拥抱而已，我们没有上床，我们之间没有发生过肉体关系，我们其实就是互相倾诉的对象而已。这对许多人而言是不可思议的，也是不可能的。但我愿意恪守这道防线，这是我与张石磊交往的底线和原则。我们渐渐以兄妹相称，我是他的妹妹，他是我的哥哥。我们的关系在半明半暗之中持续了十多年。不可思议吧？其实，就是这样，我们经受住了情欲的残酷考验，最终走向了绚烂后的平淡。

当李新丽把照片拍在我面前时，我明白，我和张石磊的关系走到了尽头。我不能破坏别人的家庭，更不能变成别人眼中的可耻的小三。那是我最不耻而且最不屑的角色。我也明白，他离不开李新丽，是李新丽的家庭给了他新的起跑线和他后来拥有的一切。如果没有李新丽父亲的资源，我相信他一个穷人家的孩子不可能走向人人羡慕的辉煌和成功。凭着他的天资和勤奋，最多也就过上一个中等家庭的生活罢了。因为他岳父，他实现了弯道超车，走上了人生的一个个高点。因而，他永远不可能离开李新丽。

我选择了离开。恰好我在南郊买了房子，我便搬家了，离开了那个住了十几年的小区。我换了电话号码，切断了与他的一切联系。

他失踪的原因很复杂。有的说是被仇家杀害了，有的说是发生了车祸，有的说是牵连了腐败案畏罪自杀，有的说是得了绝症。这些我觉得都不靠谱。他应该没有死，他怎么会死呢？若说是腐败案，我看和他关系密切的人，还不都一个个衣着光鲜道貌岸然地出现在媒体上，出现在各种会议上，嘴里还不都义正词严地讲着诸多貌似正确的废话？还不都一个个比赛似的讲廉洁自律和反腐败吗？他们要是进去了，首先会供出张石磊的。他们会咒骂张石磊的，要是可恶的张某人不给他们送那么多的钱，怎么会给他们判那么重的罪呢？他送的钱还没有来得及花呢，都成了定罪量刑的凭据了，你说，这些贪官不仇恨他，不把他首先给供出来能行吗？若说他病了，他的钱还有治不好的病吗？中国治不好了，外国还治不好吗？肺坏了，可以换肺啊；胃坏了，可以换胃啊；大脑都可以移植呢，还有啥不能移植的啊？他曾给我说了，他想换一个脑子，他不想要自己的脑子了。他觉得自己的脑子太肮脏了、太污秽了，都是一些乱糟糟的污秽东西，他觉得因为自己肮脏的大脑和思想，自己每天活得太累了，他想活得轻松些啊。我想他应该是抛下了自己的大脑和皮囊，去了另一个世界。那个世界没有病痛，没有糟粕，没有污秽，没有尔虞我诈，像是一个童话王国。这样的世界肯定有，只是我们没有发现而已。

四、我是别人家的孩子

讲述人：张格致

身份：张石磊的儿子

我一直认为我爸没有死，他或许某一天会突然回到家的。他不会在地球上无缘无故地消失。即使他的人不在了，我认为他总会以另外一种形态存在的，比如一棵树、一条河流、一只羊或者一只狼，最不济也是一粒微尘、一声叹息、一朵凋零的花瓣、一片被虫蛀蚀得千疮百孔的树叶。总之，他不会无缘无故地消失，他只是以另外一种我们不知道的形态存在着。

起初我不知道到底谁是我的亲生父母。我爸曾经的好朋友张学有给我的身世制造了一团迷雾。他和我爸是同乡，从小学中学到大学到上班,他们几乎形影不离。他们曾经是过命的好朋友,不知道后来为啥成了仇敌。张学有说我是张石磊从医院的草丛里捡起来的,我的亲生父母非常穷,穷得不像样子了。

你爸爸残疾,走路一只脚不停在地上画圈,但那个圈一直画不浑全;你妈妈的耳朵听不见,是个地地道道的聋子。但就是这样的人,生殖能力非常强,你是第四个孩子,你爸妈想再生一个女儿,想不到又生了一个儿子,他们不想要了。这时候张石磊还没想着要抱养你呢。他在医院的草丛里发现了在襁褓里大哭的你。他抱起你的时候,你的亲生父亲就躲在树丛后。张石磊没有找到你的父母,他只好把你抱回了家。而你的亲生父亲瘸着腿,像只狗似的跟在他身后,一直跟到了张石磊的家门口。你亲生父亲去找张石磊那天穿得还算整齐,补丁摞补丁的衣服洗得很干净,拿衣袖擦鼻涕这个动作暴露了他的胆怯,他胆战心惊而又不屈不挠地摁着张石磊家的门铃。

张学有对这个细节描绘得极为清楚,我不知道是不是他杜撰的、虚构的,反正他讲得有鼻子有眼的。他说他是事件的目击者。但张学有始终没有讲明张石磊给了我所谓的亲生父亲多少钱,而张石磊一再强调我就是他的亲生儿子,张学有所讲的都是子虚乌有的,他是故意挑拨我们父子关系。你听听,张学有这个人多么阴险啊。

一天,张石磊拿出一个亲子鉴定结果叫我看,强有力的DNA证据证明我就是亲生的。我心里虽然有个疙瘩,但我生在这样的家庭,总比生在那个残疾人家庭好啊。出身决定命运,你要是生在那个残疾人家庭,你也许小学没毕业就外出打工了,你至今还在社会底层像一个无家可归的幽灵一样飘荡呢。张学有对我说。

也许他是和我爸翻脸了才这般说的吧。先前他可从来没有这么讲过啊。我爸的好多事情我根本不清楚，我只知道他和我妈已经分居了好久。我们家的房产证及大部分存款都是我妈保管着，上面都写着我妈的名字。我妈在电脑上存有一个账本，上面详细记着家庭的每一笔财产，房产、车辆、公司、基金、理财、股票等，密码都由我妈掌管着，她其实才是我们家的幕后老板、我们家的老佛爷，我爸只是他的打工者而已。一次我妈喝醉了酒，我看到一个男人开车送她回家，他们在楼下的阴影里拥抱了很久。我不知道那个男人是谁，但我清晰地知道，那个人肯定不是我爸爸。那个男人很英俊，英俊得让人嫉妒。他们抱在一起，说实话，我很嫉妒。我妈妈从来都没有那么抱过我呢。

男人都是靠不住的。妈妈酒醉后对我说。她说我爸背着她，在外面还有个相好的，听说都好了十多年了，要不是张学有给她说，她还傻傻地以为我爸今生就爱她一个人呢。我妈摔了我爸喝水的杯子，砸烂了我爸的笔记本电脑。因为我爸的笔记本她突然打不开了，我爸重新设了密码。

但是他们没有离婚。他们知道离婚的代价太大了。离婚意味着财产的稀释，意味着财富的减少，他们才不会干呢。我妈妈说，我不能便宜了那些婊子。一些年轻女子，仗着有一副好皮囊，看见有钱的男人就往上扑。这样的女人一打接着一打，她们想不劳而获啊。我才不能便宜那些婊子呢！你听，我妈说话多难听啊。

我爸常教育我要做一个正直的人、一个本分的人、一个表里如一的人、一个靠着自己奋斗获得幸福和尊严的人，但他自己却是一个两面派。凡是办不了的事情、遇到障碍的事情，他都靠行贿来打通关节。这个办法屡试不爽。我见过他在酒桌上恭维官员，他的表演着实让人惊讶。我想不到有人叫他学狗叫,他真的就汪汪地叫。有人把酒泼到他脸上,他竟然若无其事地擦了,还和那人称兄道弟。有人叫他讲黄段子,他如醉如痴地讲了一个又一个。他的表演太精彩了,堪称影帝啊。他回到家大骂那群和他一起喝酒的人,恨得牙齿咬得吱吱响,似乎和他们有着不共戴天之仇。有回他回到家哇哇吐了大半天,我服侍他躺下后,他拉着我的手说,爸也害怕啊,为了做项目,为了挣钱,为了发展,给这个送,给那个送,大的大送、小的小送,爸爸也是不愿意啊,但是不这样做不行啊。爸的内心也害怕啊,爸爸将这些人一个个拉下水,看着他们对我言听计从,爸爸的心里也不是滋味哪。有的人的本质是好的,还有内心的坚守,还有着知识分子的操守,但人家控制着我的命脉,我就一点一点地引诱、腐蚀,最终将这些人拉到我的圈子,成为我的合作伙伴。说实话,爸爸也是心有愧疚啊,也是每日里胆战心惊提心吊胆的啊。

　　以后不要从商。爸爸教育我,当一个老师,当一个大学老师,那是最好的事业了,写专著、做学问,成为一个知名的学者。这是我爸的心愿,他自己没有做成的事情,他希望我能做成。成为知名学者会比成为一个知名企业家容易吗?我自始至终都怀疑他的观点。

　　去年六月的某天,爸爸对我说,他要外出一段时间,如果到了八月份还没有回来,就不要找他了,也许他已经到了另外一个国度,但不是死亡,也不是遁世,而是换了另外一种活法。他叫我不要悲伤,也不要耿耿于怀,只要多回老家看看他的老父亲就可以了。他给我留了一张卡,他嘱托我他的老父亲也就是我爷爷去世之后,一定要办好后事,如果可以,爸爸说,把爷爷的坟墓重新修葺一番，栽植一些柏树、银杏树和花草，最好建一个墓园，将来他也可以安葬在那里。从哪里来最好回到哪里去，我爸用类似遗言的方式给我做最后的嘱托。

我爷爷现在的身体还很好，吃饭能吃三个馒头，就是有些肺气肿，生气的时候，还能摔三个瓷碗呢。

五、臆想着我能飞上天

讲述人：张学有

身份：幻想爱好者

我的翅膀已经长满了羽毛。我的叫声难道你没有听出来很像鸟的叫声吗？你听不出来像啥鸟吧？因为我拜的师父太多了。我抽空经常去秦岭山中，秦岭山里的鸟多得数不清，各种各样的鸟。我谦虚地向他们学习飞翔的技术，学习各种鸣叫的本领，现在，我和一只鸟的距离越来越近了。

我真的不想做人了，做人有啥意思呢？还是做鸟好。我曾经把这个想法给张石磊说过，可是他说我的思想有问题，说我是不是得了精神病。精神病有我这样的吗？呸！他才是神经病呢。他这个鸟人。

我是一直没有结婚。为啥要结婚呢？张某人不是结婚了吗？呵呵，你知道他结了多少次婚啊？你不知道吧？他拿结婚做借口呢。他结了四次婚。第一次是和我们厂长的女儿李新丽，那个胖得像大南瓜一样的女人。在和厂长女儿结婚之前，他抛弃了和他在车间谈恋爱的女工陶建芳。这个女工已经怀了他的孩子，孩子都五个月了。这个女工从楼梯滚下去失血过多死了。跟厂长女儿结婚后，张某人的好运气就像失控的野马，挡也挡不住了，先是当了团委书记，然后是工会主席，最后当了我们厂招待所的总经理，乃至成为金帝娱乐的老总。老厂长也就是我们后来的省公司的老总退休后，张某的产业也已经做得很大了。因为李新丽不能生育，他便在外面养了一个女人，那个女人给他生了一个儿子。儿子已经上幼儿园了，李新丽才知道，但是已经迟了。因为自己生不了孩子，李新丽要死要活闹过几阵子，便默认了这个耻辱的事实，接受了丈夫背着自己种出来的这个儿子。但儿子毕竟不是自己亲生的，人家要和自己的亲妈在一起，亲妈闹着要和张某人结婚。虽然张某人已经是大亨了，但人家黄花大闺女都给他生娃了，岂能用过了就跟蹬鞋子一样蹬掉呢？那个年轻的女孩用尽了手段，但都没能如愿。张某人便赔了一大笔钱，那女孩方才罢休。但好景不长，那女孩发生了车祸，死了，女孩家里人来要了一大笔钱。我怀疑女孩的死和李新丽或者张某人有关。你不知道，他们最后闹得满城风雨，女孩手里掌握了张某人许多惊人的秘密。许多机密都是张某人在床上给她讲的。女孩都一一录下来了。这些证据抛出来，和张某,有牵连的人都得完蛋。给谁送十万啊，征地给某局送了二十万啊，某长孙子满月送了一根金条啊……这些证据抛出来，和张某人有牵连的人还不都得被纪委请去喝茶啊？关键时刻，夫妻同心啊，这个幼稚的女子能跑得了吗？我当然说得有根据了，并不是杜撰的，当年还是我给他们协调的呢。我和他毕竟是同学嘛，又是同村的，他不找我找谁啊？因为我最善于保守秘密啊。这个女孩碰巧我还认识呢。往远了算和我还是亲戚呢，我表姑的女儿啊。我全权代表张石磊处理此事。经过和女孩的深入交谈，我才知道了事情的原委。女孩放录音给我听。我把有些关键的内容给张某人讲了。张某人很爽快地答应了女孩提出来的苛刻条件。在女孩答应把录音给我的第二天,我就听到了她出车祸的消息。是不是你们夫妻俩谋害的?我质问张某人。但他瞬间变了脸,矢口否认,并警告我不要胡说,还讲女孩完全是被坏人蛊惑了,合谋算计他呢,要不是出了车祸,他就要报警了,他已经给北关派出所的李所长说好了。李所长答应在交易的时候埋伏在茶馆附近,以茶杯落地为号,要一网打尽呢。张某人当然怀疑我了。他怕我把他的丑事给泄露天下了。那几日我也过得提心吊胆的,生怕我也像我那可怜的表妹一样,猛然就人间蒸发了。我白天不敢出门,躲在出租屋里,除了抽烟就是写小说,你知道我曾经一直想写小说的,我想写一部伟大的中国小说,忙碌了大半辈子,这好不容易有空闲了啊,我得抓紧写啊。我白天像乌龟一样潜伏在房子里,只有夜深人静,城市的喧嚣如潮水般退去时,我才敢悄悄伸出头,到空旷处吸吸污浊的空气。我当然不怕他了。我有空就给有关部门写举报信,写了七八十封吧,从市上到省上,从省上到中央,我几乎给所有有关部门都写过举报信。你懂的,当然都泥牛入海了。我觉得每天每时每刻,都有一个影子跟着我。张石磊非要置我于死地呢。你看那嘴里叼着一根树枝的麻雀,像不像张某人派来的刺客?它每天跟着我,无论我走到哪里,都能看到它鬼鬼祟祟的身影,它是张石磊派出来的侦探,一直在跟踪我呢,它要是发现了我确切的行踪,一定会给张石磊报告的。那时候,一大群麻雀飞过来,一大群苍蝇飞过来,一大群乌鸦飞过来,一大群蛆虫爬过来,一大群狼跑过来,我就这么瘦骨嶙峋的,我就这一百来斤的身子,肉没有几斤,全都是营养不良的骨头,我能够它们吃吗?它们要是因分赃不均,打起来了,闹起来了,搞得你死我活的。你说,我的罪过不是更大了吗?

我和张石磊到底有啥仇恨呢？

这个问题警察问过，旁人问过，你也问，可见你们都是庸人，连你这个名记也不例外啊。我和他有仇吗？没有，我们曾经是亲密无间的好朋友。在我最困难的时候，张石磊曾经帮过我呢，而且不止一次。

我清楚地记得，那是二十年前的一场雪，那年的雪比任何年份都要来得晚一些。我还在工厂上班，厂里为了缓解困难进行全员集资。每个职工一千元，中层以上干部每人一千五百元。到了最后限定的时间，我还没有准备好钱。我们柳镇那个时候穷得很，我的家里更是穷得要命，我上学借的钱还没有给人还清呢。我父亲眼巴巴地等着我挣了工资给人还账，眼巴巴地等着我挣了钱救济家里呢。这么穷的家，我怎么好意思张口叫我可怜的老父再给我借钱呢？一千元啊，二十年前可是一笔大钱啊，怎么也相当于现在的好几万吧。我们厂那个时候也够差劲的，李厂长在大会上厚颜无耻地说，这个集资钱谁要是在规定的时间里拿不出来，谁就自动下岗，对厂子都不热爱的人，厂子会热爱他吗？我清楚地记得这个话是张石磊的老岳父说的。下岗就下岗吧，反正老子借不到钱，老子向谁借一千块钱啊？我做好了下岗的准备。我想去海南呢。那时海南才开发，到处需要人才，我去了，说不定可以成就一番伟业呢。关键时候，张石磊给我拿了一千块钱，替我交到了财务科。1992年，大批职工下了岗，我因为交了一千块钱集资款，荣幸地保住了饭碗。但谁也没有想到，干了五年，厂子就被省公司宣布停产整顿。这一整顿就是五六年，这五六年厂子就像得了重病的人，衰败地走向死亡，最终还是破产了。虽然后来我不缺一千块钱，但我一直没有给张石磊还，他也从来不问我要。也许他的钱太多了，根本记不起曾借给我一千块钱。也许他还记着呢,只是一千块钱在他眼里就像几分钱一样,太微不足道了。也许我给他还了钱,等于间接地对他进行了侮辱呢。张石磊太自以为是了。他给我介绍了一个女朋友,那女子比我小五岁,人长得像张曼玉,我很喜欢。年轻时候的张曼玉,绝对是我们心目中的女神啊。我的床头上墙壁上贴满了张曼玉的照片。我们的恋爱谈得如火如荼。不料,我的女神却是他的秘密情人,两个人都好了两年多了。我不过是他的遮羞布罢了。我便装作不知道,和女神同居着,就是不答应结婚的事。我的心思很快被张石磊识破了,那个像张曼玉一样的女人便离开了我,后来便不知所踪了。我恨张石磊,其实不是恨他本人,是恨他所做的事情。他对我其实很好,只是我看不惯他。他像一根毒刺深深扎进了我的咽喉,或者,我总感到他一只手牢牢地抓着我,我身心都得不到自由啊。

比起他做的事,我的恨算个屁,屁都不算。你也不要问了,永远没有人理解我。谁能理解我的行为呢?你也不要把采访我的报道发出来,因为你记录的永远是表象,人们看到的永远只是对自己有利的东西。被遮蔽的往往才是最重要的,但也往往是被公众忽略掉的。你写了,只是猎奇,登在你们的报纸上或者出了书,也只是博公众的眼球,博得看客的好奇和庸俗的掌声而已,对于事实的真相及其原因,没有几个有良知的人去探究。所以,你的采访和报道是无意义的。我给你讲了那么多,你能理解我的良苦用心吗?你们的报纸将张某人吹成了时代的英雄,他公司的产品常年出现在你们的广告版上,你们几乎是他的代言人了。他的产品吃死了好几个人,他制造的药酒号称包治百病,让许多老年人的保命钱源源不断地流进了他的口袋。许多人喝了他的药酒身体出现了问题,中风的、腿脚发麻的、嘴眼歪斜的、意识模糊的，我给你们写了多少封举报信啊！你们这些号称时代的良心且自诩为无冕之王的记者，有人去深入地调查过吗？没有，一个也没有。相反，张某人公司制造的产品在你们报纸网站上出现的次数越来越多了，被吹捧得越来越离奇了。真叫人怀疑你们到底是洛城人民的报纸还是张某人私人的报纸。

你不要不高兴，我说的难道不是事实吗？你们成了张某人的帮凶。张某人走上了犯罪的道路，你们媒体其实起了一个很大的推波助澜的作用。你们发挥了舆论监督功能吗？没有，你们反而误导读者，提供了一个又一个虚假的信息。如果说张某人在犯罪的道路上越走越远，那么，你们就是幕后的推手。

李记者，你不要不爱听。

在我心灵的天平上，你们和张某人都是不可饶恕的罪人。好了，我给你说得太多了，我起飞的时间到了。你看，我的翅膀张开了，像是两面大旗，起风了，风暴越来越猛烈，我要飞回柳镇了。

六、世事越来越说不清

讲述人：张宝材

身份：村党支部书记、张石磊的父亲

我真的不想说，都过去了，越说越伤心。世事越来越说不清了。张学有我恨不得剥了他的皮。他和石磊穿开裆裤的时候就是好朋友，一天到晚，好得跟一个人似的。我当村党支部书记有十三年了，给村上的人也做了不少好事，尤其对张学有家，更是照顾得比别的人家多。

那个时候的返销粮、议价粮、布票、油票、粮票、过年慰问品，我没少照顾他家啊，应该说我可以算得上他们家的大恩人呢。但不晓得张学有那个杂种为啥对我家石磊的仇恨那么大，难怪我去年见石磊回来唉声叹气的。我问他，他一直不愿意给我说。我问多了，还把他问烦了，叫我少管呢。临走的时候，他给我说，那个张学有老是跟他过不去，几十年来一直盯着他，就像一个猎手，一直跟踪着猎物，他的枪不响，你一直提心吊胆的，你搞不清他啥时候会扣动扳机。

我说，你们不是从小就是好朋友吗？他说，过去是，现在还是吗？我突然明白了，他们两个人的地位和差距越来越大了。张学有是仇富，我学会了用电视上的一个名词安慰他。应该不是这样的，石磊说，那个人就是精神病，我不跟精神病计较了。

谁还跟精神病计较呢！就像是狗把你咬了一口，你也要把狗咬一口吗？那你不是变成了狗吗？张学有迟早会遭报应的，不是不报，时候未到。

说说我家石磊做的几件事情吧。

他算我们柳镇的名人了。他禁不住镇上领导的盛情邀请，回家乡投资兴建了磐石砖瓦厂。起初砖瓦厂的规模很小，还没有多少现代化的机器，靠着人工制砖制瓦，用山上的木柴烧窑，大火不分昼夜地烧，就把砖瓦烧好了。木柴一毛钱一斤，湿的，窑门口堆着山一样的从坡上砍回来的树枝子，主要是松树，也有栎树。那段时间三孔窑不分昼夜地冒着青色的烟雾，到了夜晚，你看到河边红红的火焰把水都照红了。至于后来有人为了挣钱，把坡上的树，不管成材了的还是没有成材的，一律砍来卖，导致柳镇周边的几座绿油油的山成了光秃秃的荒山。这能怪我们家石磊吗？后来木柴商的收购价越来越高,导致许多人到邻村去砍、去偷,这也怪不得我们家石磊啊。至于那条河,原先的确是清幽幽的,能看见水底的石头和水里的游鱼,能听见青蛙在岸边叫,能看见成群的蝌蚪在水里游,能看见一只只鸭子在水上玩耍。后来水变得混浊了、肮脏了,不像一条河了,简直成了污水沟了,有人说是我家石磊的砖瓦厂污染的。狗屁!怎么能说是我家石磊污染的呢?他们挣了那么多的钱咋就不说是我家石磊给他们的机会呢?有人偷偷告,有人明着告。这中间领头人就是张学有。在砖瓦厂负责看库的张学有他爸说他家娃没有告,我说让他把他家娃好好劝劝。虽然我知道那小子连他爸的半句话都听不进去。

人怕出名猪怕壮啊。那些人还不是眼红砖瓦厂挣的钱多啊。全镇唯一一家,你说能不挣钱吗?也要感谢人家刘书记,也就是现在洛城建设局的副局长刘大法。刘书记在大会小会上讲,要支持砖瓦厂的发展,要为砖瓦厂的发展营造良好的环境。他要求柳镇所有在建的房屋都要用我们石磊厂子生产的砖瓦,不管是公家的还是私人的,都必须用。你说,有刘书记这么大力支持,砖瓦厂的生意能不好得一塌糊涂吗?

砖瓦厂关停还是另外的原因。先是有一个人掉进了窑里,被活活烧死了。后来是五窑瓦在出窑的时候,全部炸了,跟放鞭炮一样,噼里啪啦地响了一整天,那五窑瓦全部毁了。再就是洛城环保局来调查,虽然有刘书记关照,勉强应付过去了,但后面环保抓得越来越严,我们家石磊就决定不开了。刘书记让石磊转让给别人,但是他不同意,他把那五孔砖窑炸了。因为这,他差点和刘书记闹翻了呢。

炸窑的那个晚上,他喝了些酒,他说,爸,咱不能让老家人指着咱们的脊背骂啊，那样我睡觉都不踏实啊。钱能挣得完吗？我办了几年砖瓦场，确实把老家的环境污染得不成样了。你看，现在的河水都没法喝了，空气里常年飘着棉絮一样的灰，人的嗓子老是被啥东西堵着，难受死了。他说，爸，刘书记是帮过我，没有刘书记，就没有我的砖瓦厂，但是刘书记的心太狠了，污染都成了这个样子了，我们还能再祸害下去，转让给别人，让别人再继续祸害家乡吗？我不能这样啊。

我想想也觉得我家石磊做得对，毕竟我也是当了多年书记的人嘛，这点觉悟和党性还能没有吗？

但是问题出在了刘书记身上。我后来才晓得，刘书记在砖瓦厂有百分之二十的干股，为了能控制住我家石磊，他还让他的侄女在厂里当出纳，大一点的开支就要刘书记同意才行。你看看，这样的话，不如炸了好。

还有一件事情。我也是听我家石磊说的。他说他第一次去给领导送钱，害怕得不得了，怕领导不收，怕领导翻脸，怕领导骂他，怕领导把钱上交了，怕领导把钱扔了。他第一次把钱装在一个信封里，装了两千。他把信封放在领导的办公桌上，拿一本书盖着。他没说，领导似乎也没有看见。他走的时候，领导也没有叫他把信封拿走。他回家的时候，老是怕领导的电话打来了。他想关机，又不敢关机。惊慌失措地等了几天，不见领导提说，他觉得自己做对了。后来他的胆子就大了，去领导的办公室直接把大信封塞进领导的抽屉，或者放进领导休息间的枕头下。有时候把一袋子现金直接放进领导汽车的后备厢里，字画、名贵特产、美元、人民币，几万的、几十万的，根据事情的大小，他送礼从来都是很大方的。

他去年回老家的次数多了起来，他老是唉声叹气的，他说他早就不想干了。我说，不想干了，就不要干了吧，让其他人去干吧，你在幕后指挥就行了。他说，你不懂，说了你也不懂。

我就怕他出事，想不到后来他果真出事了。

七、归去来兮

讲述人：张学有

身份：臆想爱好者

不是我不放过张石磊。而是他一直不放过我。我们同村，一同上小学，一同上初中，一同上高中，一同考入大学，我们应该说是非常要好的朋友，过命的朋友，应该说我就是他，他就是我，我是他的正面，他是我的反面，或者说他是本身的他，我是他投射的影子。所谓我不放过他，实际上是我不愿意放过我自己。我一直在和自己做斗争，我亲眼看着他一步步走向了我的反面，我实在忍不住了，我忍了二十多年了，再忍下去，我会疯掉的。

那把镢头是我爷爷用过的，我爷爷将他传给了我爸爸，我爸爸又将它传给了我。其实你也知道，那把镢头传到我的手上的时候，已经不能挖地了。它的锄把被两代人摸得溜光圆滑，镢头也呈现亮闪闪的光泽，就像一轮弯弯的月亮。但就是这个像月亮的工具，开垦了多少荒地，养活了多少人啊。虽然它现在没有用了，但我还是把它挂在老家那面被烟火熏黑的墙壁上，就像把往昔岁月的光亮和黑暗永远刻在了墙壁上。每年回老家我都要细细擦拭它，把它擦得光亮如新。

我的镢头挖下去的时候，张石磊打了一个趔趄，身子在地上滚了几圈，我像锄地一样，一下一下地挖着，而他在地上一圈圈地滚着。

我像挖地一样将生锈的镢头挖在他身上，最先一镢头挖在他的脑壳上，他的嘴巴还豪壮地喊了几声口号。他喊的啥，我没有听清，我那个时候太认真了，我只看到一股子红亮亮的水喷出来，染红了我的身子，染红了我身后的树木、房屋、车辆和人群。他的嘴巴在地上翻滚着说，你这人啥本事都没有，而且嫉妒心太强，难怪大半生穷困潦倒，我想帮你，你也要有骨气啊。我一听就火了，火冒三丈啊，你不想帮就算了，找啥借口呢？我举着镢头奔过去，心想，只要他跪下求个饶，我就罢手了，虽然心里积攒了二十多年的仇恨，但不敢出手太狠啊，教训教训就算了。你想想，人家是企业家，听说人家的钱可以买我们七八个柳镇呢，人家是洛城的名人，还是政协委员，到处捐款，我能跟人家比吗？

我扛着雪亮的镢头说，跪下，你当着乡亲们的面跪下，你说你错了，你建企业不该污染了这条河流，让方圆几十里的乡亲们都没水吃，你虽然给每家每户门前的场地都铺了水泥，可是和你作的孽相比，你这点慈善显得多么虚伪啊！

他就是不跪，他喊道，我凭啥跪你？你一辈子一事无成，你将怨恨发泄到我身上，你就心理平衡了吗？我跪父母，我跪市场，就是不跪你这个垃圾糟粕闲人！

乡亲们围观着，他们当是我们俩在开玩笑呢，村里人经常见我们小时候这样玩耍呢。我一镢头砸过去，他的膝盖就咯吱一声脆叫，他便扑通一声，跪在了地上。

张石磊终于把那份名单给了我。他把这些年做的错事坏事一桩桩记录下来，并且按了手印。有了这份名单，他的死亡就是罪有应得了，那十几桩事情，哪一样不是触目惊心啊？哪一样不是赤裸裸的犯罪啊？他亲口讲的，他承认了，他按了指印，全村人都可以做证。

谁说我的审判没有意义，我虽然不代表法律，也不代表法庭，但张石磊在我内心的法庭上已经死了。宣判者是我，执行者也是我，观众就是在场的全体村民。你别看他每年过年都拉着一卡车米面油，家家户户地送，着实做了不少好事情。但村里人恨他呢，说他是赎罪呢。村里人说他断了人老几辈的水源，说他的砖厂把山体挖空了，把空气污染得不成样子了，说他花这么一点钱算啥子呢？他要是真的慈善家，就应该把全体村民都搬迁到洛城，给每家买一套房，再买一辆车，那才是真的关心乡亲们呢。这点小恩小惠，算啥呢？

唉，我们柳镇人真的没见过啥世面。没污染的水、没污染的空气，那是用钱能够买回的吗？又岂是你那点米面油能够补偿得了的？村民就是这么想的，你要是不信，你可以去柳镇调查啊。村民还说他太吝啬了，说他给村上做的贡献、给村民做的贡献太小了，与他的财富相比，简直是九牛之一毛啊。他应该把他的财富分给我们柳镇的人民，先富带后富，而不是让他自己一个人在富裕的道路上狂奔，更不是到处夸夸其谈大讲特讲什么慈善义举乡村经济产业扶贫。如果他把他的钱分给我们柳镇的家家户户，按照脱贫指标，我们柳镇人民早就脱贫了。我很早就给他说过我的建议，但他认为我的想法很荒诞，也很愚昧，哪有这么扶贫的，扶贫先扶志，我的财富也是靠一点一滴打拼积攒而来的，不是哪个可怜我恩赐我的，你这个想法太荒诞了太荒谬了，简直是愚不可及。这哪里叫扶贫啊，这叫杀富济贫啊，太落后太封建了。他这么振振有词地批驳我呢。而我们柳镇人民对我的做法都伸出了大拇指，都赞不绝口，称我为民除了害呢。

张某人倒在地上后，我们柳镇人把他送给我们的书都扔到了地上，扔到了他身上。你说说，他不送些实惠的东西，却送书，我们柳镇人谁喜欢书啊？他那本著作也够荒谬的了，吹嘘自己如何创业，如何为人民服务，如何致富不忘乡亲，如何具有宏图大略。书里面配的照片也叫人唾骂，全都是他视察乡镇工作，访贫问苦，坐在我们柳镇人的炕头装模作样地掏出几个红包，一个红包里装着一百块钱，他手叉着腰，目光孤傲地看着远方，我们柳镇人在他的书里都成了陪衬，成了微不足道的衬托他伟大的背景，成了一群匍匐于他身边的蟋蚁。哼，他自以为很高明吗？他写诗，他写的那些狗屁叫诗吗？我们柳镇的接生婆哼的小调都比他写的诗强。那些评论家说他写的是划时代的巨著，是不可多得的史诗，是人类诗歌的巅峰。这样的话他也敢信吗？但就是信了，因为夸他的评论家太多了，还都是国内大牌的评论家呢。人家为啥夸他呢？不是他写得好，而是他给的红包足够大啊，这个道理，我们柳镇的局外人自然是不懂的。他虽然获了很多奖，多如牛毛的奖，他还获得了李白奖，但这些奖能说明他就是当今的李白了吗？他越来越狂妄了，他想通吃这个世界啊？

你不要笑啊。

你看我的病历，那上面胡写呢。医生都是坏人的帮凶，给许多理性之人都强加精神病之名。我没病，医生却硬说我有抑郁症。抑郁症这个著名的病，我这个普通人怎么会得呢？你们都病了，我也没有病。我怎么会有臆想症呢？我是为民除害。我会得抑郁症吗？这么高贵的病岂是我这种平庸之辈能得的？我早想得呢，可惜得不上啊！你能告诉我怎样才能得上抑郁症吗？奇怪得很，我有时候觉得全世界的人都疯了，只有我是最清醒的。我听到周围的人都在议论我，都想谋算我。我总感到有一个阴谋、一个陷阱、一个圈套，会在不远处等着我。我幻想着某个夜晚，从窗户飞出去。我给落在窗台上的麻雀说了，可是麻雀瞪了我一眼，急急地吃完了我撒在窗台上的米粒，拍着翅膀，不可思议地飞走了。这个忘恩负义的家伙，吃了我多少米粒啊。自从我说了要跟它飞到柳镇后，它就再也没有出现过。我只好给那只灰色的鸽子说了，可是鸽子拿轻蔑的目光瞟了瞟我，便在隔壁的屋顶上狂叫了一夜。要不是有人拉住我，我真的变成了一只鸟，从窗户飞出去了。我要离开洛城，飞到柳镇的深山里。我为啥没飞走呢？都怪那个张石磊啊，他知道我想飞之后，便派人没日没夜地盯着我，生怕我长了翅膀飞走了。你说说，张某人的心胸够狭隘的了吧？他不会飞，就不允许我会飞吗？你瞧瞧啊，我两条胳膊上已长满了羽毛，我快要飞了。我飞走的时候，绝不带走一丝尘埃。

后　记

搜集了近一年的资料，我采访了很多个与张石磊关系密切的人，在我欲动笔写作时，却觉得张石磊的形象愈加模糊。他是英雄还是魔鬼，小丑还是君子，那些接受采访的人都得出了矛盾甚至相互抵触的结论。我要和张石磊谈谈，谈谈关于他与这个时代，那些与他纠缠一生的人。但张石磊在哪里呢？他真的消失了吗？我试着拨打他留的手机号，竟然通了，但一直无人接听。如果仅凭采访的材料写他的传记，那也许会谬误百出。思索再三，我将采访资料通过电子邮件发给了他。几天后，邮箱显示有人阅读了信件，但那个神秘的收信人一直没有回复。严冬临近，我将张石磊预支的稿酬以他的名义捐给了他当年的老班长——现在的王老师，捐给了陶建芳的父母亲，捐给了柳镇中心学校，捐给了一直和他进行斗争而今疯了的张学有。

自此，我和他了无瓜葛。